過保護な旦那様に新妻は溺愛される

～記憶のカケラを求めて～

佐木ささめ

JN152139

この物語はフィクションであり、実在の人物・
団体・事件等とは、いっさい関係ありません。

過保護な旦那様に新妻は溺愛される
～記憶のカケラを求めて～

寝すぎたような、頭の中に靄《もや》がかかった気持ちで彼女は目を覚ました。

ぼんやりとしたまま周囲を見回せば、床から天井まである大きな窓の向こう側に、広そうなテラスを認めた。のろのろと視線を上へ向けると、部屋の隅に二階へ上がる階段がある。

——ここ、どこ？

天井からぶら下がるペンダントライトは点灯してないが、窓から差し込む光で十分明るく、日差しの角度から今の時刻は昼頃だろうかと思う。

のっそりと体を起こしてみたところ、自分はベッドでなく大きなソファに寝転がっていた。見知らぬ場所で気持ちよく寝入っていたことに、ひどく戸惑う。

ふと、超大型テレビにうっすらと映っている己を認めて、ぎくりと身を竦《すく》めた。髪が胸のあたりまで伸びているではないか。鬘《かつら》かと思って髪を引っ張ってみると本物だった。

——どういうこと？　急に髪が長くなるなんて。

いつも自分は、ギリギリひとくくりにできるショートボブにしていた。

ソファから立ち上がって自身を見下ろせば、薄山吹色のマキシ丈スカートに、クリーム色のシフォンブラウスを着ている。

スカートなんて、学校の制服以外で着たことなど数えるほどしかない。着るとしても、いつ汚れても構わない、安く買える服ばかり選んでいた。このような洗練されたデザインのおしゃれな服など、自分は持っていない。

──誰の服？　本当に、ここってどこなの？

まったく知らない服を着て、知らない部屋で目が覚める異常事態に、呆然と周りを見回した。

──綺麗な部屋。うちとは違って広くておしゃれ。

アイボリーの壁と重厚感のある木の家具が、落ち着いた空間を作っている。ところどころに置かれている観葉植物が目に癒やしを与えてくれるよう。

ドラマで見る高級マンションみたいだと思った。父親と暮らしていた古い家屋とは大違いだ。

「……お父さん」

父親という単語から、自分の身に起きたことを思い出す。父の葬式を終えて、これからどうすればいいのかと考えながら外を歩いて……その後のことがわからない。

どれだけ考えても、ここに至る経緯が思い出せなかった。

──もしかしてどこかで倒れて、親切な人が拾ってくれたとか？

そんな人がいるのだろうかと疑問を覚えながらも、それ以外にこの状況が説明できない。

──この家の住人と話ができれば……

おそるおそる広い空間の奥へ向かえば、キッチンとダイニングテーブルがあった。この広すぎる部屋はリビングダイニングなのだろう。

ここにあるドアは一つしかない。そのドアをそっと開けると廊下で、すぐ先に玄関があった。廊下にあるもう一つのドアをノックしてから開けてみると、広々としたトイレだ。

——人の気配がない。じゃあ家の方は二階にいるのかしら？

他人の家を勝手に歩き回るのは気が咎《とが》めるものの、状況がさっぱりわからないため立ち止まることはできなかった。

落ち着かない心持ちで、そっと二階への階段を上る。広い廊下の先にはドアが三つあった。

「すみませーん、どなたかいらっしゃいますかー？」

反応はなく、しんとした静寂を感じるだけで人の気配はない。二階も無人のようだ。

——どうしよう。もう勝手に出て行ってもいいかしら。

助けてもらったならお礼を言いたいが、その相手がいないため迷ってしまう。本当にどうすればいいのだろう。

左手で顔を撫でてため息を漏らしたとき、ふと感じた硬い質感に己の手を見る。

「……何、これ？」

左薬指には、見たことがないプラチナの指輪がはまっていた。自分はアクセサリーを身に着けることはないため、なぜこんなものがあるのか、なぜすぐに気がつかなかったのかと訝《いぶか》しむ。

指輪を外して矯《た》めつ眇《すが》めつ眺めてみても記憶にない。リングの内側には〝202□.2.14〟との刻印が入っていた。

──あれ？　おかしくない？

今は二〇一□年、平成二十□年のはず。リングの刻印に未来の日付を入れるものだろうか。いや、それ以前に他人の指輪をなぜ自分がはめているのだろう。

──やだ、なんか怖い……。

得体の知れない不安が、じわじわと足元からせり上がってくる気分だった。

見知らぬ部屋で眠っていたことや、知らない指輪をはめていることなど、何がどうなっているのか。

わけがわからないことの連続で体の震えが止まらず、あまりの恐ろしさから慌てて階段を下り、ダイニングテーブルに指輪を置いて玄関へ向かう。

そこに自分が愛用するスニーカーはなかった。それでも靴ごときに構っていられないと、勝手にパンプスを拝借する。

このとき、やけに自分の足にしっくりとはまるパンプスだと思った。が、それ以上の怯えから家を飛び出す。

直後に足を止めた。

玄関を出た先は、吹き抜けの空間を取り囲む回廊だった。吹き抜けには一本の大きな木が生えており、手すりに近づくと巨木がある空間は中庭のようだ。そしてここは一階ではなく四階だった。

――マンションなの？　この家。

二階建て一軒家だと思い込んでいたが、どうやらあの部屋は集合住宅の四階と五階のようだ。

そういえば窓から見える景色が、高所からの風景だったと思い出す。動揺しすぎて思い至らなかった。

ますますここにいる理由がわからない。

オロオロしながらも、左右に伸びる廊下をとりあえず利き手側に進んでみる。すぐにエレベーターにたどりついたため、一階へ下りてみることにした。

一階の広いエントランスで辺りを見回すと、出口らしき木製の大扉を見つけてやっと外に出る。

その途端、歓声が零れ出た。

「わぁ……っ」

マンションの入り口に植えられている桜が満開だった。そよ風になびく薄桃色の花弁が宙に舞い上がり、桜吹雪となって視界を横切っていく。幻想的なまでに美しい風景で、不安や怯えなどが吹き飛び、淡いピンク色の景色に見入ってしまう。

このとき頭の奥で鈍い痛みを感じた。

――私、桜を……さくら、を……

数秒後、痛みが消えて我に返った。……今、自分は何を考えていたのだろう。

首をひねりながらも歩道に出て、ぐるりと周囲を見回してみる。自分の知る情景はどこにもなかった。

「何が起こってるの……？」

整えられた美しい街並みではあるが、背の高いマンションが多くて圧迫感を覚えた。自分が知る都市といえば札幌《さっぽろ》になるけれど、その景色とは全然違う。

――それに暖かい……桜も咲いていたし、どう見ても冬じゃないわ……

今は十一月下旬のはずなのに、明らかに季節が違う。

知らないうちに時間が進んでいたのだろうか。と馬鹿なことを考えたとき、ハッとして自分の左薬指へ視線を落とす。ここにあった指輪には二〇二□年と彫られていた。

――まさか、今って二〇二□年？

タイムスリップなんて言葉が脳裏をかすめた際、不意に飲料の自動販売機が目についた。

自動販売機には住所表示ステッカーが貼られていることを思い出し、急いで自販機へと駆け出す。

機械の表面を舐めるように探せば、下の方に白いステッカーを見つけた。そこには〝港区《みなと》南麻布《みなみあざぶ》〟と記されている。

に。

——これって東京《とうきょう》の地名よね……どうして私は東京にいるの？　北海道《ほっかいどう》で暮らしていたのに。

ショックと混乱からその場にしゃがみ込む。このとき突然、背後から男性の声で名前を呼ばれた。

「——縁《えん》！」

反射的に振り向いて息を呑む。忘れたくても忘れることができない、ややきつめだが美しい男性が近づいてくるところだった。

——征士《まさし》お兄ちゃん……ううん、一柳《いちやなぎ》さん。

「大丈夫かっ？　頭が痛いのか!?」

彼は矢継ぎ早に話しながら、すばやくこちらの両脇をつかんで立ち上がらせてくれた。縁は久しぶりに会う、記憶の中の彼よりも幾分か年齢を重ねた征士を見上げる。

あいかわらずの男前だと思った。

顔のパーツが完璧な配置で整っており、初めて会ったときから綺麗な人だと見惚れたことを思い出す。彼以上の美男子など、自分はリアルで見たことがなかった。

背も高く、体つきはやや細めだが頼りないというわけではなく、まるでテレビで見る俳優のような人だと常に思っていた。

——でも、なぜあなたがここに……？

しかも征士は、こちらを案じるような表情で顔を覗き込んでくる。思わず数歩、後ずさった。

「縁？　どうした？」

二度と会わないはずの人物が目の前にいて、しかもやたらと距離が近い。まるであのことなどなかったかのようにふるまう彼に、猛烈な苛立ちを抱いた。

――私のお父さんに何をしたか、忘れたの？

無言のままでいる縁を見下ろす征士は、「とりあえず帰ろう」と彼女の腰を抱き寄せる。びくりと身を竦めた縁が身をよじって彼の手から逃れ、その場から逃げ出した。

「縁！」

制止の声を振り解くように駆け出したが、すぐさま彼に追いつかれて腕を捕らわれた。

「やっ、放して！」

なぜ彼が話しかけてくるのか、なぜ自分は東京にいるのか、なぜ今は暖かいのか、すべての疑問に混乱して無我夢中で暴れる。

彼女の様子に征士も異常を察したのか、いきなり縁の腰をわしづかみにすると、華奢な体を勢いよく持ち上げた。

「きゃっ！」

縁の両脚が宙に浮く。グラついて倒れそうな恐怖から、反射的に彼の肩をつかんだ。征士を見下ろす体勢になったことに驚き、体から力が抜ける。

「落ち着いたか？」

「………」

「とにかく家に戻ろう。今の君は心配だ。頼む」

切羽詰まった彼の表情と眼差しに、縁は彼を心から好きだった頃の気持ちを思い出した。もう捨てたはずの恋心が胸の奥を甘く焦がしたのか、逃げ出そうとする気持ちがしぼんでいく。

それでも秀麗な容姿を見続けることは苦しくて、顔を背けた。このとき通りかかる人たちがチラチラと自分たちを眺めており、衆目を集めていると気がつく。

恥ずかしさで一刻も早くここから離れたくて、渋々と頷いた。自分のことを知っている彼に状況を聞きたい気持ちもある。

あからさまにホッとした表情を見せる征士は、縁を下ろすと彼女の手をつかんだ。が、縁はその手を慌てて振り解く。

「縁……」

ショックを受けたような、彼の蒼ざめた表情を見て目を逸らす。征士はこちらの横顔を穴があくほど見つめてくるが、やがて無言のまま歩き出した。

大人しく彼についていくと、やはり先ほど出てきたマンションに戻った。

――私、一柳さんの部屋にいたってこと……？

絶対にありえない状況に、縁の表情までも蒼くなる。動揺から自分の手のひらを爪が食い込むほど強く握り締めた。

征士にうながされて四階の部屋に戻り、自分が寝ていたソファに腰を下ろす。

キッチンに向かった征士は、やがていい香りのする紅茶をローテーブルに置いた。

自分のためにお茶を淹れてくれたのはわかるが、萎縮する縁は手元に視線を落として動けない。

それでも征士が隣に腰を下ろしたときは、跳び上がる勢いで彼との距離を開けた。下を向いたまま話し出す。

「あのっ、私どうしてここにいるかわからないの。一柳さんと会ったことも驚いたけど、東京にいるのもわけがわからなくて……」

「そうか。……記憶が戻ったんだな」

ひどく寂しそうな声に、横目でそっと彼を盗み見る。征士は蒼ざめた表情のままうつむいていた。

「えっと、記憶って、どういうこと？」

「君のお父さんが亡くなったことは覚えてる？」

その言葉に頭を殴られたような衝撃を感じた。

「……覚えているわ、忘れると思ったの？　父が死んだのは誰のせいだと思ってるのよ！」

あんたたちのせいじゃないか。そう叫びたかったのに、こみ上げる感情が大きすぎて声にならなかった。

縁の激昂を感じたのか、征士は彼女に視線を向ける。

「君が俺や俺の家族を憎んでいることは十分わかっている。でもすまない、今は話をさせてくれ」

端整な顔からは生気が抜け落ちたようで、いきなり憔悴《しょうすい》した印象に縁は口をつぐんだ。話をしたいのは自分も同じだったので頷くと、征士は言葉を続けた。

「お父さんが亡くなってすぐ、君は交通事故に巻き込まれて記憶喪失になったんだ。君が二十歳《はたち》になったばかりの頃だ」

「私が、記憶喪失……」

「そう。自分のことさえほとんど思い出せない状態が続いてた。もちろんお父さんが亡くなったことも忘れていたよ。この四年間ずっと」

四年という時間の長さにショックを受けた縁は、額に手を当ててうつむいた。

記憶喪失なんて現実で起きるものなのかと疑うが、たしかに父親の葬式後のことが思い出せない。

「……じゃあ、私って今は二十四歳なの？」

頷いた征士に愕然とする。二十歳の誕生日を迎えたとき、成人式に行くべきかどうかを考えていた。それがいきなり二十四歳に成長しているなんて。

「つまり、今って二〇二□年なのよね？　それを証明することってできる？」

「西暦の証明？　そうだな……」

征士がポケットからスマートフォンを取り出した。インターネットの検索欄に〝今日の西暦〟と入力すると〝今日は、二〇二□年（令和□年）四月四日（日）〟と出てきた。

――本当に四年がたってるんだ……って、元号が変わってる！　平成じゃない！

再びショックを受けた縁の表情が虚《うつ》ろになる。浦島太郎が竜宮城から戻ってきたとき、このような気持ちを抱いたのかと、混乱からおかしなことを考えた。

直後、縁の意識が左薬指とダイニングテーブルに向かう。記念日らしき日付を刻んだ、左薬指にはめる指輪。刻印には二〇二□年二月十四日とあった。

ちらりと征士の左手を盗み見れば、彼もまた薬指にプラチナと思われる指輪がある。自分の指にはめてあったリングと似ているような気がした。

じわじわと胸に広がっていく焦燥感に、縁は手のひらで心臓辺りを押さえる。同時に征士が力のない声を吐き出した。

「君は今朝から頭痛がすると言っていた。だから薬を買いに行ってたんだが……頭痛は記憶が戻る前兆だったのかもしれない。良かったよ……」

良かったという割には、まったく嬉しそうではない声だった。床へ視線を落としている彼の横顔はぼんやりとしており、そのような征士を初めて見るため落ち着かない。

「……あの、聞いてもいいかしら」

「ああ……」

「記憶喪失って言われると、信じられないけどそうかもしれないって思うの。お父さんのお葬式を終えてからのことが思い出せないから。……でもなんで私、北海道じゃなくて東京にいるの？　それにこの家って一柳さんの家よね？　なんで私はここで寝てたの？」

おそるおそる尋ねてみると、征士は唇を引き結んで答えようとしない。縁が焦《じ》れるほど長い沈黙の後、彼はためらいがちに口を開いた。

「ここはたしかに俺の家だ。君はここで暮らしていて……その、俺と君が、結婚しているから、それで」

「嘘……」

否定をしたものの、状況からそうではないかと感じていた。

けれど自分が征士と結婚することは絶対にない。彼だってそうだろう。なのに実際は夫婦になって一緒に暮らしている……倒れそうな気分になった。

動揺しすぎてそれ以上は聞けないでいたら、しばらくして征士が、「あんなこと考えて、ばちが当たったかもな……」と呟いた。そしてふらりと立ち上がり階段へ向かう。

心細さで泣きそうな気分の縁が、「どこ行くの？」と聞けば、彼は「ちょっと待っててくれ」

と二階へ上がる。

すぐに下りてくるとA4サイズの黒い何かを縁に渡してきた。

「……これ、何？」

「俺たちの結婚式のアルバム」

記憶にない自分の結婚式の記録。見ることを大いにためらう反面、記憶を失っていた四年間を知りたい気持ちの方が強かった。

しばらく迷ってから、意を決してアルバムをめくってみる。

「あ……」

目に飛び込んできたのは、ウェディングドレス姿の自分と、フロックコートを着た征士が、教会の前で見つめ合いながら寄り添う写真だった。海のそばにある教会で式を挙げたのか、二人の背景には青い空と海が光り輝いている。

――私、本当に一柳さんと結婚したんだ……

写真の中にいる自分は幸福そうに微笑んでいた。その表情は作り物ではなく、心から喜んでいると察せられる。あり得ない現実にアルバムをすぐに閉じた。

ショックではあるが、物理的な証拠を見れば彼の話は信じるしかない。だが納得できるかどうかは別だ。

「私、記憶を思い出したかわりに『記憶を失っていた間の記憶』が消えているのよ……」

「話をしていればわかるよ」

淡々とした征士の口調に、アルバムを見つめていた縁は彼に視線を戻す。征士は表情が抜け落ちた顔で前を見ていた。

「一柳さんと結婚した記憶がまったくないの……このまま一緒に暮らすなんて無理に決まってるわ……」

「……そうだろうな」

ぽつりとつぶやいた征士が押し黙ったため、縁はどうしたらいいかわからなくて同じように口を閉じる。沈黙が広いリビングを満たした。

──どうしてこうなったんだろう……

縁は大声で泣きたい気分だった。記憶を失くしたことも、征士と結婚したことも、記憶が戻ったかわりに四年間の記憶を失ったことも、つらすぎる。

すん、とはなを啜《すす》ったとき、征士が前を向いたまま口を開いた。

「俺と別れるのは仕方がないと思う。でもこの四年間に社会ではいろいろなことが起きているんだ。君はここを出て行ったら生きていくのに苦労するだろう。まずは生活を立て直すことが先決じゃないか？　出て行くのはそれからでも遅くない」

顔を伏せる縁は、東京にたった一人で放り出される想像をしてみた。住むところも仕事も身寄りもない小娘など、あっという間に社会の底辺まで落ちるだろう。

途方に暮れる縁へ、征士は「生活が落ち着くまでここにいればいい。俺も君が一人で生きていけるよう協力したい」と告げた。

彼は立ち上がってサイドボードへ向かい、充電中のスマートフォンを持ってくる。

手渡された銀色のスマートフォンは縁のものだという。記憶喪失になるまで使っていた機種とは違うものだ。ロックはかかっておらず、アクティブにしてみたがやはり見覚えはない。

「……思い出せないわ」

「でも操作はなんとなくわかるだろ。使っているうちに今までの記憶が戻るかもしれない」

その言葉に縁はパッと顔を上げる。失った四年間の記憶を思い出させたいのかと征士を見上げれば、彼はあからさまに視線を逸らせた。

「俺とは話したくないだろうし、顔も見たくないと思うから二階にいる。聞きたいことがあったらメッセージを送ってくれ」

そう言い置いて彼は素早く階段を上がっていった。

広い背中を見送った縁は、彼の姿が消えてから手に持ったスマートフォンを見つめる。

失った四年間の記憶には、征士と結婚するに至る思い出を含んでいる。彼はそれを思い出してほしいのだろうか。

結婚したからには、愛があったはず。つまり自分たちは愛し合っていた。だから妻の記憶を取り戻したい……

そう考えたとき、あることに思い至り、ぶわっと顔に熱を感じて意味もなく立ち上がった。すぐにへなへなとソファに座り込む。

——一柳さんと結婚したってことは……私って、もう経験済みなのよね……？

幼い頃からずっと彼に恋をしていた。今は憎しみの方が勝っているけれど、長年抱き続けた気持ちは忘れてなどいない。

赤くなっているだろう自分の頬を撫でる縁は、羞恥を覚えるのと同時に、心の奥底から浮かび上がる感情に瞼を閉じる。

憎んでいるからこそ、相反する恋心をよけいに意識してしまう。好きだった時間が長くて深いからこそ、許すことができなくて。

愛憎という表裏一体の感情が心を苛《さいな》んで息苦しい。

——私、これからどうすればいいんだろう……

征士と結婚生活を続けることはできない。けれど寄る辺《べ》のない身の上では、一人になることに恐れを感じる。

「仕事を探すべきよね……」

生活が落ち着くまで庇護が必要だ。幸いなことに、征士はこちらが一人で生きていけるまで協力してくれるという。

彼を利用することにためらいを覚えながらも、縁はスマートフォンの中に記憶を失っていた間の情報がないか調べ始めた。


翌日の月曜日。

縁が目を覚ましたとき、時刻は午前九時半を過ぎていた。大寝坊に勢いよく体を起こすが、直後に早起きしなくていいのだと思い出す。

毎朝、馬の世話をするために五時起きだった。実際に一度、午前五時に目が覚めたのだが、やはり起きなくていいのだと気づいて二度寝したため、この時刻だった。

部屋の中を見回せば、壁面収納のクローゼットしかないガランとした六畳の部屋だ。もともとは空き部屋だが、征士が客用の布団を敷いて縁の部屋にしてくれた。

――夢じゃなかった。

目が覚めたら北海道に戻っていることを期待したが、まだ悪夢は続いている。

はあー、と重いため息を吐いてから、布団をたたんであらかじめ用意しておいた服に着替えた。

縁《じぶん》の服は、主寝室にあるウォークインクローゼットに収納されていた。寝室は征士が眠る部屋でもあるため、彼がダイニングで夕食を食べている間に、必要な物をこちらの部屋に移動しておいた。

それらの服に着替えてから、二階の広いパウダールームへ向かう。そこの収納棚には、名前だけなら知っている高級化粧品がずらりと並んでいた。プチプラの化粧品を愛用していた身には、本当に使ってもいいのかとためらってしまうほどだ。

――昔の記憶を失くしていた頃の私って、贅沢していたんだなぁ。

とはいえこれしかないのだから、ありがたく使わせてもらう。

手早くメイクをして一階へ下りると、征士はすでに出勤した後だった。彼と顔を合わせるのは気まずかったため、ホッと安堵の息を吐く。

征士と暮らすにあたって接触を必要最低限に抑えようと、昨日のうちにSNSで簡易的なルールを決めていた。

平日は彼が帰宅する前に食事や風呂などを済ませ、早めに二階の自分の部屋に戻り、朝はあまり早く一階に下りない。休日をどうするかは決めていないため、再び話し合わねばならないだろう。

……ただ、これだと家主である征士が窮屈な思いをするのではないか。自分は彼の妻という立場であるが、個人的には居候《いそうろう》との感覚がぬぐえないのに。申し訳ない。

ふと、ダイニングテーブルに朝食が用意されていると気づいた。

昨日は食欲など皆無で、征士が夕食を用意してくれたが、とてもじゃないが食べられなかった。そのせいか朝食にしてはやけに品数が多い。煮込みハンバーグなんて、いかにも夕食の残りだろう。

ちくん、と胸にかすかな痛みを感じた。

──朝ご飯ぐらい作ればよかったかな……

特にすることもないのだから、征士と鉢合わせにならないよう、彼が起きる前に用意して自室に戻ればいいのだ。

ラップをかけてあるハンバーグを見ると、これは自分が記憶を取り戻す前に仕込んだものだろうかと、スマートフォンに残されていた彼との会話を思い出す。

縁は専業主婦だったようで、ＳＮＳには『今晩、何か食べたいものある？』とか、『今日は征士さんの好きな煮込みハンバーグにしたよ』とかが残っていた。

自分が征士に送るメッセージは、ありとあらゆるところにハートの絵文字が乱舞している。もしくは可愛らしいスタンプを駆使して、砂を吐くほど甘ったるい会話が繰り広げられていた。

──私って昔の記憶を失くしてた間はキャラが違う気がする……

征士の方も、『帰りは遅くなる。早く君の顔が見たい』とか、『残業確定。奥さんのもとに帰りたいよ』とか、縁がしょっちゅう『好き』とハートマーク付きでメッセージを送るから、そのたびに『俺も好きだ』『愛してる』と返していた……

彼に抱いていた高潔とか孤高といったイメージから、だいぶ離れた印象のメッセージがたくさん残っている。

まるで見知らぬ男女がラブラブな会話をしているようだ。なんとなく盗み見をしている気がして、申し訳ないとさえ思ってしまう。

ただ、とても愛し合っている者たちの会話ということは理解できた。自分たちは仲のいい夫婦だったのだろう。

──まあ、結婚してそんなにたってないもんね。

二人の会話をさかのぼっていくと、二月十四日のバレンタインデーに婚姻届を提出したようだ。

指輪の刻印と同じ日だった。つまり結婚してまだ二ヶ月も経過していない。

縁と征士は新婚なのだ。それがいきなり離婚の危機に直面している。そう思えば、罪悪感から肺を空にするぐらい深い溜め息が漏れた。

──まるで私、新婚夫婦の仲を引き裂く悪女みたい。

居心地の悪さを感じた縁は、家の中ですることもないため、食事はとらずに外へ出ることにした。

今日はまったくの無風で、咲き誇る桜は今が盛りの美しさを際立たせている。ときどき風もないのに花弁がひらひらと舞い落ち、見ているだけで心が癒やされた。

縁の故郷、北海道の日高《ひだか》地方にも有名な桜並木がある。毎年観光客や花見客でにぎわっているから、ここのように静かに観賞するのとは違うけれど桜の美しさは変わらない。

北海道で生まれ育った自分は、地元から出ることがほとんどなかった。家が競走馬を生産する牧場だったため、生産馬がＧⅠ競走《ジーワン》——重賞《じゅうしょう》と呼ばれる格が高いレース——を走るときに道外の競馬場へ行くぐらいだ。東京といえば府中《ふちゅう》にある東京競馬場しか行ったことはない。

そして高校卒業後は進学せず、家業を継ぐために父親のもとで働いていた。強制されたわけではなく、物心ついたときから馬がそばにいて馬が大好きで、父と一緒にダービー馬を生み出すのが夢だった。

そんな自分が記憶を失くしたとはいえ、東京で暮らすなど意味がわからない。

あと、自分の人生に征士が関わっていることも解《げ》せなかった。自分の父親が亡くなったとき、彼とは絶縁になったはず。こちらの記憶がなくなったからといって、彼が関わる要素など何もないのに。

そんなことをつらつらと考えながら桜並木を歩いた。

北海道の代表的なエゾヤマザクラと違って、ここにあるソメイヨシノは色が薄くて儚《はかな》いイメージがある。そのため同じ桜でも、北海道の景色とはまったく違った。

住宅街でも建物が密接しているしマンションが多い。背の高い建造物が多いせいか空が狭く見える。

息苦しくて窒息しそうだった。すぐにＵターンして部屋へ戻ることにした。

しかし戻っても居場所がないことは変わらない。ここで暮らした記憶を思い出さない以上、他人の家に入ったような違和感が常に付きまとうのだ。

ふと、残された朝食を見てさすがに空腹を感じた。食べないと体がもたないことは知っているので、ためらいながらも朝食をいただくことにした。

——あ、美味しい……

出し巻き卵に出汁《だし》がしっかりと効いている。全体的に薄味だが素材の味が活《い》かされており、とても美味しかった。

昨日、征士から夕食を用意したとメッセージが来たとき、弁当でも買ってきたのかと思った。しかし朝食は彼が作ったようなので、もしかしたら夕食もそうだったのかもしれない。

複雑な気持ちがこみ上げて箸が止まる。

彼は大手企業の社長子息で、唯一の跡取りとして大切に育てられていた。

一柳家は建機——重機などの建設機械——を製造している老舗メーカーで、株式会社一柳建機という。世界市場でのシェアが十六％もある一流企業だ。

彼の家には使用人がいると聞いたこともあり、生粋のお坊ちゃんだったはず。

なのにこうして食事を用意してくれた。それに今気づいたのだが、テラスには洗濯物が干してある。彼がやってくれたのだろう。

きちんと生活をしているようで、顔がいいだけではなく家庭的な人だと感心する。理想の旦那さまだと思った。

同時に疑問を抱いて首をひねる。

――一柳さんはどうして私と結婚したのかしら。私が憎んでいることは知ってるでしょうに。

記憶を取り戻してから自分のことしか考えてこなかったが、ここにきて初めて彼のことを考えた。

征士は縁と結婚することができない。縁が、住む家も財産も何もかも失くした男の娘というのもあるが、彼には婚約者がいたはずだから。

征士が海外の大学に留学していたときのことだ。彼の祖父、一柳征一郎《せいいちろう》が縁の父親に話していたのを、偶然盗み聞いてしまった。

征士は卒業後、アメリカに残って一柳建機の現地法人に勤務したいと言っていたそうで、『帰国が遅れるなら婚約だけは早めにしておきたい』と征一郎は話していた。懇意にしている政治家の娘が征士を気に入っているので、彼女と見合いをさせたいと。

幼い頃から征士に恋心を抱いていた縁は、失恋のショックだけでなく、大好きな人が知らない女性と結婚する光景を想像して涙が止まらなかった。

もちろんそれはわかっていたことで、縁は征士とどうにかなりたいと考えていたわけではない。東京で暮らす資産家一族の御曹司にとって、北海道の田舎で家業を手伝う娘など、嫁候補にもならない存在だ。それに自分は一人っ子で、父親の跡を継がねばならなかった。

それでも征士が好きだった。好きな人の結婚話など知りたくなかった。

だからこそ今の状況が不思議でならない。自分は彼の迷惑にならないよう、恋心を胸の奥に隠して絶対に悟られないようにしていたのに。

たとえ征士と縁が愛し合っていたとしても、政略で結婚相手を決める立場の人では、どうにもならないときがあるだろう。

――でも今、一柳さんと結婚しているのは私……

何がどうなって結婚に至ったのだろう。四年の間に天変地異でも起きたのだろうか。

このとき縁は初めて、昔の記憶を失っていた期間のことを知りたいと思った。

――ちゃんと話し合わないといけないのよね。

本当は昨日のうちに、征士と向き合わねばならなかった。

――今夜、一柳さんが帰ってきたら話をしよう。

覚悟を決めた縁は、征士の心尽くしの朝食を綺麗に平らげ、夕食は何を作るべきかと冷蔵庫や食品棚を調べ始めた。


その夜、十時を過ぎて帰宅した征士がリビングに入ると、彼は目を見開いて硬直した。

「あ、お帰りなさい……」

ソファにちょこんと座っていた縁は立ち上がる。

「えっと、夕ご飯を作ったけど食べますか？　……その、食べたいものとか何も聞かずに作っちゃったけど……」

凝視してくる彼を見つめ返すことができなくて、明後日の方向へ視線を向けながら告げると、征士が真剣な表情で一歩近づいた。

「……記憶が、戻ったのか？」

「え？　記憶は昨日、思い出したわよね……？」

縁の返事に、彼はあからさまにガックリとした表情を見せる。その態度で、戻ったのかと聞いた記憶は〝消えた四年間の記憶〟の方だと思い至った。やはり彼は失われた二人の時間を取り戻したいのだろう。

──そりゃそうよね。奥さんの記憶が消えたら、旦那さんはつらいでしょうし……恨みが強すぎて、そんなことさえ考えつかなかった。

「あの、お話がしたいんです。でももう遅いから後日にでも……」

「今でいいよ。着替えてくる」

「ご飯は……」

「すまない。会社の人と食べてきた。でも明日の朝に食べるから捨てないでくれ」

すがるような目を縁に向けてから、彼は足早に二階へ上っていく。そしてすぐに着替えて戻ってきた。早い。

「何か飲む？　君は紅茶が好きで、ここには茶葉が色々とそろっているよ」

「……思い出せないから、まかせてもいいかしら」

頷いた征士は手早くダージリンを淹れてくれた。初めて感じる瑞々しい香りは爽やかで、コクもあってすごく美味しい。

征士はソファに座らず、縁とテーブルを挟んで向き合うように床にあぐらをかいた。

「それで話って？　俺が答えられることはなんでも話すよ」

改めて言われると、聞きたいことが多すぎて何から聞けばいいのか迷う。ためらっていると午前中に抱いた疑問を思い出した。

「あの、一柳さんはどうして私と結婚したの？　記憶を失って一柳さんのことが思い出せないといっても、その……自分を憎んでいる女と結婚するものかなって、不思議で……」

征士は、そうだな、と呟いて思案する表情になると、数秒の間を空けて口を開いた。

「不愉快な話かもしれないが、俺は君のことがずっと好きだった」

「え……」

「だから結婚した。俺にしてみれば不思議なことでもなんでもない」

思いもよらない言葉に縁は絶句する。呆然とする彼女を、征士は緊張を孕《はら》んだ表情で見つめた。

「君が事故で記憶を失くしたとき、千載一遇のチャンスだと思った。このまま記憶が戻らなければ、俺を愛してくれるかもしれないって」

縁に憎まれていると十分わかっていたうえで結婚した。そう真摯な眼差しで告げる征士の様子に、縁は自分の顔が赤くなっていくのを感じる。

同時に困惑も覚えた。

「……ずっと私を好きだったなんて、そんなそぶり、見たことないわ……」

信じられないといった顔つきの縁へ、征士はほろ苦く微笑んだ。

「君は俺のこと、兄としか見てくれなかったからね。わからなかっただろうさ」

このとき縁の胸中で、征士のお見合いの話を聞いて、彼への恋心を封印した苦しさが思い出された。

――あなたを兄だなんて思ったことは一度もない。私もずっと好きだった。

そう言えたらどれほど心が軽くなるだろう。

――でもあなたのおじいさんがあなたの結婚を決めていたし、お父さんがあんな死に方をして、私たち家族を追い詰めたあなたのおじいさんをどうしても許せなくて。

割り切れない想いが心をちくちくと突き刺してくる。心臓を絞られるような痛みを感じた縁は、征士への想いを心に押し込めて話を続けた。

「私との結婚、ご家族に反対されたでしょうに……」

「家族というか親戚連中は反対したけど、両親は認めてくれたよ」

「え……意外だわ」

ご両親も、彼の祖父と似たような考え方の持ち主だと思い込んでいた。

そこで縁はあることに気づく。

「でも私の親戚はどうなのかしら。一柳さんとの結婚は反対するような気がするけど」

父の葬式では、征一郎を罵る怨嗟《えんさ》の声が途切れなかった。坊主憎けりゃ袈裟《けさ》まで憎いで、一柳の人間はすべて敵視していたはず。

だが意外なことに、征士が「君の親戚の人たちは、賛成はしないが反対もしないって感じだったよ」と告げたためひどく驚いた。

「それ、本当？　ちょっと信じられないんだけど……」

不審そうに眉根を寄せる縁を見て、征士は宙を見上げて何事かを考えた後、視線を横に逸らして話を続けた。

「……君の親戚なら、記憶を失っていた四年間のことをよく知っている。ちょうどいい機会だから会いに行くか？」

「えっ、北海道に？」

征士が頷いたので、縁は首を何度も上げ下げして頬を紅潮させる。

自分の記憶は北海道にいた頃で途切れているのだ。故郷に帰れば空白の四年間について何か思い出すかもしれない。

このとき縁は故郷に帰ることができる喜びで、征士が「あまり彼らと会わせたくないけど……」と呟いたことに気づかなかった。

§

征士が己の祖父を思い出すとき、彼の傍《かたわ》らには必ず競走馬がいた。

征一郎は無類の馬好きで、何頭かの競走馬を所有する馬主である。そのため毎年、懇意にしている調教師――競馬において馬を管理し調教する者――から『いい仔馬が生まれましたよ』と聞いては、孫の征士を連れて北海道まで見に行っていた。

征士を幼児だった頃から連れ回したのは、彼が征一郎にとって初孫で、たった一人の後継者であるからだ。

征一郎の子どもは娘が一人しか生まれなかったため、幹部候補となる男性社員と娘を結婚させ、生まれたのが征士になる。

征一郎は唯一の孫を、目に入れても痛くないほど可愛がっていた。征士が小学生になっても、長期の休みやゴールデンウィークになると北海道へ連れ出していた。

しかし征士の方は、成長していくにつれ祖父のお供が面倒くさくなってきた。

征一郎は馬好きだが、征士はそれほど馬に興味はない。競走馬に価値を見出《みいだ》せないから。

血統の優れた馬は売値が一億円を超えることもあって、それほどの大金を投入する買い物なのかと疑問視していたのだ。

たしかに所有馬がレースに勝てば、馬主が得られる賞金は大きい。ＧⅠレースなどで優勝すれば、億単位の賞金が入ってくる。

購入金額よりも、生涯獲得賞金の方がはるかに多い名馬もいないわけではない。しかし勝てなければもらえないのだ。

大金を払って買った馬が、一度も勝利することなく引退するなど珍しい話でもない。それに骨折などで予後不良《よごふりょう》――安楽死処理――が起きることもある。

――馬主になることは、ギャンブルと同じじゃないか。

祖父は、所有する競走馬がレースで勝つことにロマンを感じている。その考えや情熱を征士は否定しない。ただ、自分には合わないだけで。

そうなると北海道へ行くこと自体が、だんだん苦痛になっていた。

それに北海道といっても観光地へ遊びに行くわけではなく、馬を見に行くだけだ。祖父は馬が関わればそれだけでご満悦だが、馬に興味がない人間は暇で仕方がない。食べ物は美味しいけれど楽しみは乗馬ぐらいで、ほとほと飽きていた。

だから征士が小学校五年生になったとき、中学受験の勉強に集中したいことを理由に、北海道へは行かないと祖父へきっぱり告げた。

征一郎はいずれ孫も馬主になってくれると、自分の生きがいを引き継いでくれると、勝手に思い込んでいたので大ショックを受けた。それでも諦めきれないのか、『せめて中学生になるまで、おじいちゃんと一緒に馬を見に行こう』と縋《すが》ったため、征士は仕方なく付き合っていた。

そして六年生になった夏休み。

このときは調教師の紹介で、天野《あまの》牧場という中規模牧場を訪れることになった。規模は大きくないが、重賞レースに勝った馬の産駒《さんく》――生まれた馬のこと――も多いという。現在の社長に代替わりしてから、いい競走馬が生まれるようになったと。

その牧場で、征士は元気のいい男の子に出会った。

縁、という名前のその子は天野社長の子どもで、目がくりっとした可愛らしい顔立ちだった。乗馬が得意という彼に誘われ、毎日通っている乗馬クラブへ行くことになった。

そこは競技の馬術に力を入れており、驚いたことに縁は小さな体で大きな馬と共に軽々と障害物を飛んだ。まだ七歳だと聞いていたが、大したものだと感心する。

彼は馬が大好きで、いつか自分の手でダービー馬を生み出したいと、目を輝かせて語ってくれた。

『――縁はねぇ、お父さんといっしょに馬を作るおしごとをするんだ。まさしお兄ちゃんは馬主さんのかぞくなんでしょ。いつか縁の馬を買ってね！』

『うーん、俺は馬主にはならないかもしれないよ』

競走馬が好きではないとは、さすがに牧場主の子どもには言えなくて言葉を濁す。すると縁は不思議そうな顔つきになった。

『お金がないの？』

競走馬が高額であることは、この歳の子どもでも知っているらしい。苦笑する征士は、縁の短くて柔らかい髪を撫でた。

『それもあるよ。競走馬は買った後も大変だからね』

毎月の預託料《よたく》――馬を飼養管理する費用――を支払い、獣医にかかるときは高額な診察費を払うなど、様々な場面で金が必要になる。

征士のあまり乗り気ではない雰囲気を感じ取ったのか、縁は寂しそうな表情になった。

『お兄ちゃんが買ってくれるなら、お安くします……』

どこでそんな言い方を覚えたのか。噴き出した征士は腰をかがめて、縁と同じ目の高さで話す。

『わかった、大人になったら買おう。縁くんの夢を応援したいし』

まあ、一頭ぐらいならご祝儀として買ってもいいだろう。そう思って笑顔を向けると、なぜか縁は首をかしげている。

『お兄ちゃん、なんで縁のこと、縁くんってよぶの？』

『なんでって、君の名前は天野縁だろ？』

『そうじゃなくって、縁は女の子だよ！』

『うえぇぇっ！』

本気で男の子だと思い込んでいたため、大げさに驚いてしまい縁がふくれっ面になってしまった。彼――いや、彼女は男の子のような服装で、髪もばっさりと短かったから。

それに〝縁〟という一風変わった名前を、格好いいと思っていたから。

女の子だとわかっても、縁と遊んだり馬に乗ることは楽しかった。やがて自分も馬術競技に興味を持ち、年下の女児に負けてはいられないと、東京に帰ってからも馬術を教えてくれる乗馬クラブに通い始めた。

あれだけ北海道に飽きていたのに、長期の休みには天野牧場へ遊びに行くことにした。縁は征士が来ると大喜びで、外乗《がいじょう》――海や山などで乗馬を楽しむこと――に誘ってくる。

祖父もまた、孫が馬に興味を持ち始めたことをとても喜んでいた。中学受験の合格祝いに、乗馬用の馬を買い与えるほどで。

征士は中学生になると、一人で飛行機に乗って北海道へ行くこともあった。

ある時期まで、彼女とはずっといい友人関係が続いていた。

§

週末の土曜日。羽田《はねだ》空港から飛行機に乗った縁と征士は、昼頃には新千歳《しんちとせ》空港に降り立った。

ゴールデンウィーク前のせいか、機内はそれほど混んでいない。そしてわずか一時間半のフライトでファーストクラスを使うなど、縁は初めてだった。

――お金がもったいないような気がするけど、足が伸ばせて快適だったわ。

征士はその快適さを求めて上位クラスを選んだのかもしれない。隣で歩く彼を見上げながら縁は思う。

フライト中、征士は提供された昼食も食べずに爆睡していた。昨夜は零時近くに帰宅したうえ、なんとなくその後も仕事をしていた気配があった。

彼は今、一柳建機の子会社に勤務しているという。親会社の社長子息であることは隠し、一社員として働いていると聞いて驚いた。

会社員になったことがない縁にとって、大手企業の創業者一家の御曹司なら、本社で働くものだと思い込んでいたから。

それに彼は大学卒業後、一柳建機の米国法人に勤務していたはず。いつの間に日本で働き始めたのだろう。

聞いてみたい気もするが、いかんせん今の征士は忙しすぎる。ゴールデンウィーク中は製造ラインを止めて長い休暇となるため、必然的に連休前は忙しくなるらしい。

──もしかしたら今日も仕事をしたかったのかな……？

ゴールデンウィークが終わったら少しは早く帰れるそうだが、多忙な人の時間を奪ってしまうことに申し訳なさを抱く。体は大丈夫なのだろうか。

「──縁、どうした？」

征士の隣を歩いていたはずが、いつの間にか彼との距離が開いている。慌てて征士に駆け寄った。

北海道出身の縁といえども、空港は数えるほどしか利用したことがないので、油断すると迷子になってしまう。

このとき征士が左手を差し出してきた。

「……え」

きょとんと大きな手のひらを見つめてから、征士の端整な顔に視線を向ける。目が合うと彼は眼差しを横に逸らした。

「迷子になったら困るだろ」

はぐれないように、という意味らしい。縁はその手を取るべきかためらったものの、征士とはぐれて時間を無駄にしたら、待ち合わせに間に合わないと思い直した。この後、札幌に移動して親戚と会う予定になっているのだ。

おずおずと彼の手に自分の手を乗せると、ぎゅっと握り締められる。痛いわけではないが、その力強さと温かさにドキドキした。

――たかが手をつないだだけで。

恋愛経験がないため、触れ合う手のひらを過剰に意識しすぎてしまい、心臓の鼓動が速くなって落ち着かない。

自慢ではないが高校を卒業するまでに、告白されたことは何度かある。恋をする機会は皆無ではなかったのに、一度も頷くことはなかった。

征士への気持ちが成就することはないとわかっていても、心の奥底に封じ込めた恋心が疼《うず》いて、彼以外の男子に興味が持てなかった。

それ以外にも、高校三年生のときに母親が病気で亡くなったため、家事で忙しくなったというのもある。

高校卒業後は牧場の後継者として、きちんとお給料をもらって父親の仕事を見習いながら働いていた。そして二十歳のときに事故で記憶を失ってしまい、二十四歳になるまで処女のまま。

――ううん、一柳さんと結婚したんだから、私はもう……え、えっちなこと、したんだよね……？

キスさえしたこともないのに、知らないうちにロストバージンしていたとショックを受ける。しかも相手は初恋の人で、夫で……親の仇の孫でもある。

縁は自分の右手を握る彼の左手へ視線を向ける。その薬指にはプラチナのリングがはまっていた。

自分の結婚指輪は、記憶が戻った日に指から抜いたままだ。あれは征士が保管しているという。

いつかわだかまりを乗り越えて、自ら指輪をはめる日が来るのだろうか。

しかし彼に歩み寄る想像をするたびに、あの日、警察の霊安室で見た光景が脳裏にフラッシュバックする。

「――ぅっ」

呼吸が止まりそうになるほどの絶望で瞼をきつく閉じたとき、連動して手のひらに力をこめてしまう。征士が足を止めて心配そうに顔を覗き込んできた。

「顔色が悪い。大丈夫か？」

縁は征士を見つめ返すことができず、そっぽを向いて「なんでもない」と素っ気なく呟く。

縁の横顔を見つめる彼は、「そうか」と小さく告げて再び歩き出した。

二人の間には重苦しい沈黙が横たわっていた。

日帰り旅行は慌ただしいため、今回は一泊の予定にしていた。そのため空港から電車で札幌駅に到着した二人は、すぐに宿泊先のホテルへ向かう。ここのラウンジで親戚と落ち合う予定だった。

フロントへ向かうともう部屋を使えるそうなので、ありがたくチェックインして部屋へ入ることにする。

このとき征士が受け取ったカードキーが一つしかないことに、縁はきょとんとしてしまう。深く考えることもなく、シングルを二部屋予約していると思い込んでいたのだ。自宅でも別々の部屋で寝ているため。

——もしかして一緒の部屋なの？

戸惑いと恐れにドキドキしながら征士について部屋に入ると、そこはツインの部屋が二つ、扉でつながっている特殊な部屋だった。

「えっ、何この部屋？」

「コネクティングルームっていうんだよ」

二家族が一つの部屋に泊まりたいとき、よく利用されるという。たとえば孫に会いたい親世代の夫婦と、親に孫を見せたい子世代の夫婦が一緒に旅行をするときに使えば、孫はいちいち廊下に出て部屋を行き来する必要がない。

とはいえ縁たちは二人だけなのだ。ベッドは全部で四台もあるため、もったいないとの意識が強まる。

「でも、シングルの部屋を二つ取ればよかったんじゃないの？」

なんというお金の無駄遣いだろう。しかし征士は眉根を寄せて首を左右に振る。

「それは駄目。俺は奥さんと別々の部屋なんてごめんだ。でも俺と一緒だと君は眠れないだろ？　ここならお互いの希望にも合う」

「はあ……」

どうやら彼は、妻の気配が感じられなくなるのが嫌らしい。必要以上にお金をかけてでも離れたくないようだ。

……征士の気持ちに、縁は身の置き所がない気分を味わう。

記憶を取り戻して一週間近く経った今、征士との結婚生活を忘れてしまっても、彼が妻を心から愛していることは理解できた。

在宅時間が短い彼は縁と顔を合わせる機会があれば、何か必要なものはないかと、聞きたいことはないかと、体調は悪くないかと、常に妻の心身を気にかけている。

縁の記憶が戻った日、『俺と別れるのは仕方がないと思う』と告げた征士だが、本音では離婚したくないことは縁もわかっている。その願望を彼が口にしないのは、縁のためであることも察している。

征士の妻に対する愛情の深さを知れば知るほど、縁は我を忘れるほどの憎しみの中に、封じたはずの恋情が混じるのを感じた。そして心のどこかで、彼の気持ちに応えたいと思う自分がいるのも本当は気づいている……

縁は心の奥からせり上がってくる感傷が、涙となってあふれそうになるのを、唇を引き結んでこらえた。

それから三十分後、約束した時間の十分前に、縁は一人でラウンジに向かった。征士が同席しないのは、彼が縁の親戚に恨まれている事情があるためだ。顔を合わせない方がいい。

縁は紅茶を頼んでから、ふかふかのソファに体を預けて天井を見上げた。

縁が会うことになっているのは、従姉《いとこ》にあたる高田美咲《たかだみさき》だ。彼女は己の父、天野浩一《こういち》の弟である高田浩二《こうじ》の娘になる。

叔父の名字が天野ではないのは婿入りしたためだ。彼は酪農家の跡取り娘と結婚している。

美咲は縁より一つ年上で、大学卒業後に札幌で働く男性と結婚し、この地で暮らしているという。結婚したのは記憶を失っている四年間のことなので、今の縁は当たり前だが知らなかった。

——美咲ちゃん、結婚したんだ。私って結婚祝いは贈ったのかな……？

ぼんやり考えていると、自然に視線がスマートフォンへ向かう。わからないことは本人に聞けばいいのだが、不思議なことに美咲の連絡先はこの中に入ってなかった。

これは今年の一月、新規に契約したばかりのスマートフォンで、その際に古い機種のデータを移さなかったという。

ただ、叔父の高田浩二の連絡先だけは入っていた。彼に記憶を取り戻したことと、四年間の記憶が消えたことを伝えたら、絶句していたが。

叔父は乗馬クラブを経営しており、世間の休日となる日にお客が集中して忙しいため、週末に札幌へ呼び寄せることはできない。なので縁は仲がいい美咲と会うことを望んだ。……叔父はなぜか渋るような声をしていたが。

──なんか変。叔父さんの連絡先だけ残して、あとは全部捨てちゃうなんて。

事故で記憶を失う前の自分は、すべての連絡先をアプリに登録して、バックアップを取っていなかった。

つまり連絡先データを移さないということは、過去のつながりや人脈をすべて断ち切るのと同じになる。

──一柳さんは私が望まなかったからって言ったけど、何かあったのかしら……。

今から会う美咲など、弟しかいないせいか、縁を実の妹のように可愛がってくれた。一人っ子の縁はそれが嬉しくて、母が亡くなるまでたびたび遊びに行ったものだ。

叔父の家に行けば会有馬《クラブホース》を借りられるため、それも目当てだった。

──また、乗馬をしたいな……。

馬に乗っていた記憶を思い出すだけで心が弾む。自分は物心ついたときから馬の背中に乗っていたから。

このとき紅茶が運ばれてきた。ホテルのオリジナルブレンドだそうで、すっきりとした風味が美味しい。……でもなぜだろう。征士が淹れてくれるお茶の方が美味しいと思ってしまうのは。

「——待たせちゃったわね、ごめん」

聞き覚えのある女性の声で縁は顔を上げる。父の葬式で会って以来の美咲が、正面の席に腰を下ろすところだった。

縁はパッと表情を明るくする。

「久しぶり、美咲ちゃん！」

会えて嬉しい気持ちを全身で表す縁に、美咲は目を見開いた。

「……お父さんが言ってたの、本当だったのね」

「何が？」

「縁の記憶が戻ったって。あれからもう四年がたっているから諦めていたの」

でも記憶が戻ってよかった。ホッとした顔つきになる美咲がコーヒーを注文し、係の人間が去ってから身を乗り出した。

「記憶を失っていた間のこと、すっかり忘れているそうじゃない。びっくりしたわ」

「うん、そうなの。だから四年間にあったことを知りたいと思って……」

「一柳さんから聞いてないの？」

「聞きたいんだけど、あの人、仕事が忙しすぎて……それに一柳さんより、美咲ちゃんや叔父さんから話を聞きたいの。だって一柳さんと結婚したこと覚えてないから、心から信用できないというか……」

縁の言葉に美咲はさっと表情を改めた。

「そっか……縁は事故にあったときから時間が止まっているようなものなのよね」

ふむ、と美咲は眼差しを伏せて何事かを考え込み、数拍の間を空けてから顔を上げる。

「わかった。記憶を失くしていた四年間のこと、話してあげる。縁は伯父さんのお葬式後、大型トラックにはねられて重傷を負ったの」

「うん、それは一柳さんに聞いたわ。助かったけど記憶を失ったのよね」

「そうよ、おかげで大変だったわ。記憶喪失のせいで中身が赤ん坊になっちゃったんだから」

「赤ん坊……？」

「それか要介護の高齢者みたいなものだったわ」

美咲の話によると、縁は生まれてからの多くのことを忘れてしまったという。

それは単に思い出というものではなく、食事の仕方や着替え方、文字や常識、自分の名前さえも思い出せないというレベルだった。

「縁の意識が戻ったとき、駆けつけた私やお父さんのことも忘れてて、言葉も話せなくって……認知症になったのかと思ったわ」

命は助かったけれど、一人では生きていけない状態になった。食事のみならず、排せつや入浴などの日常生活全般において、全面的な介助が必要だった。

「でも赤ん坊と違って力はあるし、高齢者と違って元気に歩き回るし……なのに言葉が通じないから、もう本当に大変だったわ」

予想もしなかった話に縁は愕然となり、全身に鳥肌が立つほどだった。

「それで、私は四年間もおかしな状態だった……」

「あ、違うわよ。三年ぐらいで普通に戻ったわ。一柳さんが教育してくれたのよね」

「え……」

いきなり征士が出てきて面食らう。

彼は、縁が普通の生活を送れない状況だと知り、彼女の介護をすると名乗り出たという。縁が一人の人間として社会で生きていけるよう、教育すると。

「でもね、あの人が縁を引き取りたいって言い出したときは、私だけじゃなくって親戚中が反対したわ。あの人は伯父さんの仇の家族じゃない。どのツラ下げて縁の前に現れたんだって思ったもの」

「そうよね……じゃあ、断ったんだ」

すると美咲が気まずそうな表情になって目を逸らした。

「もちろん断るつもりだったけど……ほら、縁は身寄りがないじゃない。そりゃあ私やお父さんが保護するべきだと思ったけど、私は当時大学生で就活も始めていたし、お父さんは牧場と乗馬クラブの経営があるし……」

言葉を濁す美咲の本音を縁は悟る。中身が赤ん坊になった成人を介護し続けるには、人手とお金が必要だ。美咲や叔父だけでなく、他の親戚たちも引き取ることに難色を示しただろう。

縁に対する同情はあっても、皆それぞれの生活で手一杯なのだから。

「そっか、それで一柳さんと暮らし始めて、結婚に至ったわけね……」

征士が縁を引き取ったのは愛情が理由だろう。それは彼の口から聞いているので理解できる。

しかし縁の関係者が征士との結婚を〝賛成はしないが反対もしない〟としたことがずっと解せなかった。

おそらく美咲たちは、縁を引き取ってくれたことを恩に着て、征士との結婚を認めざるを得なかったのだろう。

縁が考え込んでいると、美咲は居心地が悪そうに体を揺らした。

「……ごめんね、縁を一柳さんに任せちゃって」

「ううん、美咲ちゃんの事情はわかってるわ。私だって赤ん坊になった人の介護をしろって言われたら、やっぱり迷うもの。気にしないで」

にこっと微笑みながら告げれば、美咲はホッとしたような顔つきになった。いつの間にか運ばれていたコーヒーにやっと手をつける。

「まあ、あの人が縁の介護をするため、外国の会社を辞めて北海道に引っ越してきたときは、びっくりしたわ」

「え……東京で私の介護をしたんじゃないの？」

「違うわよ。縁は北海道にいた方が記憶を取り戻せるんじゃないかって、入院した札幌の病院の近くに家を買って暮らし始めたのよ」

とんでもない話に、縁は呆然として額に手を当てる。

彼は大手企業の跡取りなのだ。そのために海外の大学に留学して、現地法人で働き始めた。そういったキャリアや人脈を全部捨てて自分のもとに来たなんて。

――それでアメリカから帰ってきてるんだ……もしかして今、子会社で働いているのも一度会社を辞めたことが原因じゃあ……

家族は反対しなかったのかと混乱でおろおろしていたら、コーヒーを飲み干した美咲が再び身を乗り出してくる。

「ねえ、一柳さんと一緒に暮らした記憶がないってことは、彼のこと、もう好きじゃないのよね」

疑問ではなく断定の口調で言われて、縁はとっさに言い返すことができなかった。動揺する縁に美咲はたたみかける。

「だって今の縁って、一柳さんと過ごした時間を忘れているんでしょ？ だったらあの人のこと憎んでるだけじゃない。もう離婚するべきじゃないの？ 憎い男との結婚生活なんて続けられないでしょう？」

離婚との言葉に縁は目を伏せる。

美咲の言う通りだ。自分は征士へ『このまま一緒に暮らすなんて無理』と告げているし、彼もまた別れることに表向きは同意している。いまだ共同生活を続けているのは、縁が職を得て一人立ちするための準備期間なだけ。

それなのに、即答することができなかった。

何も言い返せない縁に、さらに美咲は追い打ちをかける。

「私や他の親戚が結婚に反対も賛成もしなかったのは、記憶を失った縁が一柳さんを好きになっちゃったからよ。……私は何度も説得したのよ、一柳さんは伯父さんを死ぬまで追い詰めた老害の家族だって。なのに縁は、お父さんのことは覚えてないから関係ないって、聞く耳も持たないし……」

親戚の中には、『この親不孝者！』と縁を殴りそうになるほど激高した者もいたという。

「そんなことがあったんだ……」

「そうよ。だからあんたたちのことは諦めていただけ。あの人のおじいさんが伯父さんに何をしたか、元凶が死んだからって忘れることはないわ」

「元凶って、一柳征一郎のこと？　え、亡くなったの？」

「知らないの？」

「うん……あの人のことは話題にしたくなくて……」

「そりゃそうよね。えっと、たしか去年の夏頃だったかしら。認知症がひどくなって入院してたんだけど、肺炎になったとかで」

親の仇が亡くなっていたことに、縁は複雑な心境になる。これで永遠に恨みをぶつけることができなくなったと。

「そっか、もういないんだ、あの人……」

「というか、あの老害が死んだからこそ、一柳さんは縁と結婚しようって考えたんじゃないの？　だって生きてたら縁はあいつと義理の家族になるじゃん。どんな地獄よ、それ」

「そうね……つらいわ」

父が死んだときのショックを忘れることはできないし、その元凶を許すこともできない。人の死を喜ぶほど下劣にはなりたくないのに、征一郎と身内付き合いをしなくて済むのは本当に助かった。

ホッと息を吐き出す縁に、美咲が低い声で話を続ける。

「でもさ、あのクズ野郎が死んだからって罪は許されないわよ。縁だってそうよね？　親が死んでいるのよ。その元凶の家族と結婚したままって納得できるもんなの？」

念を押すように告げる美咲に縁は反論できない。だがこのとき、反論したいと思っていることに気づいて蒼ざめる。

――私、一柳さんと別れたくないの……？

顔色が悪くなる縁に、美咲は姿勢を戻して声のトーンを柔らかくした。

「まあ結婚しちゃった以上は、今すぐ答えを出せって言うわけじゃないわ。でもよく考えるのよ」

そう言い置いて美咲はラウンジを出て行った。

縁はしばらくその場から動けなかったが、やがて我に返るとよろめきながらエレベーターへ向かった。

部屋では征士がウルトラブックに何やら打ち込んでいる。こんなところまで仕事を持ち込んだのかと驚く反面、やはり今日も仕事だったのではないかと、彼を自分の都合で振り回している申し訳なさに心が痛んだ。

「――お帰り」

征士が画面に視線を向けたまま告げるので、縁はぎくりと身を竦ませる。

「えっと、ただいま……」

「高田さんと話はできた？」

「あ、うん……いろいろ聞いたわ。……一柳さんのことも」

それだけ告げると、そそくさと隣室に続く開けっ放しのドアから自分の部屋に入る。二つの部屋をつなぐドアを閉めてもいいかと思ったが、たぶん征士は嫌がるだろうと考えてそのままにした。

ベッドの片方に腰を下ろして息を吐く。

『――もう離婚するべきじゃないの？　憎い男との結婚生活なんて続けられないでしょう？』

美咲の言葉が頭の中でこだまする。自分の中で、肯定する気持ちとためらう気持ちがせめぎ合っているのを感じた。

ためらうということは、離婚したくないと思っているのではないか。迷いがなければ美咲の言葉にすぐさま同意していたはず。

――ううん、単に結婚した以上は簡単に離婚するべきじゃないって、貞操観念から迷っているだけじゃないの……？

結婚したばかりなのに、もう離婚するなんてみっともない。そんな〝世間体〟という実体のない声がどこからか聞こえてくるようで。

……考えすぎて頭から湯気が出る気分に陥った縁は、ベッドにぱたんっと倒れ込んだ。

空転する思考を止めてぼんやりとすれば、心の奥底に閉じ込めた淡い想いが熱を孕むのを感じる。絶対に叶わないはずだった初恋が、今の状況を喜んでいると。

言い訳を並べ立てるのは、認めたくないのだ。どうあっても手に入らない男に愛され、彼の妻でいることに本音では幸福を感じているから。

「……裏切り者」

過去のつらい記憶が、心をぐらつかせている今の自分を責め立ててくる。簡単に征士への想いに揺れる己が情けなく、視界が涙で滲んだ。

――親不孝者って、その通りだわ。誰が言ったのか知らないけど怒るはずよね。

親の仇の家に嫁ぐなど、最大級の親不孝だ。父はあの世で娘を見損《みそこ》なっただろう。

自分もまた征士のそばにいる限り、父親が死んだときの絶望を何度も思い出す……

このとき開けっ放しのドアがノックされた。

「縁。夕食だけど街に食べに行くか？　ホテルのレストランだと鴨肉が食べられるようだけど」

「……鴨肉？」

なぜ鴨なんだろうと呆《ほう》けてしまう。……まあ、鴨は嫌いではないので頷いておいた。外に食べに行くといっても、札幌の美味しい店など知らない。

夕方になって征士が向かったのはフレンチレストランだった。日本料理の店に行くものだと思い込んでいた縁は、窓側の席に案内されてきょとんとする。

「……さっきの鴨って、鴨鍋かと思ってたわ」

「なんで鴨鍋？」

「うちで鴨をもらったら鍋になるから……」

同じ町内に猟師がいて、ときどき獲物をおすそ分けしてくれたのだ。

征士が何かを思い出したような顔つきになる。

「そういえば、たまに解体した獲物の画像を送ってきたよな」

北海道から東京は頻繁に遊びに行ける距離ではないため、子どもの頃の縁と征士はSNSでメッセージをやり取りしていた。

縁は東京にいる大好きなお兄ちゃんが、離れている間も自分のことを忘れていないのが嬉しくて、日常で起きたささいなことをメッセージで送ったものだ。

狩猟で獲《と》れた獣の解体は、縁は得意というのもあって、よく話のネタにしていた。

「そうそう、鴨以外にも鹿とか猪《いのしし》とか解体したなぁ。美味しそうだったでしょ？」

過去を懐かしく思っていたが、彼が口元を引きつらせているのを見て目を瞬《またた》く。

「あれ……もしかして苦手だった？」

すごいな、とか、俺も食べたい、といった返信ばかりだったので、獲物を解体するたびに撮影して送付したのだが。

「ごめんなさい……気持ち悪かったわね……」

そういったものが苦手な人間なら、グロ画像でしかないと今さらながら気がついた。

「都会の軟弱な人間には刺激が強かったんだよ。でもそんな情けないことは好きな子に言えなくて……いや、なんでもない」

彼が目元を赤くしつつ気まずげに視線を逸らすから、縁もまた頬を染めてうつむいた。居心地の悪さと、若干の熱を含んだ奇妙な沈黙がテーブルに落ちる。

空港で手をつないだときに生じた沈黙とは違う、甘酸っぱい空気に縁はいたたまれなかった。

──私たち、一応結婚した夫婦なのに子どもみたいにうろたえて、みっともない……

このときウエイターがワインリストを持ってきたため、お互いにほっとしたのがわかった。

「縁、君の好きなワインが……えっと、記憶を失っていたときに好きだったワインがあるんだけど、飲んでみるか？」

「そうね……飲んでみる」

記憶をなくす前の自分は二十歳になったばかりで、アルコールはビールぐらいしか飲んだことがなかった。自分的にワインを飲むのは初めてになる。

脚の長い繊細なワイングラスにスパークリングワインが注がれ、縁は香りを嗅いで表情を明るくした。

「甘い香りがする……！」

くぴっと一口飲んでみると、フルーティーで爽やかな甘さとフレッシュな気泡が口の中で弾けた。

「わ、美味しい。これシャンパンってやつなの?」

「いや、マスカットのスパークリングワイン。アルコール度数も低いから飲みやすいだろ」

こくこくと笑顔で頷く縁に、征士も淡く微笑む。彼の方は辛口のシャンパンを頼んでいた。

それからはアルコールのおかげか、自然と昔の、まだ二人が仲のいい関係だった頃の話に花が咲く。

縁は馬のことしか話せないが、征士は退屈そうなそぶりなど見せず話を聞いていた。やがてメインディッシュ前のシャーベットを食べていると、彼がぽつりと漏らした。

「嬉しいよ、昔の話を聞けて。……もう二度と君の口からは聞けないと思っていたから」

「……聞きたかったの? 昔のことを?」

記憶喪失になったからこそ結婚できたようなものだから、征士にとって過去など必要ないものと思っていた。

「そりゃそうだよ。俺はもともと君の記憶を取り戻す目的で君を引き取ったんだ」

縁の親戚と定期的に会わせたり、故郷の新冠《にいかっぷ》へ行ったり、競走馬の生産牧場へ見学に行ったりした、と聞いて驚いた。

そこで縁はまだ、彼に礼を告げてないことを思い出して姿勢を正す。

「あの、美咲ちゃんから四年間のことを聞いたわ。私を引き取って介護してくれて、教育までしてくれて、本当にありがとうございました」

部屋に戻ったら真っ先に言うべきことを引き伸ばしてしまい、恥ずかしさもあって深く頭を下げた。

「顔を上げてくれ。俺がやりたかったんだから礼を言われる筋合いはないよ。いつか必ず記憶喪失は治ると思っていた」

縁の主治医からは、明日にも記憶が戻るかもしれないし、一生戻らないかもしれないと、それは誰にもわからないと言われていた。それでも、『戻るかもしれない』の言葉に賭けていたと彼は淡々と語る。

その様子に縁の脳内で疑問が渦巻く。

「けど、私の記憶が戻ったら……その、結婚生活を続けることはできなくなるって考えなかったの？」

「考えたよ。ずっと記憶喪失のままでいてくれたら、君は俺の奥さんのままでいてくれるって」

ほろ苦く微笑む征士を見続けることができなくて、縁はかつての自分が好きだったというワインを飲んだ。

美味しいと感じるのは今の自分の味覚なのか。それとも消えたはずの記憶からもたらされる懐かしさなのか、わからなかった。

「……三年ぐらいで私は普通に戻ったって聞いたわ。それまで大変だったのよね」

「たいしたことじゃないよ」

なんとなく言葉を濁すニュアンスを感じ取ったとき、メインディッシュの道産鴨のソテーが運ばれてきた。

均等にスライスされた鴨肉に、ハスカップのソースが添えられている。征士いわく、鴨肉に甘いソースをかけた料理は縁の好物だった。

「美味しい……」

ずっと北海道の奥地で暮らして、たまに父親に連れられて旅行へ行くときは、道外の競馬場ばかり。天野牧場で生産した馬が、GIレースに出走するのを観に行くぐらいだった。

そのため生産馬がレースに勝ったら、馬主さん主催の宴会に参加。負けたら寂しく適当な食事をして帰宅、といった流れだった。

なのでこの歳まで、こんな高級ホテルで美味しいディナーとワインを味わう経験はなかった。

おそらく記憶を失くしていた間の自分は、征士に連れられて美味しいものをたくさん食べたのだろう。

とても幸せだったと想像できる。自分は喜んでいたはずだ。

こんな素敵な人と暮らしていたら好きになるに決まっている。

「……あの、記憶を失っていた間の私って、どういう感じだったのかしら」

「知らない方がいい」

意外すぎる言葉に縁は目を丸くした。

「えっ、どうして？」

「当時の君は……君自身がこう言っていたんだ。『あの頃の私は人間じゃなかった』って」

記憶喪失になった縁が社会で生きていけるレベルに成長すると〝赤ん坊に戻っていた自分〟を恥じるようになった。

人間は赤子の頃の記憶がないと言われるが、縁は成熟した大人の脳を持っていたせいか、記憶喪失後の自分を克明に覚えていた。

食事の際に箸を使えず手づかみで食べ、トイレの使い方もわからないのでオムツを着ける。言葉もうまく話せなくて泣きわめいたり、不快感で征士に噛みつくこともあった。本当に赤子と同じ状態だった。

しかし赤ん坊なら当たり前の生活が、若い女性である縁には屈辱で、人生の汚点のように感じていた。

猿と同じか、それ以下だと。

病気なのだからおかしいことではないと征士が慰めても、当時の縁はずっと割り切れない気持ちを抱えていた。

「だから知らない方がいい」

きっぱりと告げる征士からは意志の固さを感じられ、縁はひどく戸惑ってしまう。

「……でも、一柳さんは四年間の記憶を思い出してほしいんでしょ？」

彼はややためらいながらも頷いた。

「本音では思い出してほしい。でも思い出したら君は苦しむだけだ。……本来なら俺と君は、どうあっても交錯する人生ではないから」

征士はナイフとフォークを置くと、「すまない」と頭を下げた。縁は目を見開く。

「え……何が？」

「君と結婚するべきじゃなかった。いつかこうなったとき苦しめるとわかっていながら、君の手を取った……すまない」

動かない征士の頭頂部を、呆然と見つめながら縁は思う。この人は本当に私を大切にしてくれたのだと。

記憶喪失になった縁を引き取って結婚までしたのに、すべての責任は自分にあると、縁の気持ちを守ろうと、あくまで縁を優先させる。

その気持ちがどれほど大きくて誠実なものか、恋愛をしたことがない自分にだってわかった。

「……謝らないで……顔を上げてください……」

征士の献身と愛情に胸が痛いほど高鳴る。自分の中で彼の存在感がどんどん膨らんでいくようで。

ゆっくり持ち上がった美しい顔を見つめると、甘さのかけらもない固い表情だった。それでもとても綺麗だと思った。

顔がいいだけではなく、これほど誠実な人を自分は彼以外に知らない。こんないい男と愛し合っていたのかと、記憶を失っていた自分を妬《ねた》ましく思うほどだった。

「……料理、食べちゃいましょう。美味しいのに冷めたらもったいない……」

かつての自分が好きだったという鴨肉を見ながら呟けば、征士は再びカトラリーを手に取った。

美味しい料理を食べながら思う。

赤ん坊になった成人を介護して教育することは、どれほどの苦労があったろう。

記憶喪失になった縁を、美咲も赤ん坊だと表現したが、話を聞いていると認知症になった高齢者の方が近い気がする。

親の介護で虐待が起きるほどのストレスをためるとも聞くのに、征士はたった一人で他人を普通に戻るまで世話をした。己の親戚が、一柳の人間である征士との結婚を認めるのも頷ける。それほどの大恩だ。

ここまでしてくれたのに、記憶が戻ったからといって、あっさりと別れていいのだろうか。

──一柳さんは、私と別れたくないと思っているのに……

それこそ恩を仇で返すことではないだろうか。この身に受けた恩と、父のことは別問題なのに。

征士へ寄り添うことをためらうのは自分の問題だ。心をさらけ出して正直になりたいと思っているのに、あの日を乗り越えることができなくて。

やがてメインを食べ終えるとデザートが出された。征士は甘い物が苦手とのことでチーズを食べている。

彼が、縁が好きだったデザートワインを飲んでみるかと聞いてくれたから、素直に頷いた。それは濃厚なとろりとした甘いワインで、初めて飲む独特の風味と凝縮された旨味が美味しい。

記憶を失ったままの自分なら、とても嬉しそうに飲んだのだろう。征士が己の好みをきっちり覚えていることに喜び、新たに積み重ねる思い出を大切にして。

――どれほど幸せだったんだろう、私は。

なのにそれらすべてを忘れてしまった。

かわりに思い出したのは彼への憎しみだけ――

止める間もなく涙があふれて零れ落ちた。いきなり縁が泣き出したことで、征士はぎょっとして立ち上がる。

「どうした？　酔ったか？　頭が痛いとか？」

焦りを浮かべる端整な顔が覗き込んでくる。こちらを案じる彼の気持ちが嬉しくて、心配をかけているのにそんなことを考える自分が情けなくて、ますます涙が止まらなくなった。

征士が係の人へ、代金を部屋につけることを指示し、「触るぞ」と告げてふらつく縁を支えながら部屋に戻った。縁をベッドに座らせ、バスルームからフェイスタオルを持ってくる。

差し出されたタオルに顔を埋めた縁は、涙が止まるまでひとしきり泣き続けた。

征士の大きな手のひらが背中を撫でるのを感じる。突然泣き出したのに、落ち着くまでじっと待ってくれる彼の優しさに心が慰められるようで。

縁は涙を出し切ると、タオルを顔に押し付けたまま話し出した。

「ごめんなさい、急に、泣いて……」

「気にするな。それより大丈夫か？　どこか苦しいとか……」

「違うの。あなたと暮らしていた以前の私が、羨ましくて……」

「え」

こちらの背中を撫でる征士の手が止まった。触れる手のひらからぬくもりとかすかな震えを感じる。

——私は、今でも一柳さんのことが好き……

一年のうちで数えるほどしか会えない馬主の家族。優しくて格好いい、大切なお客さま。

彼とは立場とか生まれとか、恋をするのもおこがましいほどの格差があったけれど、好きでいるだけなら自由だと、この気持ちをずっと抱いていた。

意識の奥深くに押し込めた想いは、父のことがあっても消えてはくれない。

それでもこの恋を彼にぶつけることはできなかった。

「憎しみや恨みを忘れることができた私が羨ましい……だってあなたを見ると、父を思い出してしまうから……」

顔を上げなくても、征士が息を呑んだのは感じ取れた。

「……すまない」

「待って、お願い謝らないで……父の死にあなたは関わっていないって、本当はわかっていたのよ……」

一柳征一郎は、天野浩一の最大の支援者《スポンサー》だった。征一郎が集めた資金で天野牧場は事業を拡大していたのだが、ある日いきなり征一郎が支援を打ち切ったのだ。

何億もの金を使わせるよう仕向けた後、理由も言わずに。

それだけではなく、他のスポンサーに天野牧場と手を切るよう圧力をかけた。

父親と征一郎の間に何が起きたのか、詳しいことを縁は知らない。ただ、借金のせいで事業を拡大していた牧場経営はすぐに行き詰まり、父と娘の夢はあっけなく潰《つい》えてしまった。

後から知ったのだが、征一郎が融資した資金の担保の一つに、浩一の生命保険があった。

天野牧場の破産手続きが始まる直前、縁が起床すると父の姿がなかった。家中を探したがどここにもいなくて、泊まり込んでくれた叔父夫婦と一緒に探すことにした。しかし見つけることはできなかった。

十日後に警察から連絡が入り、父が新冠の浜辺から二十キロの沖合で、遺体となって漂流しているのが見つかった。

事故死ということになったものの、釣りの趣味もない父親がこのタイミングで亡くなるなんて、理由は一つしかない。

「……遺体の確認に警察へ行ったけど……ずっと水中にいたから、変わり果てた姿で……お父さんだって信じたくなかったけど、お母さんとおそろいの結婚指輪があったから……」

「それ以上は話すな」

征士が激しいほど強く抱き締めてきた。今まで縁の許可なく触れないよう注意していた彼なのに。

だが縁もまた征士の背に腕を回して縋りついた。とめどなく涙が噴き零れる。

父の最期の姿を忘れることができない。今でも鮮明に思い出してしまう。

愛情を注いでくれた親を、大切な家族を、あのような尊厳を傷つける姿に追い込んだ老害を、決して許さない。

「……あなたを見ると、ときどき父の死に顔を思い出すの……あ、あんなひどい死に方をして、誰のせいでって……」

まだ幼い頃、父親と一緒に馬に乗るとき、後ろにいる父にもたれて甘えるのが好きだった。

自分は誰に強制されることもなく牧場を継ぐと決めていたが、父は家業が娘の枷《かせ》になってほしくないと、『好きな職業に就《つ》いていいんだぞ』と何度も言ってくれた。

けれど本当は、牧場を我が子に継いでほしいと思っていたのを縁は知っている。酒に弱い父が正月に酔っ払ったとき、母に漏らしていたのだ。母はそのとき、『縁が本当にやりたいことを見つけたら、望むとおりにしてあげてね』と笑っていた。

――お父さん、お母さん……

父も母も優しくて穏やかな人だった。

母はまだ四十一歳だったのに乳がんで亡くなったため、入院中は口が酸っぱくなるほど、『若くてもがん検診を必ずしなさい』と娘に言い続けた。

一人っ子の自分にとって、家族は両親のみ。母の死後、たった一人の家族である父と共に夢を叶えていこうと己に誓ったのに。

「……全部俺の祖父のせいだ。君は祖父と俺を憎む権利がある」

征士の顔を見なくても、彼が苦痛をこらえていると感じた。縁は首を激しく左右に振る。

「あっ、あなたの、せいじゃない……」

天野牧場の関係者にとって、征一郎と征士はワンセットだった。孫を溺愛する征一郎は常に征士を連れ歩いており、二人以外に一柳の人間と会ったことはない。

だから征一郎の傍らにいる征士へも憎しみが向けられた。

なんの罪もない青年へ。

……そう、征士は天野牧場の倒産になんら関わっていなかった。おそらく祖父が何をしたかさえ、聞かされていなかっただろう。牧場が経営破綻したとき、彼は海外にいたのだから。

けれど縁も親戚も、誰かを恨まないとおさまりがつかなくて。

十一月下旬の父の葬式のとき、訃報《ふほう》を知って海外から駆け付けた征士に誰もが罵声をぶつけた。焼香だけでもさせてほしいと玄関先で頭を下げる彼へ、親戚の誰かが水をぶっかけたと聞いた。

冬が始まる時期にそんなことをされたら風邪を引く。なのに征士はひと言も言い返さず、ただ頭を下げるだけだったという。

縁は征士に会おうとしなかったため、そのときの彼の様子は知らない。征士に罪はないとわかっていながらも、彼を見ると征一郎を思い出してしまうから。

でも本当は、大人たちの怒りが渦巻く修羅場が恐ろしくて動けなかったのだ。彼は関係ないと庇《かば》うことができなかった。

「ごめんなさい……あなたは何もしていないのに……」

弔意を表しに来た青年を罵って責め立てた。その愚かさを、縁の親戚も縁自身もわかっている。

わかっていながら憎まずにはいられなくて。

「ごめんなさい……本当にごめんなさい……」

「もう謝るな。俺は大丈夫だから」

「ちがっ、わたしも……責任を、とるべきだと思ったの……」

──本当は、あなたが好きだと言いたい。

「あなただけを責めて、苦しめて……ごめんなさい……」

──ずっとあなたのことが好きだったの。

「わたし、あなたとやり直したい……四年間の、記憶を、とりもどせば……そうすれば、きっと……」

征士のたくましい腕に力がこもり、まるで彼の方が縁に縋りつくように抱き締めてくる。

「それは今後も俺と一緒にいてくれるってことなのか？　期待してもいいのか？」

彼の腕の中で頷くと、抱き締める力がさらに強くなる。痛いぐらいの膂力《りょりょく》を懐かしいと思うのは、やはり彼と過ごした四年間の記憶が脳裏に残っているからなのか。

彼に愛されて、自分も彼を愛した、幸せだった頃の記憶が。

その尊い時間の中では、親や親戚、つらい思い出もすべて忘れ果てて、ただの男と女として向かい合うことができたはず。

失ったかけがえのない記憶を取り戻したいと、縁は心から思った。

上流階級の家に生まれた征士は、容姿が整っていたのもあって人間関係に恵まれ、劣等感を抱いたことがなかった。

誰もが自分に関心を寄せては媚を売る。幸いなことに頭脳も人並み以上に優秀だったため、自己肯定感が高く、尊大とまではいかないがプライドも高かった。

そんな征士だが、縁は弟のような友人で幼馴染でもある大切な子だった。

精神的な成熟が人より早い彼にとって、自分より四歳も年下の子どもの相手など苦痛でしかない。お守《も》りなどまっぴらごめんだ。

§

しかし縁はたしかに幼いものの、馬に関することだけは征士が及ばないほど優れていた。

征士も東京で乗馬クラブに通うようになったけれど、縁が相手ではなかなか二人の差は縮まらない。そもそも縁の方が乗馬歴は長い。

特に障害馬術——障害物を馬で飛越《ひえつ》する——の技術が縁は高かった。彼女が大きな馬と共に軽々と障害物を跳び越える様は、迫力と華麗さがあり圧倒される。

『——縁の障害の跳び方って、すごく綺麗なんだよな。俺も早くあのレベルになりたい』

嘘偽りなく称賛すれば、縁はいつも照れたように明後日の方角へ目を逸らせていた。

『そうかなぁ〜、えへへ。でも縁は毎日馬に乗ってるから、お兄ちゃんより練習量が多いだけだよ』

はにかむ縁は謙遜してばかりだったが、彼女の技術は本物だ。いつか自分も、あんなふうに馬と跳んでみたいと思えるほどに。

おまけに彼女は優れた相馬眼《そうまがん》の持ち主だった。

相馬眼とは、馬の能力や資質を見抜く眼をいう。縁は馬の頭から首の長さや角度、胸の深さ、背中の湾曲や長さなどを観察して、その馬がどう走るかを頭の中に思い浮かべることができるという。

競走馬に関わる馬産家や馬主、競馬の騎手、調教師でも、馬を見る目がない者もいる。だが縁は骨格や体形などの見た目から、その馬の潜在能力を読み取る力が突出して優れていた。

だから征士は、縁に対して友情とは別に敬意も抱いた。己の尊敬を捧げる友人など、東京にもいないのに。

北海道と東京という離れた場所にいる二人は、年に数回しか会うことはない。しかしSNSで頻繁に連絡を取り合い、会うことができれば、会えなかった時間などものともしなかった。

二人の関係は近すぎず遠すぎない、互いに馬を愛する仲間といったもので。

しかし縁に二次性徴が見られる頃、征士の側で意識が変わった。

今までショートカットで馬を乗り回す少年のようだった縁は、体形が丸みを帯びて成熟の気配を匂わせるものとなった。

そしてある日突然、征士にとって弟同然の子が〝女の子〟に変わった。

征士が高校二年生になったゴールデンウィークのことだ。祖父と共に天野牧場を訪れたとき、とても愛らしい容姿の縁が礼儀正しく出迎えた。その姿は弟だなんて言っては失礼なほど、どこからどう見ても可愛い少女だった。

驚き、戸惑う征士の隣で祖父までも、『いやぁ、化けたなお嬢さん！　これは将来が楽しみだ』などと大げさに持ち上げ、天野社長をおだてていた。

『娘さん、蛹《さなぎ》が蝶《ちょう》に羽化しましたなぁ。あんな可愛いお嬢さんになるとは思いませんでした』

『いやぁ、どうでしょう。見かけ倒しにならないといいのですが』

『なんのなんの。そのうち婿さん候補が押し寄せるでしょう。これで天野牧場は安泰だ』

征士は大人たちが縁の容姿を話の種にすることが、なんとなく不快だった。縁は見た目が変わっても縁でしかないのに。

ただ、『お兄ちゃん』と無邪気に慕ってくる縁に、身勝手な苛立ちを覚えたことは自覚していた。

兄弟のような親しい関係を変えたくないのに、縁が自分へ向ける眼差しが昔からまったく変わらず、兄としか見てくれないことに腹立たしさを抱いてしまう。

――縁は弟みたいな子だから、俺が兄貴で当たり前なのに。

可愛い女の子だったら東京にいくらでもいる。縁より美人な子も山のように知っている。

征士は己の容姿が際立っていると自覚しており、特に望まなくても周りには愛らしい容貌の女子が群がっていた。そのため彼女が途切れたことはない。

でも縁はそういった者たちとは違って、邪《よこしま》な気持ちを抱かない、いわば聖域にいるような子だった。

穢《けが》してはいけない大切な子なのに、どうしてか激しく彼女を意識するようになる。

その動揺は縁も察せられたのか、北海道に滞在中、縁に外乗へ誘われて森を散策していると、彼女は不思議そうにこちらの顔を覗き込んできた。

『お兄ちゃん、今日はなんか変』

『……変って、何がだよ』

縁を乗せているユーグヴェールという名の馬も、こちらの顔をやけに見てくるからイラっとする。

『だって話すとき、こっち見てくれないじゃん。それになんか落ち着かないし……さっき落馬したとき、やっぱりどこか痛めたんじゃない？』

憂《うれ》いを帯びた表情の縁が不安そうな眼差しを向けてきたとき、心配をかけて申し訳ない気持ちと、もし自分が怪我をしたら縁がずっと気にかけてくれるかもしれない、との考えが浮かんだ。

直後、この思考はとてもおかしいことに気がつく。

申し訳ないという気持ちはまだいい。だが縁の意識を自分に……自分だけに向けたいと望むことは執着ではないか。

己にとって彼女は、そういった色めいた感情から、もっとも遠い位置にいる子だったはずなのに。

『……別にどこも痛くないよ。ちょっと前に祖母が亡くなって相続でバタバタしていたから、精神的に疲れているだけ』

『えっ、そうなんだ！　……ごめんなさい、おばあさんのこと知らなかった』

『気にするなよ。あと進学のことで悩んでいてね。集中できないだけ』

『そっか……あ、そろそろ着くよ』

今日の目的地を縁は話してくれなかった。連れて行きたいところがあるとしか。

森を抜けた途端、征士は日差しに目を細める。だが数秒後、草原の緑に映《は》える桃色の情景を認め、息を呑んだ。

何本かの桜の大木が満開になっている。

『すごいな！』

『でしょー。ここは毎年、ゴールデンウィークに咲き始めるから、お兄ちゃんに見せたくって』

北海道は本州と違って桜の開花が遅いとは聞いていたが、五月に入って花見ができるとは思いもしなかった。

この日は風があまり吹いておらず、青い空と草原の緑と桜の桃色が美しく、鬱屈していた心が洗われるようだった。

とても気持ちよく、征士は馬に乗って桜を見るという贅沢に感嘆の声を漏らす。

幼い頃から祖父に連れられて桜の名所へ行っていたため、桜には特別な感情を抱いており、これはとても嬉しかった。

馬上からだと、桜を見る角度がいつもと違って新鮮な気持ちになる。

『お兄ちゃん、お弁当は桜の下で食べようね』

『ああ、そうだな』

桜の近くには小川が流れているそうで、馬も休憩させられるから、縁は毎年桜が咲く時期になると馬に乗ってやって来るという。ここまで車が通れる道がないのもあって、花見客もおらず静かだった。

山裾の一帯は見渡す限り建造物がなく、温かな日差しと揺れる桜の木々は、一枚の風景画のように美しい。

自然と笑みを浮かべていたらしく、縁はこちらを見てニコニコとしている。

『お兄ちゃん、やっと笑ってくれたねー』

とても嬉しそうに微笑むものだから、そんなに自分は不機嫌なツラをしていたのかと、居心地の悪い気持ちで自分の顔を撫でた。

『ごめん……』

『別に謝ることじゃないよ。進学ってお兄ちゃんは海外の大学に行くんでしょ。受験勉強は大変なんだよね』

『まだ決めたわけじゃないけど……その話、なんで知ってるんだ？』

『一柳社長がうちのお父さんに話してるの聞いちゃった。ごめんね』

まだ本当に海外留学を決めたわけではないのに、じいさんはおしゃべりだな、と征士は心の中で祖父へ舌打ちをしておいた。

『まあね……縁は大学に行くとか考えているのか？』

『うーん、私はいいかなぁ。勉強は嫌いじゃないけど、それよりも強い競走馬を作っていかないと、ダービー馬なんて夢のまた夢だし』

『そうか……』

縁には夢があり、自分には家業を継ぐ使命がある。どうあっても交錯する人生ではないと、当たり前のことに気づかされた。

暗澹《あんたん》とした気分に陥りながらも、なぜ暗くなるのか理解できず、もやもやしたままだった。

でも桜のそばで下馬すると、美しさに心が晴れやかになる。

馬を休憩させてから自分たちもランチにすることにした。

『今日のお弁当はね、私が作ったの』

『へぇ、すごいな』

リュックから取り出されたのはサンドイッチだった。優しい味のたまごサンド、玉ねぎのシャキシャキ感が美味しいツナサンド、からしが効いて一番気に入ったハムサンド、とボリュームもある。

どれも美味しいよと告げたら、縁は照れたように笑っていた。

その表情が可愛いと、もう弟扱いなんてできないと思ったとき、今さらながら気づいたことがある。縁が自分のことを名前ではなく〝私〟と言うようになっていると。

いつからだろう。全然思い出せない。

ただ、こうやって知らないうちに成長していくのだと思い知らされた。いきなり〝女の子〟に変化したように、次に会うときはもっと大人びているかもしれない。

なんとなく縁の顔を見つめていたら、もぐもぐとサンドイッチを味わっていた彼女は、視線を感じて顔を上げると目を瞬いた。

『何？』

『……いや、可愛くなったなと思って』

『ええっ！』

一瞬にして縁の顔が真っ赤になり、おろおろしている。

『そっ、そうかなぁ、お兄ちゃんの方が綺麗というか……あっ、でも、そうだっ、クラスの男の子に告白されたから、ちょっとは変わったのかなっ』

テンパっている縁がぽろっと漏らした言葉に、征士は反応した。

『彼氏ができたのか？』

ちょっと前まで小学生だったお子さまが色気づきやがって、と自分も子どもでありながらそのことは棚に上げて、怒りにも似た不快感を抱く。

だが縁の方は焦りすぎて、征士の不機嫌な様子に気づいてもいない。

『ううん、彼氏なんていないよ。断ったもん……』

羞恥をごまかすように縁はサンドイッチにかぶりつく。しかし征士が見つめてくるのが耐えられないのか、わざとらしく話を変えた。

『ここっ、いい場所でしょ？　来年もゴールデンウィークのときに北海道に来ない？　一緒に桜を見ようよ』

『……ああ、そうだな』

『約束ね！』

パッと表情を明るくする縁を見ながら征士は頷くが、頭の中では違うことを考えていた。

縁が同級生に告白されたと漏らしたとき、ポーカーフェイスを装っていたが、心の中で真っ黒なヘドロが煮え立つ気分になった。

縁のことを自らお子さまだと評していながら、まだ中学生になったばかりの少女に、自分以外の男が近づくことを嫌悪している。

同時に、この粘ついた醜い感情を恥じた。

――縁には知られたくない。

彼女との友情は、自分にとってかけがえのないものだ。縁にだけは、優しくて頼れる兄の偶像を崩してほしくない。

征士はこのとき、これ以上縁の近くにいてはまずいと、なるべく離れるべきではないかと考え始めた。

§

北海道から帰ってきて一週間が過ぎた。土曜日の夜、今の時刻は午後十時五十分。

縁はリビングでミルクティーを飲みながら征士の帰りを待っており、スマホをいじったりテレビを見たりしていた。

猛烈に忙しい彼は、毎日遅くまで帰ってこない。休日も展示会や会合があったりと不在の場合が多い。

いつも征士からは、「遅くなるから先に寝ていなさい」と言われている。だが帰宅時に会わないとなると、朝の慌ただしい時間しか彼と話す機会はないのだ。あいかわらず寝室を別にしているのもあって。

――以前の私って、こんなに旦那さんとすれ違ってて寂しく思わなかったのかしら。新婚なのに。

記憶が戻った直後は、征士が不在がちであることを喜んでいた。しかし今は広い家に一人きりでいることが落ち着かない。

縁の家は自営業だったので、両親は忙しくしていてもすぐそばにいた。家族以外に住み込みのスタッフもいて、厩舎《きゅうしゃ》――馬小屋――へ行けば誰かと顔を合わせるし、そこかしこに人の気配があった。

何より馬と触れ合うことができた。一人で過ごす時間など自室の中だけだった。

おかげで現在の縁は暇を持て余し、図書館では記憶を失っていた四年間の新聞を読んだり、競走馬について調べたり、競馬の動画を観たりしている。

そして明日、行きたいところができたので征士を誘いたいのだが、まだ仕事は終わらないようだ。

縁はソファの上で両膝を抱えたまま横になる。眠たくないが瞼を閉じると、自然と一週間前のことを思い出した。

あの日、北海道のホテルで征士とやり直したいと泣いた自分は、そのまま泣き疲れて眠ってしまった。服も着替えず、メイクさえも落とさずに。

翌朝、隣の部屋から顔を出した征士と、チェックアウトまで今後のことを話し合った。

四年間の記憶を取り戻したいと縁は望み、それは征士も同じで協力すると述べた。が、実際には難しい状況である。

記憶喪失が治ったきっかけも、さっぱりわかっていない。

東京での主治医に記憶が戻ったことと、記憶喪失だった期間の思い出を忘れたことを診《み》てもらったが、やはり原因不明だった。

そのためこのまま二人の生活を続けていくしかない、との結論に至っている。

四年間の記憶を思い出せば、彼をわだかまりなく愛せるかもしれない。だが思い出せないため、今の状態で彼と愛し合うことができれば望ましいのだが。

――それができないから苦労している……。

本音では縁も征士のことが好きなのだから、難しいことなどすべて放り投げて、自分たちだけが幸せになればいいじゃないか……とならないのが人間の面倒くさいところである。

憎しみは一柳征一郎のみへ向けるべきと頭では理解している。ただ、心が理屈を飲み込んでくれなくて。

それは征士も十分わかっているようで、無理にわだかまりを納得させる必要はないと逃げ道を用意してくれた。

それだけではなく。

『死ぬ間際にでも、君が俺を好きになってくれたら嬉しい』

別れの瞬間まで気長に待つと言いきる彼の覚悟に、縁は何も言うことができなくなった。そんなに待たせるつもりはないとの否定さえも。

この世に〝時薬《ときぐすり》〟や〝日にち薬〟なるものがあるように、時間の流れにしか癒せない心の傷もある。途方もない時間が流れれば、いつか征士の愛情と誠意に応えることができるかもしれない……

目を開けた縁は、ぼーっと天井を見上げてから、のっそりと体を起こした。寝転がっていると眠たくなってしまう。

一昨日、今のように征士の帰りを待っていたとき、睡魔に負けて寝てしまったことがあった。

ふと夜中に目が覚めたとき、体に毛布がかかっており、しかも少し離れた床で征士が丸くなって眠っていた。

なぜこんなところで寝ているのか。驚いて征士に毛布をかけたところ、ちょうど彼も目を覚ました。

起こしてくれればいいのにと縁が言うと、彼は意外なことを教えてくれた。

以前、縁がソファでうたた寝をした後に目覚めて、寝ぼけ眼《まなこ》で寝室へ行こうとしたところ、階段から転げ落ちそうになったという。それが怖くてそのまま寝かしておいたらしい。

とはいえ縁が夜中に目を覚まし、一人で階段を上ろうとして落ちるのはもっと怖い。それで見張るために床で寝ていたそうだ。

疲れて帰宅した征士を床で眠らせるわけにはいかない。急いで自室に向かったものの、彼は階段を上る縁をハラハラとした表情で見守っていた。

征士を心配性だと思いながらも、その気遣いが嬉しかったのを覚えている。

彼と一緒に暮らしているうちに、優しくて温かい気持ちが心に降り積もっていくのを感じた。これが幸福というものだろう。

いつかこの想いが心からあふれるほど積もったとき、征士に対して素直になれるかもしれない。父の死を、あれはどうすることもできないことだったと、心から思えるようになるかもしれない……。

とりとめのない考えを広げていたら、気づけば時刻は午後十一時を過ぎていた。征士はまだ帰ってこない。

手持ち無沙汰《ぶさた》から、縁は仏壇の掃除まで始めてしまった。キャビネットの上に置けるサイズの小さな仏壇は、征士が用意してくれたものだ。ここにある両親の位牌《いはい》は、北海道へ行った際に叔父から引き取っていた。

縁の両親の位牌や遺品は、叔父が預かっていると聞いて高田家の乗馬クラブへ向かったのだ。心配や迷惑をかけた諸々のことを、謝りたいと思ったのもあって。

久しぶりに訪れた乗馬クラブは、建物や設備が新しくなってスタッフも増えていた。儲かっているようだ。

日本の乗馬人口はまだまだ少ないが、近年では増加傾向であるらしい。

ただ、オーナーで外乗インストラクターの叔父はそのぶん忙しくなる。残念なことに彼はお客と外乗中で不在だった。

仕事なら仕方がないため、事務所にいる叔母に挨拶をしてから、位牌と遺品を受け取った。

叔母は姪の記憶が戻ったことをとても喜んでくれた。

――でも翔太《しょうた》くんとは会えなかったな。大学でも行ってるのか、叔母さんに聞いても教えてくれないし。

翔太は縁の従弟《いとこ》で、美咲の弟だ。彼とは美咲ほど仲がいいわけではなかったが、幼い頃はよく遊んだ覚えがある。せっかくだから会いたかった。

そんなことを思い返していたら、小さな仏壇の掃除などあっという間に終わった。縁は位牌に手を合わせて父の写真を見つめる。

仏壇は当初、自分の部屋に置くつもりだった。しかし征士が、縁の父は己にとって義父になるのだから、自分も手を合わせたいとリビングに置くことを提案してきた。

それを聞いたとき、縁は複雑な心境になった。

征士の気遣いを嬉しいと思う。だが心のどこかで、父が喜ばないのではと不安になったのだ。それに征士も、今は義理の父親を弔いたいと思っているが、そのうち心の重荷になるかもしれない。

――祝福されて結婚したなら、こういう悩みってなかったのよね……

ふーっと大きく息を吐いて、今度はキッチンへ向かう。またミルクティーを飲もうと食品棚から紅茶缶を取り出したとき、玄関から解錠の音が聞こえた。

すぐにリビングの扉が開いて征士が入ってくる。

「ただいま」

「あ、お帰りなさい……」

縁と目が合った彼はにこりと微笑んだ。

北海道で縁が結婚生活をやり直したいと告げてから、征士は笑顔が多くなった。

喜んでいるとわかるのだが、縁は照れくさいうえ、イケメンの麗しい微笑を向けられてドキドキする。

もともと征士とはしょっちゅう会えていたわけではなく、彼が海外留学をしてからは、年に一回会えたらいい方になった。そのため大人の征士からはいまだに新鮮な印象を受ける。

現在の彼は二十八歳。留学中もずっと乗馬を続けていたそうで、長身で姿勢がよく細身なのに存在感がある。

自分の周りにいた男性とは、同じ人間でも種族が違うのではないかと、馬鹿なことを考えてしまうほど格好いい。

――一柳さんは私のことを好きだって言ってくれたけど、なんか私の方が釣り合わないのよね……。

そもそも彼は、いつ、こちらのことを好きになったのだろう。まったく身に覚えがない。

そんなことをつらつらと考えているうちに、征士はスーツから部屋着に着替えてきた。長袖Tシャツにチノパンという軽装でも、脚の長さが際立って素敵だと思ってしまう。

彼は手に持った雑誌をリビングテーブルに置き、縁をソファに呼んだ。

「明日だけど、興味があるなら競馬場へ行くか？」

このとき縁の視線が、テーブルに置かれた雑誌をとらえた。有名な競馬情報誌で、明日開催される皐月《さつき》賞が特集されている。

「うん。私も同じことを思っていたの」

「明日はダニエラの仔《こ》が出走するよな」

「そうなのよ。驚いたわ……」

征士が競馬雑誌を差し出してきたため、縁はパラパラとページをめくって皐月賞特集の記事に目を通す。

ダニエラは天野牧場で生まれた産駒で、優駿牝馬《オークス》というGⅠレースを制した牝馬《ひんば》だ。オークスは五つあるクラシックレースの一つであり、ダニエラが初めて天野牧場にオークスのタイトルをもたらしてくれた。

ダニエラはその後、GⅠレースのエリザベス女王杯、大阪杯、札幌記念で優勝し、五歳で引退して繁殖にあがった。通算成績は十八戦六勝である。

ただ、不運なことに彼女に仔馬は生まれなかった。繁殖牝馬となった初年度はアダムロマンを種付けたが、残念なことに不受胎だった。その後すぐゴライアスブルーを種付けたものの、やはりこれも不受胎。

翌年、もう一度アダムロマンを種付けてやっと受胎したが、その仔は翌年、死産となった。その年に受胎した子は次の年に無事生まれて、初産駒に喜んだのもつかの間、仔馬は放牧中に鹿に驚いて柵に激突し、再起不能となった。さらにこの年、ダニエラは不受胎。そして翌年は天野牧場が倒産。

ゆえに縁は、ダニエラの仔がこの世に生まれているだけでなく、競走馬として活躍していることに感動して、記事をなぞる視線がぼやけた。

「ダニエラの仔が無事に成長して本当によかった……ダニエラはうちの牧場にいた頃、小柄なうえ風邪を引きやすくて体重が増えなくて、ちょっと見た目が悪かったからお得意様には人気がなかったのよね……」

天野牧場で生まれた仔馬は、ほとんどが庭先取引で売られていた。これは生産者と馬主の直接交渉によって、産駒を売買することを指す。しかしダニエラは誰の目にも留まらず、競走馬のセリ市に出しても買い手は見つからなかった。

ダニエラが二歳になった年、古くから付き合いのある馬主に一人の男性を紹介された。馬主資格を初めて取得したという、仙台《せんだい》在住の会計士だった。

天野牧場で生産された仔馬は総じて価格が高いため、その会計士はそこまで高額の良血馬でなくても、怪我をすることなくレースを走ってくれる馬であればいいと告げた。

初めての所有馬なので長くレースを楽しみつつ、優勝しなくても賞金を持って帰ってくれたら嬉しい、と。

珍しく欲が少ないその紳士に、縁は必死になってダニエラを推《お》した。引退後は天野牧場へ戻すという契約付きなら売り値も安くできるし、なにより必ず走る馬だと思っていたから。

「……ダニエラは体さえできれば他の馬に負けないと思っていたわ。風邪を引いてばかりだったけど、あの仔の目は死んでいなかった。母はフラワーメイプルで、父はドリームスピリッツ、母の父にハイリゲガーラン……ダニエラはハイリゲの特徴がうまく表れていたし、血統は決して悪くなかった」

競馬は血のロマンと呼ばれるブラッドスポーツだ。より速く、より強い競走馬を生み出すために、長い歳月をかけて配合を重ねてきた。血統は競走馬の能力や適性を判断するための重要なファクターになる。

とはいえ走ってみなくては、競走馬の真の能力はわからない。それは競馬関係者《ホースマン》の誰もが言う言葉だ。縁も反論する気はない。

ただ、なんとなく予感を抱いたのだ。ダニエラは必ず走ると。

縁がそう思う仔馬には、優れた血統を彷彿《ほうふつ》とさせる何かが現れた。ダニエラはダービー馬である祖父のハイリゲガーランによく似ていたのだ。そして何より、瞳に不屈の輝きがあった。

ダニエラの世話を手伝っていた縁は、その目を見て彼女の闘志を見抜いたのだ。

とはいえダニエラが樫《かし》の女王――オークス優勝馬の別名――になるとは、さすがに想像もしなかったが。

「ダニエラがオークスに勝ったときは嬉しかったわ。産駒が生まれたなら、ぜひとも活躍してほしいな……」

ダニエラの仔はシャイニングアースという名前だった。父はヤジマルミエール。父の父はヤジマトップワン。父の母はブルーノスカイ。

「ヤジマルミエールってサンデーサイレンス系なのよね。あの特徴が色濃く出るタイプ……そして母はブルーノスカイ……この馬ってたしか産駒に気性の強さが現れやすい……でも種付けした馬の能力を仔に受け継がせてくれるはず……」

縁はシャイニングアースのデータが載っているページを、ぶつぶつと呟きながら貪るように読んでいく。

しばらくしてふと顔を上げたら、征士がこちらを見つめていることに気がついた。彼は口元にゆるく弧を描いて微笑んでおり、とても機嫌が良さそうだ。

「……何？」

「いや、君が競走馬のことに夢中になっているのを見るのが嬉しくて」

自分は昔からこうだった、と縁が不思議そうに首をひねれば、征士の微笑が寂しげなものに変わる。

「記憶喪失だった縁はまったく馬に興味を持たなかったから、こうして競馬の話をすることもなかったんだ」

「えっ、私が？　本当に？」

「ああ。一度乗馬クラブにも連れて行ったけど、馬を怖がって乗らなかった」

それは本当に私なのかと、縁は愕然とする。

「過去を忘れていたから、怖がったりしたのかしら……？」

「そうかもな。赤ちゃんに戻って頭の中がリセットされたのが原因かもしれない」

まるで自分ではない別の誰かが、自分の体を操っていたように感じられて恐ろしい。

「縁が馬に無関心なことがすごく悲しかった。あんなに馬が好きな子だったのにって」

だから記憶が戻ってよかった。そう続ける征士の表情は晴れやかで、嘘偽りない気持ちだと縁には感じられた。たしか北海道のホテルで食事をしたときも、昔の話を聞けて嬉しかったと述べている。

しかし彼は縁の記憶が戻ってほしくないとも思っていた。つらい過去を忘れた縁となら、愛し愛される関係が続くから。

どちらが彼の本音なのだろうか。……わからないけれど、彼がとても嬉しそうに微笑んでいるから、記憶が戻ってよかったと素直に思えた。

「……明日、一緒に競馬場へ行きたいわ」

「うん。そう思って馬主席を用意しておいた」

用意周到な征士に縁は目を丸くする。

競馬場には馬主や関係者のみが入れる特別な席があり、縁も顧客の厚意で馬主席に入ったことはある。あの空間はまさしくＶＩＰルームといった趣《おもむき》だった。

「皐月賞がある日の馬主席なんて、よく手に入ったわね……」

皐月賞もまたクラシックレースの一つで、開催日は競馬ファンが競馬場へ詰めかけるように、馬主席も満席になる。

「まあ、伝手《つて》があるから」

そういえばこの人は馬主の家族だった。そこでふと、今まで意図的に思い出さないようにしてきた彼の祖父の顔が脳裏に思い浮かぶ。

親の仇とも言える征一郎は、亡くなったとしても、今の縁にとって義理の家族である。……考えたくもないことを考えた途端、急速に血の気が引いて指先の感覚が麻痺していく。

手から力が抜けて雑誌を落としてしまい、征士は急に蒼ざめた縁を見て目をみはった。

「どうした？　気分が悪いのか？」

「……ううん、ちょっと、眠くなっただけ……」

「もう休んだ方がいい。階段は上がれるか？　ソファで寝るか？」

縁が階段から落ちそうになったことは、よほど征士の中で恐ろしい記憶になっているのだろう。寝ぼけていなければ、不注意による事故などそうそう起きることもないだろうに。

征士の優しさが縁の萎縮する心を温めてくれたのか、指先の震えは治まってくれた。

「……大丈夫。二階で寝るわ。おやすみなさい」

縁が青白い顔に小さく微笑を浮かべると、征士もようやくこわばった表情を解いて微笑んだ。

翌日、午前九時に家を出た縁たちは、千葉《ちば》県船橋《ふなばし》市にある中山《なかやま》競馬場へ向かった。

目的の皐月賞は十一番目のレースになるため、出走は午後三時四十分に予定されている。それなのになぜこんなに早く競馬場へ向かうかというと、クラシックレースが開催される日は競馬場の周辺が大渋滞を起こすからだ。

まだ早い時刻だったため渋滞にも巻き込まれず、競馬場へ到着した征士は馬主専用の駐車場に車を停めた。

今日は風もなく晴れて、いい天気である。車から降りた縁は、手のひらでアイスブルーのフレアスカートの皺を伸ばした。オフホワイトニットの上に、クリーム色のノーカラージャケットを羽織る。長い髪は征士に結ってもらった。

馬主席はドレスコードが定められており、デニムやサンダルでは入場させてもらえない。そのため征士もスリーピーススーツを着用していた。

地下道を使って競馬場正門のエントランスに出ると、まだ午前十時だというのに、競馬場からあふれそうなほどの観客がいる。

人の多さに征士が驚いた表情になった。

「噂には聞いていたけど、本当にすごい人出《ひとで》だな」

「あ、そっか。一柳さんって競馬場に来たことがないのよね。クラシックがある日だと開門前から並んでる競馬ファンも多いわよ」

「へぇ……」

今やネットで馬券が買えるというのに、早朝から待機する人間の心理がわからない、とでも言いたげに征士は引いている。それというのも彼は乗馬好きだが、競馬に興味はないのだ。

馬主の家族なのに不思議だと、縁は昔から思っていた。征一郎の所有馬がレースに出ているときでさえ関心を示さなかった。

縁を連れてくる目的がなければ、征士は一生、競馬場に足を踏み入れることはなかっただろう。

二人はメインスタンドと呼ばれる建物へ向かい、馬主席受付で入場手続きをする。

受付のホールからエレベーターで四階に上がると、そこが馬主席だ。まだ第一レースが始まったばかりなので、このエリアは人が少なくて静かだった。一般客がひしめく外の喧騒とは無縁の世界である。

縁は指定された席に着くと、身を乗り出して馬場《ばば》を見つめた。

中山競馬場の馬主席はガラス張りなので、風除けになるし冷暖房も効いていて快適である。しかも馬主席はゴール版《ばん》の前にあるため、レースが盛り上がる瞬間がよく見えるだろう。今からわくわくしてきた。

「一柳さん、私、馬券を買ってみたい」

一度も買ったことがないからと告げれば、征士は目をみはった。が、直後に納得したような顔つきになる。

「そうか、君が記憶喪失になったのは二十歳になったばかりの頃だな」

縁の誕生日は十月三十日だ。その頃には天野牧場の倒産が避けられないものとなっており、誕生日を祝うどころではなかった。しかもそれから半月後に父親が亡くなって、葬儀後に縁は記憶を失っている。

「うん。でもネットで馬券を買うスタッフが多かったから、買い方は教えてもらったの」

「ふぅん、俺も買ってみようかな」

「じゃあまずはパドックに行こう！」

パドックとは、レース前に出走馬が周回する場所のことを指す。ここで馬の状態を観察できるため、下見所とも言われる。

パドックはすでに競馬ファンで人垣ができているものの、ここにも馬主席が用意されているので助かった。二人がそこへ向かうと、まだ人はあまりいない。

征士はパドックをゆっくり回る馬を見ながら首をひねった。

「これは第二レースに出る馬なんだよな？　ということはダニエラの仔《シャイニングアース》はまだ出ていないんだ？」

「そうよ。第二レースは三歳未勝利戦……まだ一度も優勝したことがない三歳馬のレースね。皐月賞は最後から二番目のレースよ」

「俺、今日は皐月賞しかレースがないと思ってたんだよな」

「……まあ、そう考える人もいるわね」

そんなことも知らないとは、と縁は微妙な気持ちになった。乗馬が好きな人なのに、どうして競馬に興味を持たないのだろう。

まあ、競馬はギャンブルであるから毛嫌いする人は少なくない。だが征士は単純に興味が持てないだけで、嫌悪はないという。不思議だ。

それはともかく、縁は馬が歩く流れに合わせて移動したり、征士がいる場所に戻ったり、と忙しなく動きながら馬を観察する。出走馬が本馬場へ移動するギリギリまで見続けた。

久しぶりに間近で見る競走馬を堪能した縁は、馬主席に戻りながら征士へ馬の様子を語る。

「第二レースだけどね、七番の馬が来ると思うわ。あの馬に賭けるといいわよ」

「七番か。なんで？」

「毛ヅヤがいいし目も輝いてる。それに脚の発達がすごくいい。全身から調子がいいって感じを受けるからピンときたの」

得心したように頷く征士を、縁は勝馬投票券《かちうま》――馬券のこと――の自動発売機へ連れていく。馬券の購入は今や様々な方法があるものの、縁は一番シンプルなマークカードを征士に手渡した。

「これに記入して発売機にお金とマークカードを入れたら馬券が買えるの。百円から買えるわよ。初めてだから単勝と複勝にしましょうか」

「すまん、全然わからない」

「単勝は簡単よ。一着になってほしい馬を選ぶだけ。複勝は一着から三着までに入りそうな馬を一頭選ぶの」

「複勝の方が当たりやすそうだな」

「そうよ。そのかわりオッズ……馬券の倍率のことね。複勝の方が低くなるの。だから単勝を千円買うなら、複勝はもうちょっと買った方がいい」

「ふぅん。……縁の買ったやつって、なんだ？」

先に馬券を購入した縁の手元を見て、征士が眉根を寄せる。

「これは馬券の流し」

征士の顔に、さっぱりわからない、と考えていることが浮かび上がった。縁は笑いながら説明する。

「一着と二着に入る馬を選ぶ買い方の一つで、必ずくる七番を軸馬《じくうま》にして、次に来る馬を決めるの。今回は七番と一番、七番と五番を五百円ずつ買ってみた。ちなみに着順は関係ないわよ」

「七番が二着でも当たり？」

「そう。一着と二着の着順をきっちり指定する買い方もあるわ。そっちの方がオッズは高いけど、そのぶん当てるのは難しいわね」

簡単なレクチャーをしながら、縁は失っても痛くない千円程度で遊び始める。

すぐにレースが始まって、馬主席から座って眺めることにした。結果は一着に七番、二着に一番が入った。

征士は着順掲示板を見て目を丸くする。

「すごい、当たった」

「当たると楽しいのよね。次のレースの馬を見に行きましょう」

縁ははしゃいだ様子で再び一階のパドックへ向かう。四階の馬主席エリアからもパドックを見下ろせるのだが、近くで見たかったのだ。

「一柳さん、気に入った馬とかいる？」

「……いや、俺は毛色以外、みんな同じ馬に見える」

「そう？　今回はいい馬が二頭もいるわ。八番と十一番」

「どっちも同じのような……」

「全然違うわよ。わからない？」

「わからん……」

本気で困っている様子の征士に、縁は声を上げて笑う。

「八番の馬は筋肉が発達してるって感じがする。それに前走より馬体が引き締まっているわ。でも十一番の馬の方がもっといい。全身から機嫌のよさが感じられるから、いい走りをすると思うわよ」

「ちょっと聞きたいんだけど、前走ってこのレースと違う日に走ったレースのことか？」

「そうよ」

「なんで知ってるんだ？」

「動画で観たもの」

日本中央競馬会《JRA》のホームページでは、過去のレース映像を観ることができるのだ。

「でね、十一番の前走は今日と同じ三歳未勝利なの。その前もさらに前も三歳未勝利ね。そろそろ一勝したいところじゃないかしら」

「え、もしかして出走する馬の過去のレースを全部見てるのか？」

「そうよ」

縁は出走馬の過去のレースだけでなく、その馬の父や母、母の父、父の父、母の母、さらにその上の世代も記録がある限り見て覚えていた。血統に連なる馬が走る様子から、目の前にいる出走馬がどのように走るかを脳内で組み立てることができるのだ。

縁がケロッとした表情でそのことを話すと、征士は珍獣を見るような目つきで彼女を見つめてしまう。

縁の方は上機嫌なので気づいていないが。

「でも勝つのは八番の馬かなー」

「なんで？」

「十一番と遜色《そんしょく》ない仕上がりのうえ、騎手《ジョッキー》が最高だから」

「八番の馬の騎手……あ、岳裕《たけゆたか》だ。俺でも名前は知ってる。でも騎手でレースの結果が変わるもんなのか？」

「そうよ。たとえば競馬の格言に『長距離は騎手で買え』って言葉があるの。これは長距離レースだと騎手の技量によって勝敗がわかれるって意味で、騎手がお飾りだったらそんな言葉は生まれないでしょ？」

「ふーん……」

　このときの征士の頭の中では、この子は競馬の予想屋をやれるんじゃないかと考えていた。さすがに口にはしなかったが。

縁が満足するまで馬を見た後、征士は彼女に勧められて馬単《うまたん》の馬券を買ってみることにした。

　馬単とは、一着と二着になる馬を着順通りに当てる馬券だ。それを一着に八番、二着に十一番で指定する。レースは馬主席ではなく、縁の希望により一般席で立ち見することにした。

征士的には当たるかどうか半信半疑だったが、結果は縁の予想通りだった。

「うわっ、本当に八番が来た！　二着に十一番！」

「やったぁ！　当たったー！」

「……なんか競馬に熱中する人の気持ちがわかる気がする」

競馬に興味のない征士でも勝てば楽しいと感じる。まあ、予想はすべて縁が考えたのだが。

「でしょう！　さっそく次の馬を見に行こう、お兄ちゃん！」

そうポロッと漏らした途端、お互いに「あ」と言いたげな顔で固まってしまう。

別にお兄ちゃんとの呼び方を禁止しているわけではないが、縁が征士をそう呼んでいた頃の思い出には、郷愁や甘酸っぱい想いが山のように混じっている。そのため互いにどう反応したらいいかわからず、呆然と見つめ合ってしまった。

二人の脳裏に、出会ったときからの短くて長い記憶が走馬灯のように駆け抜ける。兄弟のように過ごした幼い日々から始まり、相手への恋心を自覚し、その想いを胸に秘めてただの幼馴染として向き合い、悲しい別れに至った時間の流れが。

縁は征士との絆が切れた時点で思い出が止まっているが、征士の方は記憶喪失の縁と暮らし、夫婦になるまでのことも思い出してしまった。おかげで熱くなっている頬を、思わず手のひらでごしごしと撫でる。

彼が動いたことで、縁は頬を染めてやっと視線を逸らした。

「……ごめんなさい」

「いや、謝ることじゃない。……パドックに行こうか」

「そうね……」

互いに動揺がおさまらない様子で、ぎくしゃくとしたままパドックへ向かう。共に相手に対する純粋な恋慕を思い出すと、それを胸に抱いていた頃の己が幼くて眩しくて、なんだか居たたまれない。

しかし縁は馬を見ていれば気持ちが落ち着いてくる。馬好きなので。

「えっと、次もすごくいい馬が二頭いる。両方ともマル外ね」

「まるがいって？」

「外国産馬のこと。輸入した競走馬には、○《まる》の中に〝外〟の字を書く記号が付けられるからこう呼ぶの。このマル外は走りそうよ」

今回も縁の予想通り、二頭の外国産馬はワン、ツーでゴールした。

馬主席でレースの様子を見守っていた征士が、感心したように呟いた。

「本当にすごいな……君の相馬眼の真価を見た気がするよ」

きょとんとして征士の端整な顔を見上げる縁は、彼の称賛にくすぐったい気分を味わう。

「相馬眼なんて、馬を育てている人間なら誰でも持っているわよ」

自分は見ただけで馬の能力のすべてを見抜けるわけではない。なんとなくわかる馬がいるだけだ。

それに競馬は一頭で走るわけではないし、背中に騎手を乗せている。馬の能力を騎手が引き出せなかったり相性が悪かったりした場合、想像したレース運びにならないことも多い。

なので謙遜しておいたが、征士は馬場へ視線を向けたまま言葉を続ける。

「そうでもないよ。俺はたくさんの牧場でいろいろな生産者を見てきたけど、君ほど神がかっている眼《め》を持った人はいなかった。……天野社長も馬を見る目はあったけど君ほどではなかった」

父親のことを持ち出されて縁は息を呑む。そっと征士を見上げれば、彼は怖いほど真剣な表情で着順掲示板を見つめていた。

「あの人は君の相馬眼を誇《ほこ》っていた。それを君には言わないようにしていたけど、すごく頼りにしてたって聞いたことがある。……繁殖牝馬にどれほど優れた種馬をつけても、生まれる仔が親並みに走らないときは価格を下げなきゃいけないし、逆にダニエラのように走る馬なら強気で売れるからって」

馬主は誰もがレースに勝つ馬を求めている。ただ、買った馬が一度も勝利せずに引退することは珍しい話ではない。故障や病気によって、レースに出走することもなく消える馬だっている。

だが競走馬は安い買いものではないのだ。勝てない馬を高値で売り続けていたら、お客は離れていくし、生産牧場としての名声と価値は下がっていく。

「……お父さんが、そんなことを言っていたんだ」

仕事に関しては厳しい人だったので、半人前の娘にそのようなことを思っていたなんて初めて知った。……嬉しいのに、父親から直接聞きたかったと寂しさも抱く。

「君の眼は稀有《けう》なものだ。でも記憶を失くしていた四年間、君の相馬眼を一度も見たことはなかった。……寂しかったよ」

「かつての君を競馬場に誘ったこともあるけど、君は競馬をギャンブルととらえて嫌がった。結局は一度も行かなかったな。……まあ、ギャンブルなんだけど」

征士がほろ苦く微笑んでいる。その端整な横顔からそっと視線を外した縁は、同じように馬が走っていない馬場をぼんやりと眺めた。

昨日の夜、征士は縁の記憶が戻ってよかったと胸の内を告げた。そのとき自分は、彼が正反対の願いを望んでいたことも思い出して、本音はどちらなのかとわからなかった。

でもたぶん、どちらも彼の本当の気持ちなのだろう。

馬を愛し、思い出を共有する幼馴染を取り戻したい。だが男として愛してくれる夫婦関係を壊したくもない。

両立することは叶わないのに、願わずにはいられない。そんな男心がわかる気がした。

——私も、そう思ったんじゃないの……？

親の仇の家族と生きるため、脳の奥深くに記憶を沈めて自ら封じ続けたのではないか。このまま記憶を失っていれば、征士とわだかまりなく愛し合えると。

……絶対に手に入らない男と結婚することができた。望外の幸福を得た自分は、心のどこかで願ったはず。記憶喪失のままでいたいと。

忘れたままでいれば幸せだからと。

「…………」

ずっとあなたの妻でいたいと。

「――縁、パドックに行こうか」

考え込んでいた縁は征士の声に顔を上げた。彼は馬場を見ていたときの真剣な表情をやわらげ、こちらに微笑みかけている。

その表情を、感情を制御している顔だと縁は思った。彼が抱える悩みや苦しみを、縁に見せないよう微笑で隠していると。

彼にそんな顔をさせているのは自分のせいだと、激しい罪悪感で心が絞られるような痛みを感じた。

胸の奥からこみ上げる感情で涙腺が震えたけれど、いきなり泣き出して彼に心配をかけたくないと歯を食いしばった。

「……ううん。先に、お昼ご飯を食べましょう。これから人が多くなってくるし……」

少しはなを啜ってしまったが、征士は眉根を寄せたものの何も聞かないでくれた。その思いやりに甘えて、縁は馬主席近くにあるレストランへ向かう。ちょうどパドックを見下ろす席に案内されて気分を持ち直した。

食事後、再びパドックへ行こうと一階へ下りたとき、ちょうど馬主席受付で手続きをしていた三人の男性とすれ違った。

「――もしかして縁ちゃんじゃないか？」

懐かしい呼び方に驚いた縁がパッと振り向く。父親の知人でもある、北海道の競走馬生産牧場の社長だった。

「えっと、大森《おおもり》社長さん、ですよね……？」

やや自信がなかったけれど間違いなかったようで、相手は満面の笑みを浮かべて頷いた。

「やっぱり縁ちゃんかぁ！　久しぶりだな」

「はい。お久しぶりです」

丁寧に頭を下げれば、受付で手続きをしていた他の男性たちも近づいてくる。

「縁ちゃんって、天野さんとこのお嬢さんかい？」

「こりゃあ美人になったな！」

おじさんたち三人の迫力に後ずさりしそうになったが、他の二人も父親の知人だと気づいたので足を踏ん張った。なんとか笑顔を顔に貼りつける。

「ご無沙汰しております。皆さまは今日、皐月賞ですか？」

地元の競馬場ではなく、飛行機に乗って道外の競馬場へわざわざ出向くなど、生産馬が重賞レースに出走するときぐらいだろう。予想通り三人は笑顔で頷いた。

「自分とこの馬がクラシックに出るなら、応援してやらなきゃいかんだろ」

「そうそう、できれば優勝してほしいねぇ」

「そりゃあ、うちもだよ」

三人の弾けた笑い声に縁も相槌を打つ。

彼らの気持ちはよくわかるのだ。ダニエラがオークスやエリザベス女王杯に出走したときは、縁もまた父親と一緒に関東や関西の競馬場へ向かったものだ。

このとき最初に話しかけてきた大森が、縁の斜め後ろへ視線を向けた。

「縁ちゃん、そちらの方は？　たいそうな男前を連れているじゃないか」

大森が興味津々といった表情で征士を見遣る。縁は彼を夫と紹介することに羞恥を感じ、すぐに答えることができなかった。

すると征士が前に出て縁の隣に並ぶ。

「初めまして。一柳征士と申します」

「一柳……」

この瞬間、ざわりと周囲の空気が揺れた。大森以外の二人が眉根を寄せる。

「一柳って、あの？」

「天野さんのところを潰した……」

「まさか一柳の息子……いや孫か？」

嫌悪や非難の雰囲気が三人の男性から放たれ、縁は絶句する。

――もしかして一柳征一郎とうちのことが広まってるの……？

自分は父が亡くなったときから現在にタイムスリップした気分でいた。しかし世の中は四年という長い時間が経過しているうえ、馬産界は意外と狭く顔見知りも多い。天野牧場が倒産に追い込まれた経緯は、関係者以外にも知れ渡っているのだろう。

今は東京で暮らしているのもあって、馬産界に関わる情報はまったく耳に入ってこないから、気にも留めなかった。

縁が蒼ざめて怯えると、征士が縁を庇《かば》うように前に立つ。

「今日は天野さんを馬主席に案内しようと思ってきました。絶好のレース日和ですし」

「え……」

征士が自分を旧姓で呼んだことにショックを受ける。彼との夫婦関係に悩んでいる縁でも、結婚している以上は征士の妻である自覚ぐらいさすがに抱いている。

それを彼自身に否定された気がして心が冷えた。

「……行こうか」

征士にうながされ、縁は呆然としながらも大森たちにぎこちなく会釈をし、その場を立ち去ろうとした。

背後から聞こえよがしの声が投げつけられる。

「じいさんがあんなことをしたのに、よく競馬場に来られるもんだな」

「しかも関係者が集まる馬主席かよ……競馬をやりたいならネットでいいだろ」

「どのツラ下げて来たんだ。恥ずかしくないのかよ」

悪意を含んだ囁きに縁は顔面蒼白になる。征士が妻を他人行儀に扱ったのは庇うためだったと、ようやく悟った。

日本は誰かが問題を起こすと、家族にまで連帯責任を求める風潮が根強い。征一郎の孫というだけで、征士に向けられる身勝手な非難に背筋が凍りついた。

同時に己の胸の奥で叫びたいほどの痛みを感じる。自分もまた、父への恨みを征士になすりつけたではないか。大森たちと何が違うのか。

歩きながら思わず征士のスーツの袖口をつかんだ。

「ごめんなさい……」

「何が？」

征士の声がいつもとまったく変わらないものだから、おそるおそる見上げると彼は微笑んでいた。しかしその笑みは、つい先ほど見た感情を制御しているものだと察した。

泣きたいほど胸が苦しいのに、自分に泣く資格などないと必死に耐える。それでも瞳が潤んでしまうことは止められなかった。

征士は苦笑しつつ、ハンカチを取り出して縁の目尻に滲《にじ》んだ涙を拭いた。

「君が気にすることじゃない。彼らの言うことはもっともだ」

「でもっ、あなたは、関係ないわ……っ」

「仕方ないんだよ、こういうことは理屈じゃないから」

感情でものを言ってしまうのは、人間の悪《あ》しき習慣だ。大森たちを咎《とが》めることではないと、自分は平気だからと、征士はなんでもないことのように淡々と話す。

だが縁は、人の心を傷つける行為をされた征士に、平気だなんて言わせたくなかった。彼に罪はないのだから。

このとき背後から、「縁ちゃん」と呼ばれて振り向いた。いつの間にかこわばった表情の大森が近づいており、彼は険しい眼差しで征士を睨むと、すぐに縁へ笑顔を向けた。

「縁ちゃんのことだからシャイニングアースを見にきたんだよな？　私たちと一緒に観戦しないか。今日は日高の生産者たちがいっぱい来てるし、縁ちゃんが知らない人もいるだろう。紹介するよ」

このとき征士が一歩、縁のそばを離れた。まるで縁を大森へ託《たく》すように感じて、縁は反射的に征士の腕に抱きついた。

「あのっ、紹介しますね、夫です！」

「え！」

これには大森だけでなく、征士も目を丸くして声を上げた。しかし縁は二人の反応に構わず早口で話し続ける。

「いろいろあって今年の二月に結婚したんです。今日は私がここに来たいってお願いしたから、彼とデートしてるんですっ。だから、そのっ、ご遠慮ください……！」

一気に告げて肩で息をすると、大森が愕然とした表情でこちらを凝視してくる。縁はぺこりと頭を下げて征士の腕を引いた。

「行きましょ」

「あ、ああ……」

珍しく焦った表情を見せる彼の腕にしがみつき、パドックへ向かう。メインスタンドを出ると、征士に手の甲をぽんぽんと軽く叩かれた。

「悪い、力を抜いてくれ。スーツが……」

前方を見ていた縁が征士を見ると、自分が彼の腕にぶら下がる勢いでつかんでいるため、ジャケットが引っ張られて派手に着崩れていた。慌てて彼から離れる。

「ごめんなさいっ」

「いや、大丈夫。……それより今日はもう一般席で観戦するか？　気まずいだろ」

その言葉で大森の顔が浮かんだ。馬主席に行けば征士だけでなく、親の仇の家族と結婚した縁にも、非難を含んだ眼差しを向けられる可能性が高い。

「そうね……でも皐月賞は馬主席で見たい。これからどんどん人が増えていくから、一般席だともみくちゃにされるわよ」

「……いいのか？」

縁の気持ちを慮《おもんぱか》る彼の表情に、縁はあえてにこりと微笑んで頷く。

裏表のない笑みをじっと見つめる征士は、やがて苦しそうに視線を逸らした。

「すまない。俺と結婚したばかりに……」

悔いを感じさせる声に、縁は先週、征士と共に北海道へ行ったときのことを思い出した。

ホテルのレストランで彼は、君と結婚するべきじゃなかったと、すまないと、あのときも謝っていた。

思い出すだけで胸が締め付けられ、再び泣きそうになる。

自分たちが結婚したとき、征士と縁は心から愛し合っていた。成人した大人が結婚に同意して籍を入れたのだから、彼が謝ることなど何もない。

――私が記憶を取り戻したりしなければ……

征士を不幸にしているのは、今の自分なのだ。これほどの献身と愛情を捧げてくれる男を、己の理不尽な恨みや憎しみによって苦しませている。

このとき縁は初めて、自分のことばかり考えていたことを反省し、彼に幸せになってほしいと心から思った。そして彼を幸せにできるのは自分だけであることにも、やっと気づいた。

征士の腕を両手でそっとつかむ。

「あ、あのね……私の結婚指輪のことだけど……」

まだ心のすべてを打ち明けることに迷いがあるけれど、それでも。

「指輪？」

「うん、帰ったら、その……これからは指輪をしようと思って……わ、私に、えっと、はめてほしいかなって……」

恋愛経験のない縁は、たったこれだけのことを口にすることさえ挙動不審になってしまう。

縁の勇気を悟った征士は、足を止めてまじまじと見つめた後、途方もなく優しい表情になった。

「もちろん。君に指輪をはめられるのは俺だけだからな。……嬉しいよ」

そう言いながら縁の左手をすくい上げ、薬指の付け根をそっとなぞる。

それだけの仕草なのに、急に縁の腰に痺れが生じた。それは痛みではなく高揚感をともなうから、ひどく甘くて切なくて呼吸が熱くなるようで。

こくりと口内に溜まった唾液を飲み込む。

——この感じ……知ってる……

腰の痺れが大きくなると、疼きになって体の中がどろどろにとろけ、自分は立っていることも難しくなって征士に縋りつき、彼がたくましい腕と体で包み込んでくれる……そんないやらしいイメージが脳裏に浮かんだ。

いや、もしかしたらこれはイメージではなく、実際にあったことかもしれない。失った四年間の記憶の一部ではないか。

——いやでもっ、ちょっと待って！　何か思い出したかもしれないのに、それがえっちなこ

とって、どれだけ恥ずかしい人間なの……

かーっと顔面が赤くなった縁は、征士の手から己の左手を抜き取って右手で握り込む。

紅潮して恥じらう縁を見て、征士はふっと唇に弧を描いた。それは初めて見る、彼の色香を滲ませる微笑で、縁はこのとき間違いなく自分たちは夫婦だったと思い知った。

心は処女のままだが、体は男を、征士を知っていると。

頭の中がピンク色に染まって、なかなか顔の熱が引いてくれない。おかげでパドックで競走馬を観察しても良さがわからず、次のレースはまったく当たらなかった。

それでも時間がたてば動揺もおさまり、やがて皐月賞が始まる頃合いになると、馬主専用パドックも人がかなり集まってくる。

縁は馬が大好きなのでパドックに張り付いているが、皐月賞ではシャイニングアースの単勝しか馬券を買わないことにしていた。

それを聞いて征士も右へ倣《なら》えと思ったのだが。

「あ、勝つのは一番の馬だと思うから、一番の単勝か複勝も買っておいた方がいいわよ」

と、縁に告げられて彼は微妙な顔つきになった。

「シャイニングアースは勝てない？」

「うーん、いい線いってるんだけど、それより一番や七番の馬の方がもっといいの。でも五着以内には入りそうだから馬主さんが喜ぶわ」

「五着までが賞金をもらえるんだっけ？」

「本賞金はね。今回は十着までに入れば出走奨励金ってやつがもらえるわ。でも皐月賞は五着までに入ることに大きな意味があるのよ」

話しながら馬主席に戻って、指定された自分の席に腰を下ろす。このとき後頭部あたりにちくちくと険しい視線を感じたが、縁も征士も気づかないふりをして話を続けた。

「皐月賞で五着までに入ると、東京優駿《ダービー》の優先出走権が与えられるの」

「ダービーか……馬主も騎手も調教師も生産者もそこを目指すんだよな」

「そうね。GⅠレースは他にいくつもあるし、クラシックも他に四つあるけど、ダービーに懸《か》ける想いは本当に特別だわ」

ダービーは日本競馬において最高峰に位置する競馬の祭典だ。すべてのホースマンにとって別格のレースになる。生産者もまた、自分の牧場で生まれた馬がダービーで優勝することは悲願であった。

天野牧場からも何頭かダービーへ送り出していたが、タイトルを制した馬は一頭もいない。かつてウィンストン・チャーチルが、『ダービー馬のオーナーになることは、一国の宰相になるより難しい』との名言を残したように、ダービーで勝つことは至難《しなん》の業《わざ》だった。

馬産家ならば誰もが抱くダービー馬の生産。縁も父親も当然のようにそれを目標としていた。

……もう二度と叶わない夢になったが。

それを考えるとやはり胸の奥で寂しい気持ちが膨らみ、己の人生が大きく変わったことを実感する。

その分岐点となったのはやはり天野牧場の倒産だろう。当時を思い出すだけで、記憶にこびりついている痛みが脳裏を走り抜ける。

だが唇を噛み締めたとき、不意にあることに気づいた。

征士に指輪をはめてほしいと望んだとき、父の最期を思い出したり心の痛みを感じなかった。今まで征士に歩み寄ろうとするたび、足元が崩れ落ちるような恐怖や無力さを覚えたのに。

――少しずつでも、変わっていけるかもしれない。

まだ完全にわだかまりを捨てることはできないけれど、いつかは時薬が効くのではないかと、この苦しみは永遠に続くものではないと、前向きに考えることができた。

それからしばらくして皐月賞が始まり、シャイニングアースは四着でゴール板を通過。大喜びする縁に、征士も笑顔になって囁いた。

「次はダービーを見に行くか」

「うん！」

はたから見ると仲睦まじい様子の縁たちへ、ときどき不審そうな視線が向けられたり、ひそひそと囁く声が聞こえてくる。

だが縁はそんな外野の思惑など、どうでもいいぐらい嬉しかった。

§

縁の父、天野浩一は家族経営の競走馬《サラブレッド》生産牧場を継いだとき、これからは繁殖だけでなく育成が重要だと考えていた。

生産牧場は産駒が売れたときにしか、まとまった金が入ってこない。なのに競走馬は受胎率が低く、不受胎だと一頭分の収入は得られなくなる。それに仔馬が無事に生まれたとしても、すべて買われるわけではないのだ。売れ残る馬だっている。

浩一は常に、『繁殖のみだと収入は不安定になる。だから育成を強くするべきだ』と考えていた。

休養中の競走馬を預かってトレーニングをさせれば、毎月預託料が入ってくる。浩一はそれをもとに人を雇い、銀行から融資を受けて少しずつ育成の規模を拡大していった。

その過渡期の頃、彼は一柳征一郎と出会った。

征一郎は浩一の育成に対する情熱や、重賞馬を生み出している実績や、馬産家としての才覚に惚れて支援を名乗り出た。親交の深い馬主仲間に声をかけ、自らもメインスポンサーになって金を集めたのだ。

浩一はその資金をもとに土地を広げ、調教用の坂路《はんろ》コースや芝コースを造成していった。さらに浩一は、地元の競馬場で調教師だった男を口説き、育成部門の責任者に迎えて育成環境を充実させていく。

事業は順調に拡大して、征一郎と浩一の信頼関係は揺るぎないものだった。誰もがそう思っており、浩一も征一郎を信じて投資を抑えなかった。

その当時の二人の様子を、征士はあまり覚えていない。競走馬の生産に興味はなかったため、祖父が何をしているか聞いても、右耳から左耳に通り抜けていくありさまだった。

特に高校卒業後はアメリカの大学に留学したのもあって、身内といえども相手から連絡がない限り、存在を思い出しもしなかった。昔からあまり物事に執着しない性格のうえ、冷淡なところがあって、人間関係も淡白なものだった。

唯一の例外が縁である。

祖父のお供で向かう北海道に飽きていたのに、その気持ちを覆《くつがえ》すほど彼女と過ごす時間は楽しかった。馬になんて興味はなかったのに、乗馬クラブへ通うほど馬が好きになった。

縁は自分にとって弟か妹のような存在であり、気の置けない幼馴染で大切な友人だった。

とはいえさすがに海外留学をすれば、彼女との関係も薄くなると思っていた。東京から北海道もずいぶん遠かったが、日本とアメリカではその比ではない。

なのに会うことが難しくなったからこそ、縁を思い出すことが増えた。そのたびにSNSを開いては、縁から届いたメッセージを眺めてしまう。

征士は沈黙したままのトーク画面を見て重いため息をついた。

先週に送られてきた縁からのメッセージでは、狩猟が解禁されて、猟師から鹿を一頭もらったとのことだった。彼女は初めて解体をしたそうで、添付された画像には、鹿の頭を持って嬉しそうに微笑んでいる縁が写っていた。

ただ、縁は可愛いのだが持っているものが可愛くない。しかも画像はこれだけではなく、解体中の鹿や肉だけになったバージョンもあった。

……ぶっちゃけ、グロい。

申し訳ないが、縁が写っている画像以外は削除した。彼女の写真はダウンロードしてクラウドに保存しよう……と考えたところで我に返る。

自分はいったい何をしようとしているのか。

普通、友人の写真をいそいそと保存したりしないのではないか。記念写真ならともかく、男友達の写真などとっておいた記憶はない。

迷いに迷ったものの、結局、縁の画像データをクラウドに保存しておいた。

はーっと再びため息が漏れる。縁のメッセージが来るたびに自分の心情に戸惑っていた。

……日本からメッセージを送ってくる女は他にもいる。自慢じゃないが自分はかなりモテるのだ。

家族が企業経営者だからと思っていたが、同じような境遇の友人たちとは、寄ってくる女の数が違う。なので女たちはこの顔に惹かれるのだと、幼い頃には悟っていた。

おかげで昔から女が途切れたことはない。そして選り好みできる立場だから、興味のない有象無象の女たちからの連絡など無視していた。

でも縁だけは必ず返事をした。出かけた先で写真を撮ったときは、彼女に送ることも多かった。

なぜ縁だけは違うのか。

もともと彼女には敬意を抱いていた。年下でも、自分にはない秀でた能力を持つ彼女を尊敬しているから。

少し前には、馬術大会で優勝したときの動画が送られてきた。人馬一体となって障害物を飛ぶ姿は美しく精緻《せいち》で、見惚《みと》れたといってもいい。今でも何度か見返している。

他の女に、ここまで己の心を揺さぶられたことはなかった。

……ただ、縁とは四つも年齢が離れているのだ。大人の男女の四歳差なら無問題だが、今だと彼女はまだ中学生。青少年保護育成条例で守られる子どもだ。

自分はロリコンではない。縁を女性として意識しているなど、己のプライドが許さなかった。

それなのに彼女からメッセージが来ると心が弾む。文字を読めば声を聞きたいと思うし、何より会いたいと、今からでも会いに行きたいと腹の奥底で欲望が膨らんでくる。

『……それは、いかんだろ』

思っていたことが口から漏れた。

最近はこういうおかしな心境になることが増えている。縁を子どもだと、自分にとって対象外だと己に言い聞かせながら、彼女に近づくことを考えてしまうのだ。

縁がこちらへ向ける兄としての信頼を裏切りたくない。それで海外留学を決心したというのに、これほど距離が離れても彼女に対するドス黒い感情は消えてくれなかった。

本当はもう自分の気持ちに気がついている……

このとき手に持ったスマートフォンから、けたたましい音が鳴り響いた。意識を日本へ飛ばしていた征士は、焦るあまりスマートフォンを床に落としてしまう。

慌てて持ち上げると母親からの電話だった。

『なっ、なんだよ、いきなり……』

動揺しまくる声を漏らして、急いで画面をスワイプする。

『もしもし、なんの用だ』

『久しぶりね、征士。めちゃくちゃ声が上ずってるけど、何か疚《やま》しいことでもしてたの？』

別に疚しいことなど何もしていないが、疚しいことは考えていたかもしれないと、心臓の拍動が激しく乱れる。

『……何もない。切るぞ』

『あなたがそうやって素っ気なくするときは、後ろめたいと思ってるときじゃない？』

『………』

『まあいいわ。ちょっとお父さんについて……あ、おじいさんのことね、報告しておこうと思って』

もしかしたら征一郎が孫の留学先に連絡もなく訪れたり、時差を考慮せずに電話をしたりと、迷惑をかけることがあるかもしれない、との母親の言葉に征士は眉を顰《ひそ》める。

『なんだそりゃ？』

『実はねぇ、おじいさんが認知症になったらしくって』

『えっ。じいさんってそんな歳だっけ？』

『もう七十代だからね。でもまだそんなに重症じゃなくって、普段の生活はまったく問題ないし、仕事はきちんとしているのよ。ただプライベートでちょっと問題が出てきたから判明したの』

感情が不安定になったり、理解力や判断力の低下がみられるという。緊張感をともなう仕事中とは違って、プライベートでは甘えが出るのか、急に怒鳴りだしたり支離滅裂な話をし続けるらしい。

征士は、ふーん、と素っ気ない声を漏らした。祖父の病状を聞いても、『周りに迷惑をかけないでほしいな』としか思わないのだ。祖父にはだいぶ可愛がってもらった自覚があるのに、心は動かなかった。

『でもいきなり海外には来ないだろ』

『そうだといいけど、先週なんて急に姿が消えたと思ったら北海道に行ってたのよ。ほら、親しくしている天野牧場さん。征士もずいぶんお世話になったでしょ』

『ああ……』

縁に関わるワードが出てぎくりとする。彼女からのメッセージでは、たまに牧場についても語られていた。征一郎の協力によって事業は順調に進んでおり、感謝の言葉が含まれていることもある。

『先方に連絡もしないで、いきなり牧場に現れるものだから、天野さんも驚いていらしたわ』

『天野社長にはじいさんの病気について話したのか？』

『もちろんよ。驚いていらしたけど、納得もしていらっしゃったわ。なんでも娘さんのことをやたらと褒めていたそうで、困惑されてて』

『えっ、何を言ってたんだ？』

『眼がすごいとか、よくわからないことを言ってたわ。人を見る目ならぬ、馬を見る目があるとかなんとか』

相馬眼のことかと納得する。そういえば祖父は縁の能力を知らなかったはずだ。男尊女卑の人なので、縁のことも〝牧場の後継者にふさわしい男を迎えるための娘〟としかとらえていなかっただろう。

現金なじいさんだな、と呆れた気持ちを覚えたとき、母親がとんでもないことを話し出した。

『それでおじいさんがねぇ、勝手に縁談を進めようとするから天野さんも困っちゃって、申し訳なかったわ』

『縁談？』

『天野さんの娘さんのこと。おじいさんがあまりにも気に入って、いいお相手を自分が見つけてやるとか言い出したのよ』

祖父が縁に結婚を勧めているとの話を、征士の脳はすぐに理解できなかった。数秒後、急激に頭に血が昇って視界が真っ赤になる幻覚を見た。

『……何をふざけたこと言ってんだあのジジイ！　縁は中学生だぞ！　まだ早すぎるだろうが！　あンの老害ッ、女は早く結婚して子を産めとか耄碌《もうろく》したことを言い出したんじゃないだろうな！　とんでもない時代錯誤だろうが！　さっさと施設にでもぶち込んでおけよ！』

激昂しすぎて声量を抑えることもできずわめきたてた。しばらくして母親が黙り込んでいることにやっと気づき、ハッとして口をつぐむ。

気まずさに言い訳さえも口にすることができず、征士もまた黙ってしまう。

互いに無言でいると、しばらくして母親の方から話し出した。

『ふーん、縁さんっていうの。天野社長のお嬢さんって』

『……そうだけど。……何か言いたいのかよ』

『別に何も。ただちょっと征士に話しておきたいことがあって』

『結局言うんじゃないか……』

『いいから聞きなさい。お母さんね、結婚する際におじいさんから、すっごくいやーな思いをさせられたの。おまえに自由意志なんかあると思うなって言われたり』

母は一人娘なので、祖父が決めた〝会社にとって都合のいい相手〟と結婚している。幸いなことに仲のいい両親ではあるが、祖父の性格から鑑《かんが》みて、娘が好きになった相手との結婚など絶対に認めなかっただろう。もしかしたらつらい恋の経験があるかもしれない。

『……だから俺にも自由に結婚できると思うなって？』

『馬鹿ねぇ、逆よ逆。あなたの好きにしなさいって言いたいの。息子の恋愛ぐらい守ってあげるわ。会社のこととか立場とか、ごちゃごちゃ考える必要はないのよ。あなたの人生はあなたのものなんだから』

『……そう』

母の苦労がしのばれる言葉だと思った。

その後、短く近況を伝えてから通話を切ると、電話が来る前に開いていたＳＮＳのトーク画面が表示される。そこにある縁のメッセージを見て思う。

母の〝子どもには自分と同じ思いをさせたくない〟という親心は、とてもありがたかった。しかし自分にとって必要ないかもしれない。

縁はこちらを兄としか思っていない。いまだにお兄ちゃんと呼ばれている。

そして彼女が選ぶ男は、跡取り娘と結婚してもいいと言ってくれる男だ。自分のような多くのものを背負っている男ではない。

それをわかっていながら彼女の画像を消すことができないうえ、大切に保存までしている。

そんな自分に、憐れみの感情さえ湧き上がった。

§

皐月賞から十日ほどたつと、ゴールデンウィークに入った。ようやく征士もゆっくり休むことができる。

彼に、『連休中にどこか行きたいところはないか』と問われたとき、縁は乗馬を希望した。

そのため連休初日の今日は、乗馬用品を買いに行く日になった。記憶喪失中の縁は馬に興味を示さなかったため、乗馬用の服やブーツなどが一つもない。

　征士と一緒に朝食兼昼食を食べて家事を済ませると、縁は二階の自分の部屋で外出着に着替え、姿見に映る己をまじまじと観察する。

　自分はおしゃれを楽しむより、競走馬の血統書や競馬雑誌を読んだりする方が好きだった。

　そのため自分に合うコーディネートなんて、さっぱりわからない。

　それは記憶喪失中の縁も同じだったようで、服や靴、バッグやアクセサリーに至るまで、身に着ける品のほとんどは征士が選んだのだという。なので家にある服を着ていればそれほど失敗はない。変な組み合わせになったら彼が指摘してくれる。

　しかしそれは彼に比べて、女子力が劣っていることに他ならない。

　――どうして一柳さんは私のことを好きになったんだろ。他にいい人、いっぱいいると思うんだけど。

　彼の妻へ向ける愛情は疑うべくもないが、その理由が見当もつかない。自分の容姿は悪くない方だと思うけれど、征士のような絶世の美男子に好かれるレベルだとは自惚《うぬぼ》れていない。

　縁は姿見の前でくるりと回転し、薄桃色のスカートが広がる様を見つめる。カーキのニットと、ライトグリーンのスプリングジャケットがよく似合っていた。

　記憶喪失が治ってから一ヶ月ほどが経過し、さすがに二十四歳の自分に見慣れてきた。二十歳の頃の姿と、それほど大きく変わっていないからだろう。ただ、大人っぽくなったと感じるだけで。

――きちんとメイクして綺麗にすれば、一柳さんの隣に立っても違和感はないかな。

まだ二十歳になったばかりという感覚を引きずっているため、二十八歳のイケメンと並び立つことに気後れしてしまう。

だが自分はすでに彼の妻になっており、今後もこの関係を維持すると決めたのだ。四年間の記憶は思い出しそうにないから、今の自分のまま少しずつ彼に寄り添っていきたいと思う。

自分の意志に納得して階下に下りると、縁の姿を認めた征士は口元に笑みを浮かべた。

「すごく可愛いな。よく似合っている」

目を細める征士の気配に隠しきれない喜悦が含まれている。こういうとき、どう反応していいかわからない縁はとっさに目を逸らした。今まで自分を可愛いなんて言ってくれたのは、母親だけだったから。

「えっと、髪を結ってもらってもいいかしら……」

「喜んで」

縁の髪を結っていたのが征士だと知ったのは、中山競馬場へ行く日だった。馬主席に入るためドレスコードに合わせた服を着たが、髪は下ろしっぱなしだったので征士が綺麗にアレンジをしてくれた。

彼いわく、記憶喪失中の縁は髪をひとくくりにするだけだったという。

今の縁も、事故に遭うまでずっとショートボブだったため、髪の結い方など知らないのだ。

「今日は乗馬服を試着するから、着替える際に崩れない髪型にしとくな」

「……お任せします」

そんなことは考えもしなかった。縁はソファに深く座って神妙にしておく。

征士はカバー付きのメイクアップミラーを縁に渡し、ソファの背を間に挟んで同じ方を向いて立つ。まず髪全体をコテで巻いてふわふわのカールを作り、両サイドの髪を手早く三つ編みにした。長い指が黒髪を器用にまとめていく。

彼の手つきを鏡越しに見つめる縁は、まるで魔法をかけているようだと子どもっぽい感想を抱いた。

そっと鏡の角度を変えて征士の秀麗な顔を映せば、彼は真剣な眼差しで縁の髪を結うことに集中している。縁を可愛らしく仕立てようと頭がいっぱいになっている様は、愛おしくて心がくすぐったくて落ち着かない。

骨ばった彼の指が地肌をかすめるたびに、腰の辺りにちりちりとした疼きまで感じる。触れたところから彼の体温が浸透するようで。

縁の胸中で、もどかしくて焦《じ》れるような気持ちが徐々に膨らんでいく。

こういうときは自然と、今まで考えないようにしてきたことを考えてしまう。征士との関係をやり直そうとすれば、やがて夜を共にすることになると。

自分も心のどこかでそれを望んでいる。

しかし土壇場で、すべてを失った過去や父の死に顔を思い出し、怖気づいて征士を拒絶するのが怖い。優しい彼はそうなっても妻を決して責めないだろうが、優しいゆえに傷つくのではないか。

これ以上、この人を苦しめたくないのに。

「――うん、こんなもんかな。どうだ？」

征士に出来《でき》を聞かれてハッとする。考え込んでいる間に、全体の髪がゴムでまとめられてヘアアクセサリーが飾られていた。

大人の可愛さが引き出された自分が鏡に映っていて、縁は目元をうっすらと赤く染める。

「あ、うん……とてもいいと思う。すごいのね」

「慣れてるだけ」

謙遜する征士だが、縁に褒められたせいか嬉しそうだ。

何気ない瞬間に零れ落ちる、彼の妻に対する愛情や思いやりを見つけるたびに、縁は焦りを覚えてしまう。

彼に幸せになってほしいのに、彼を幸せにできるのは自分だけなのに、肝心の己はいつまで過去にこだわっているのかと。

心に根を張るつらい思い出を引っこ抜くには、どうすればいいのだろう。縁は征士へ礼を述べながら悩んでいた。

車に乗ってマンションを出ると、向かった先は縁でも名前なら知っているドイツ車のディーラーだった。

乗馬服を買いに行くと聞いていた縁はきょとんとする。

「……車を買うの？」

「ああ。君の車が必要だからな」

「えっ、なんで？」

「車があれば平日でも馬に乗りに行けるだろ」

征士が連れて行くという乗馬クラブは千葉県にある。彼の所有馬をそこに預けているのと、都内の乗馬クラブでは外乗に出かけられないのが理由だという。

縁の車を何にするべきかと考えていた頃、ちょうどディーラーの社長をしている知人から営業されて、奥様用の車にちょうどいいと思ったそうだ。

「いやでも、一柳さんの車を借りればいいと思うんだけど……」

「俺は車で出勤するから駄目」

「はあ、それなら……」

納得したものの高級車など乗ったことがない縁は、征士の後ろに隠れておそるおそるディーラーに足を踏み入れる。彼の顔を知っているらしいスタッフが席に案内してくれて、すぐに社長がやって来た。

湯川《ゆがわ》と名乗った恰幅のいい紳士は、征士が海外で働いていたときに知り合ったらしい。彼と征士が話すのを聞いていると、購入する車はSUV車と決まっているようだ。縁の身長よりも大きい四輪駆動車である。

「一柳さん、本当にこの車にするの……？」

「そうだけど、この車種は嫌いか？　子どもの頃、大きな車に乗りたいって言ってただろ」

――言ったっけ？

頭の中を掘り起こすが思い出せない。でもなんとなくだが、そのときの自分が告げた大きな車とは、ブルドーザーやクレーン車などの大型特殊免許《だいとく》がないと乗れない車だと思う……。

「その、嫌いってわけじゃなくて、むしろ格好いいし好きだけど……高すぎないかしら」

車両本体価格が千二百万円と目玉が飛び出るほどなのに、そこへ様々なオプションを加えていくから、どんどん金額が吊り上がっていく。

征士から、「好きな内装にしてごらん」とカタログを渡されるものの、タブレットに表示される見積合計額の上昇っぷりが恐ろしく、縁はボディカラーしか選べられなかった。

しかし征士の方は遠慮してばかりの縁を不思議そうに見ている。

「何千万もする車じゃないし、良血の競走馬より安いだろ。気にしなくていい」

きっぱりと言いきられ、縁は曖昧に微笑んで胸の内をごまかしておいた。

そういえば天野牧場に来る馬主やその家族は、金銭感覚からしてそもそも違う。なにせ産駒が一億円近い価格でも、ポンとお買い上げするのだから。

結局、征士はディーラーの社長に勧められるがまま契約をしていた。縁は最後の方になると見積額を見ないことにした。心臓に悪いので。

契約を終えると気持ちを切り替えて次へ向かう。

目的の乗馬用品や馬具の専門店は、ディーラーからそう遠くないところにあった。服といえばいつも通販で買っていた縁は、わくわくしながら店の中に入ってみる。

北海道にいた頃、必要な乗馬服といえば、キュロットと呼ばれる乗馬用のズボンに、グローブと長靴だ。それ以外は動きやすければなんでもいい。

トレーナーとか長袖Ｔシャツ、寒い時期は量販店で安く購入したジャンパーを羽織るなど、汚れてもいいものしか着なかった。落馬したり馬の世話で汚れることはしょっちゅうなので、おしゃれな乗馬服を選ぶという概念を縁は持っていない。

ただ、馬術大会に出場する際は、所属する乗馬クラブの制服を着用していた。

日本はブリティッシュスタイルという英国式の馬術が基本となっている。そのため競技会に出場するときは、白いキュロットに白シャツと長靴、黒か紺色のライディングジャケットの着用が求められた。国際試合の場合、赤いジャケットを着用する選手も多い。

乗馬服を買うと聞いて縁が想像したのはそれだった。が、実際は全然違った。

その店はインポートブランドの乗馬服を扱うショップで、とにかくデザインが可愛くて女心をくすぐる品が多い。

「うわぁ、可愛い服……私が思ってた乗馬服と全然違う」

たとえばスタンドカラーのストレッチシャツは、定番の白以外に淡いピンクなどのパステルカラーが豊富で、透かしの花模様が入っていたりとデザインがとても可愛い。ポロシャツもさりげなくフリルがあしらわれたりして、縁は興奮気味になってしまう。

特にキュロットの代用となる、ライディングレギンスの穿き心地のよさに感動した。おしゃれなデザインなのに動きを妨げない素材で、通気性もいい。

試着するのも楽しくて、これもあれもと選んでしまった。

服以外に必要な乗馬用ヘルメットは、カーボン製で昔ながらのオールドタイプデザインのものを選んだ。革製の長靴は採寸をしてオーダーメイドで作ることになったため、しばらくの間はゴムの長靴で代用する。最後に丈夫で柔らかい乗馬ライダー用のグローブを選んだ。

はしゃぎすぎて予想した以上の会計になったが、征士がすべて支払ってくれたため縁は焦る。

「待って、これは自分で払うわよ」

二十歳まで給与を貯めていた銀行口座の預金は、記憶喪失の四年間、まったく使われないまま縁の手元に残っている。しかも日々の生活費は征士が用立ててくれるため、使う予定さえないのだ。

「気にするな。俺が君に贈りたいんだから」

「でも……」

「奥さんは家のことを全部やってるんだから、報酬をもらうのは当たり前だろ」

――家のことといっても、家事しかしていないけど。

もちろん家事は生活の基盤となる大切な仕事で、家事労働をお金に換算したら結構な年収になると聞いたことはあるが。

……まあ、高級車を一括で買ってしまう彼のことだから、素直に厚意を受け取っておいた方がいいのだろう。それに征士に甘やかされるのは嬉しい。

縁は笑顔で礼を告げて、ようやく本日の買い物が終わった。

翌日は早めに起床して朝食をとり、千葉県の乗馬クラブへ向かう。

都内から一時間ほどで到着した施設の駐車場に車を停めると、四十代ぐらいの男性が駆け寄ってきた。

「いらっしゃいオーナー、お待ちしていましたよ！」

笑顔で挨拶をするその人へ、征士も笑みを浮かべた。

「お久しぶりです、浦部《うらべ》社長」

征士が縁に、乗馬クラブの社長だと紹介する。

――社長とオーナーって違うの？

縁はきょとんとして、その男性と征士の顔を交互に見比べる。縁と目が合った浦部は、なぜか目を見開いて驚いた表情になったが、すぐ日に焼けた顔に大きな笑みを浮かべた。

「今日は馬が好きな奥さまを連れてくると聞いて楽しみにしてたんですよ。外乗を楽しんでいってくださいね！」

声が大きいので迫力に気圧《けお》されそうになるが、人が好《い》い感じの男性であった。

浦部と三人でクラブハウスへ歩きながら、征士が縁に説明する。

「オーナーっていっても俺はここを所有しているだけ。少し前に経営が傾いたとき手を貸したんだ」

すると浦部が笑いながら補足する。

「違いますよ。いや違わないんだけど、うちが潰れそうになったとき一柳さんが負債ごと買い取ってくれたんです。おかげで僕はいまだに社長としてデカい顔をしていられる」

「そりゃあ、俺は乗馬クラブの運営なんて手にあまりますし」

「何をおっしゃいます。金だけ出してうるさいことは言わないオーナーなんて神様ですよ。それに経営のアドバイスをしてくれるから、ありがたいことに前年度も増益になりました」

「SNSのフォロワーもずいぶん増えましたよね」

「ええ、この前の体験乗馬キャンペーンがすこぶる好評で、正会員がだいぶ増えました。おかげで資金に余裕ができたから施設の改修をしようかと――」

敷地が広大でクラブハウスまでそこそこ距離があるため、歩きながら経営会議が始まってしまった。

話を聞いてもよくわからない縁は　馬が放牧されている様子を眺める。

乗馬用の馬は中間種《ちゅうかんしゅ》と呼ばれる品種を用いることが多く、競走馬と比べて大人しく従順な馬が多い。ちなみにサラブレッドは軽種《けいしゅ》と呼び、よりスピードに秀でた品種となる。

近くに見えるのは中間種のクォーターホースに違いない。サラブレッドと比べてやや小柄だが、温厚な性格をしている。しかし短距離のダッシュ力に優れており、一部の地方競馬場では、競走馬の放馬に備えて誘導馬として活躍している。

遠くにいるのはやはり中間種のハノーバーだろう。この品種はドイツが原産で、とにかく気性がよくて素直なうえ従順だ。しかも筋肉質なのに持久力があって俊敏性は高く、スポーツホースとして人気がある。

縁も地元の乗馬クラブに所属していたときは、ハノーバーで気が合う馬がいた。コトリ号というその馬は優しく、馬に慣れていない初心者を舐めることもなく乗りやすかった。とても懐かしい。

そこでちらりと征士たちを見遣る。征士がここに来るのは久しぶりのようで、浦部は経営についてしゃべりっぱなしだ。メールや電話だけでなく、直接会って相談したかったのかもしれない。

縁は二人の背後からそっと声をかけた。

「……あの、馬を見に行ってもいいかしら？」

振り向いた浦部が恐縮した顔つきになる。オーナーの夫人を放ったらかしにしていると気づいたようだ。

「奥さま、すみません……」

「いえいえ、私は馬がいれば退屈しない人間なので……まだ時間も早いですし、あの子たちを触っていてもいいですか？」

「じゃあ、これを持ってってください」

浦部がウエストポーチからビニール袋を取り出した。馬のおやつとして鉄板のニンジンで、細長くスティック状になっている。

「わあ、ありがとうございます！」

縁は袋を受け取り、スキップしそうな足取りで放牧地へ向かった。

人間が近づいてくることに気づいた馬たちが、わらわらとそばに寄ってくる。お客はおやつを与えてくれると学習しているのだろう。可愛い。

縁は耳をピンと立てている馬のうち、もっとも温厚そうで相性がよさそうな馬に、頬や首を撫でさせてもらった。

耳を立てているのはこちらに興味がある状態だ。耳を伏せているときはこちらを警戒しているので、手は出さない方がいい。

「おまえは大人しい子ね。可愛い」

競馬場で競走馬を見ることはできるけれど、当然ながら触ることはできない。久しぶりの馬の温もりに、感動で胸が熱くなった。

どの子に乗せてもらおうかな、と楽しく迷いながら気が済むまで触らせてもらい、違う放牧地へ向かう。

そこでも人懐っこい馬を触りまくってニンジンを与え、これを繰り返しながら敷地の奥へと進んでいく。

ふと気づけば一番奥の放牧地へたどり着いていた。そこには三頭の馬が寝転がってのんびりとくつろいでいる。

縁はそれらの馬を見て少し驚いた。中間種ではなく軽種、つまりサラブレッドなのだ。

もちろんサラブレッドも乗馬に適しているし、引退した競走馬が馬主の乗用馬として活躍することもある。

――もしそうなら、いい馬主さんだな。ここに寄付された馬かもしれないけど。

縁は感慨深く三頭の馬を見つめた。

競走馬はレースで優秀な成績を収めると、引退後は繁殖にあがる。牝馬は条件が合えば一勝もせずとも肌馬——繁殖牝馬のこと——になれるが、牡馬《ぼば》はなかなか難しい。種牡馬《しゅぼば》として残るのは限られた馬だけになる。

では年間七千頭前後も産まれる競走馬の大部分は、引退後にどうなるのか。

乗用馬に転向する馬など、ほんのひと握りしかいない。人を癒すホースセラピーなどの分野に進む馬もいるが、そちらこそ数はさらに少ない。

馬は大型動物なのだ。ここのような広い敷地と世話をしてくれる人手、餌となる大量の飼い葉を用意する資金がないと飼育できない。犬や猫のように自宅でペットとして飼うのとは、わけが違う。

優秀な成績を残せなかった競走馬は、そのほとんどが肉になる。

人間の都合で生み出され、人間の身勝手で生涯を終える。競走馬が経済動物である以上、縁もそのことは呑み込んでいた。でなければ競走馬を作る仕事などできない。

それでも天野牧場から送り出した馬に天寿を全うしてほしいと、引退馬を乗用馬として引き取る乗馬クラブや、のんびりと余生を送れる養老牧場を顧客へ紹介していた。天野牧場は毎年、そういった団体へ寄付を欠かさなかった。

それでも第二の人生を送れる引退馬は多くない。

乗馬クラブも引き取ることができる馬の数は限られているし、養老牧場へ馬を預けたら毎月数万円はかかる。馬の寿命は二十五年から三十年といわれるので、それだけ長期間の預託料を出すぐらいなら、肉にして新しい競走馬を買う。誰もがそう思うだろう。

サラブレッドたちを見つめながら思いを馳《は》せていると、不意に一頭の馬が立ち上がって草を食《は》み始めた。縁は柵沿いに移動してその馬の正面へと歩く。

だが顔を上げた馬と目が合ったとき、縁は全身が金縛りになったかのように立ち竦んでしまった。

その馬は全身が黒色の青鹿毛《あおかげ》だった。やや老いが見受けられるものの、それでもまだ被毛は艶があり美しい。

その綺麗な毛色と少し寂しげな瞳に、縁の相馬眼が記憶を揺さぶった。

「まさか、ユーグヴェール……？」

天野牧場で生まれたサラブレッドだった。

ユーグヴェールは現役時代に一勝もできず、当然種牡馬にもなれず、引退後に馬主から突き返されて牧場に戻ってきた。処分するしかないと縁の父は頭を悩ませたが、ユーグヴェールはその人懐っこさを買われて、天野牧場の乗用馬になった。

馬主が家族連れで来たとき、親は産駒を観察したり商談に夢中なので、暇を持て余した子どもに乗馬を楽しんでもらおうと縁が企画したのだ。

もちろんそのサービスには、子どもに少しでも馬を好きになってもらい、未来の馬主になってほしいとの下心もあった。

天野牧場が倒産したとき、資産となるものはすべて売却していた。馬もそうだが、ダニエラを含む繁殖牝馬は、大半が新しい牧場へ引き取られたと聞いている。

しかし重賞馬を輩出できない肌馬や、ユーグヴェールのような愛玩用の馬などは、肉にするしか価値を見出せなかった。

それなのに。

「おまえ……なんでここに……」

縁の声に耳をぴくぴくと揺らす馬がゆっくり近づいてくる。その馬はこちらの顔に鼻を近づけて匂いを嗅いだ。

間近で馬の瞳を見る縁は、間違いなくユーグヴェールだと見抜いた。もう生きてはいないと思っていた愛馬との再会に、瞳が潤んで手が震える。

「私のこと、覚えてる……?」

ユーグヴェールは長い顔を、涙ぐむ縁の頭にそっと当ててくる。それが馬の愛情表現であると知っている縁は、ほろほろと涙を零した。

四年も会っていない自分を覚えていたのかはわからない。人懐っこい馬だから、心を揺らす人間に寄り添ってくれただけかもしれない。

それでもかつての愛馬が、幸せに暮らしているとわかっただけで嬉しかった。

このとき他の二頭のサラブレッドも立ち上がって近づいてきた。それらを見る縁は再び硬直する。

征一郎に売った天野牧場の競走馬たちだった。

「カイルメローに、バロンシュタット……」

カイルメローはいくつかの重賞レースで優勝して種牡馬になったが、産駒の中から重賞馬が出なかったため、カイルメロー自体の価値が下がってしまった。やがてカイルメローを種付けしようとする生産者や馬主がいなくなり、存在が危ぶまれていた。

バロンシュタットは運の悪い馬だ。血統の良さを見込まれて生まれる前から征一郎が購入し、縁の父も将来を期待していた。デビューの二歳新馬戦から連勝を重ね、皐月賞では惜しくも二着。ダービー制覇への期待がかかったが、またしても二着で終わった。

その後は菊花賞、ジャパンカップと出走したが、いずれも賞金は獲得するのに一つもタイトルは得られなかった。

――みんな生きてないと思ってたのに。

ユーグヴェールを見たとき、なぜここにいるのかと呟いた。でもそんなことは考えたらすぐにわかる。

ここは征士の乗馬クラブなのだから、彼が三頭を保護しているのだろう。

競争馬は相続財産になるため、征一郎の馬は彼が亡くなったときに征士が譲り受けたのかもしれない。

だがユーグヴェールは……

ザッ、と土を踏みしめる音と共に、背後から己の名前を呼ばれた。

ゆっくりと縁が振り向けば、涙を零している妻を見て征士が目をみはる。しかし縁が触れている馬へ視線を向けて、その理由を悟ったようだ。

「そいつらのことがわかるんだ……さすがだな」

俺には馬の毛色しか違いが判らない、と以前も聞いたことを苦笑気味に続けている。

「ありがとう。ユーグヴェールを助けてくれたのね……」

縁の言葉に、征士は笑みを自嘲めいたものに変えた。

「……助けたというか、間に合っただけだ。天野牧場の件を知って急いで帰国したけど、見つけられたのはそいつだけだった。あとは……」

ユーグヴェール以外にも、肉になるしか価値はない馬は何頭かいた。しかしここにはユーグヴェールしか保護されていない。

その意味を聞かずとも悟った縁は、泣き顔に笑みを浮かべた。

「一頭でも会えてよかった……すごく嬉しい……」

征士は間に合っただけと告げたが、彼が天野牧場の馬を助ける義理などないのだ。しかも遠い異国の地で暮らしていたのに、わざわざ日本へ帰ってきてまで。

誰のためにしたことなのか、聞かずともわかっているから涙が止まらなくなった。征士が慌てた表情でハンカチを取り出す。

彼がすぐそばに立ったとき、縁は自ら征士の胸に飛び込んだ。

頭上で息を呑む気配を感じ、抱き締めるたくましい体躯が緊張でこわばる。彼の動揺を、縁は悲しみと罪悪感と共に受け止めた。

――ごめんなさい、あなたを不幸にして。

幼い頃からずっと征士が好きだった。優しくて格好いいお兄ちゃんは、馬のことしか頭にない自分を尊重してくれる貴重な人で、出会ってすぐ好きになった。

『――縁の障害の跳び方って、すごく綺麗なんだよな。俺も早くあのレベルになりたい』

お世辞ではないとわかる瞳で彼が褒めてくれるから、自分はますます馬にのめり込んでいった。己を認めてくれる人がいるのが嬉しくて。

私の大切な人。

――あなたを幸せにしたいと思ったの。それができるのは私だけだから……でも今は、あなたと幸せになりたい……。

最大の問題は、己の心の奥深くまで根を張るわだかまりだった。彼との関係をやり直したいと決めたときから、どうすればこれを引っこ抜けるかずっと悩んでいた。

でももう、無理して抜かなくてもいいのではと、今までの自分では考えなかったことに思い至った。

父の死と牧場のことを忘れることはできない。いまだに征一郎は許せない。愛する親が死へ追い込まれたのだ。あのときの父の死に顔を思い出すだけで、今でも心が凍りつく。

もしかしたら征士も、征一郎を憎む心があるかもしれない。妻を愛する彼なら、祖父が罪を犯さなければと考えたことだってあるだろう。優しい征士ならきっと傷ついている。

おそらく自分たちは一生、傷を舐め合って生きていく。

征一郎のしたことは忘れることができない。なかったことにもできない。永遠にこの気持ちを変えられそうにない。

それならもう、このままでいい。悲しい記憶ごと征士を愛するだけだ。

過去を思い出して泣くことがあっても、彼なら妻の心に寄り添ってくれる。自分もまた征士を守りたいと強く思った。傷つけられても平気だと、俺は大丈夫だと偽《いつわ》る彼の心を。

征士の胸で涙を零していたら、背中に彼の腕がそっと回された。征士に抱き締められたのは北海道へ行ったとき以来だ。

夫婦として暮らすことを決めたのだから、いつだって彼は妻に手を出しても許されるのに、縁の気持ちを慮って必要以上に触れないようにしていた。

でも今は、こうして抱き締めてくれることが嬉しい。好きな人と温もりを分かち合うことは

幸福なのだと、知ることができて嬉しかった。

——もっと私に触ってほしい。……あなたに抱かれたい。

胸の奥から膨れ上がる情動に、縁は泣きながらも心を熱く染める。

やっと征士を受け入れられると自分自身が喜んでいる。喜ぶことができる己でよかった。

「ありがとう……本当にありがとう……征士さん……」

初めて名を呼べば抱き締める腕の力がますます強くなる。この腕にいつまでも抱き締めてほしいと、縁は心から願うことができた。


縁は乗馬クラブを訪れた当日、ユーグヴェールに騎乗して昔の勘を取り戻すことに集中した。

なにせ四年以上のブランクがある。記憶喪失の期間を抜きにしても、天野牧場が倒産に向かって転落し始めた頃から馬に乗っていなかった。

それでも幼いときから乗馬をしていたのもあって、体はリズムを覚えていたようだ。すぐに慣れて自分の好きなように敷地内を歩き始めた。

午後からは乗馬クラブの近くにある山へ外乗に出かける。この辺りの地理に詳しくないのでインストラクターがいるものの、征士と一緒に出かけられたのは嬉しかった。

彼と馬を並べて歩くのは本当に久しぶりで、縁は懐かしい感覚に涙が出そうなほど喜んだ。

征士と外乗を楽しむなど、もう永遠にないと思っていたから。

縁はその日、一日中、馬と一体になる感覚を楽しんでいた。しかしすっかり忘れていたが、ブランクがあると筋肉の衰えは避けられない。

乗馬を始めたばかりの人は、ほとんどが筋肉痛になる。ただ馬に乗っているだけと思われがちな乗馬だが、意外とハードなスポーツなのだ。

鞍上《あんじょう》でバランスを保つため、知らず知らずのうちに全身の筋肉を使っており体幹が鍛えられる。自然とインナーマッスルが刺激を受け、背筋がスッと伸びた美しい姿勢を維持しやすいのだ。

あまり知られてはいないが消費カロリーも高いうえに有酸素運動なので、ダイエットに最適なスポーツだったりする。

その割には激しく体を動かすわけではないため、大人になってから乗馬を始める人も多く、年齢制限もない。五十代で初めて馬に触れる人もいるし、まだ幼い子どもなどはポニーから乗り始めることもある。

縁もまた物心つく頃から父親と共に馬に乗り、やがて自然と一人で乗馬を楽しむようになった。

そのため筋肉痛とは無縁で、昔はあったのだろうが記憶にないため、縁の中で自分は筋肉痛で苦しむことはないと思い込んでいた。そして乗馬歴の長さと技術から、そこそこ乗馬に対するプライドはある。

なのに翌日、ひどい筋肉痛に襲われて歯噛みする破目になった。

「屈辱……ッ」

朝からソファに寝転んで悔しがっている縁を、征士は笑いながら見下ろしてくる。

「つらそうだな。今日は家で休んでいるか？」

「やだっ、ユーグヴェールに会いたい！」

と、子どもっぽいわがままを爆発させて乗馬クラブへ向かった。

ユーグヴェールは縁を乗せたことを覚えているのか、はたまたおやつをくれる人だと認識しているのか、縁が近づくとテクテクと近寄って甘えてくる。とても可愛い。

かつての愛馬を見ると、まるでここが生まれ故郷の日高で、実家の牧場にいるとの幻想を抱いてしまう。そんなことはあり得ないとわかっているけれど、優しい夢に一時《いっとき》でも浸ることができた。

馬に乗っていれば筋肉痛もそれほど気にならず、その日も外乗を思いっきり楽しむ。が、次の日はさすがに疲れが取れず、家で大人しくせざるを得なかった。

「毎日でも乗馬したいのに、鈍《なま》りきったこの体が憎い……」

リビングのソファで寝転がったまま恨み言を呟けば、すぐそばで床に腰を下ろす征士が噴き出している。

「また明日、行こうな。そのうち筋肉と体力もつくだろ」

「うん……なんかね、自分はもっとできるはずって気が逸《はや》るんだけど、体が付いていかないから変な感じなの」

「四年も空白があるからな。もう少ししたら縁の車も納車されるから、それでクラブに通うといいよ」

「そうね……」

すっかり忘れていた車のことを思い出していると、征士がテレビの電源を入れて衛星放送《BS》を映した。中央競馬の全レースを中継する番組が表示され、縁は慌てて起き上がろうとする。

「そうだっ、今日は天皇賞……いたたっ」

筋肉痛が刺激されて呻《うめ》くと、すぐに征士が縁の両脇をつかみ、肢体を軽々と持ち上げて座らせてくれる。

「いきなり動かない方がいいぞ。あんまりつらいならテレビでも見ながらストレッチしたら？」

「あ、うん。そうする……」

大きな手のひらが自分の脇をつかんでいるため、彼の手の一部分が乳房の際《きわ》にも触れている。その感触と彼の顔の近さにドキドキして顔が熱い。

「何か飲む？　俺はコーヒーを淹れるけど、紅茶を淹れようか？」

「ううん、私はいいわ。ストレッチするし……」

羞恥をごまかしたくて、さっそく床に下りて脚の筋肉を伸ばし始める。征士がキッチンへ向かうのを横目で盗み見しつつ、小さな溜め息を漏らした。

こんなささいな触れ合いでも自分はまごついてしまうが、彼の方はまったく変わらない。いつもどおりの泰然とした様子だ。

……乗馬クラブへ行った初日、自分はユーグヴェールが保護されていたことや、彼への想いがぐちゃぐちゃになってわんわん泣いてしまった。おまけに征士へ、屋外だというのに人目を憚《はばか》ることなく抱きついた。

あれからずっと彼を名前で呼んでいる。あなたを心から受け入れると覚悟ができたから。

まあ、征士の方は縁が泣きやむとメイクを直すよう更衣室に連れて行ってくれて、予定していた乗馬を始めただけだったが。

翌日も、さらに今日も、彼の妻を気遣う態度や優しさはあいかわらずで、こちらの意識が変化したことに気づいた様子はない。

――やっぱり言葉にして言わないと駄目よね、当たり前か……でもなんて言えばいいんだろう。本当の夫婦になりたいとか？　いや私たち本当に夫婦だし……直接的な言葉で言わないと駄目かしら……抱いてくださいとか？

体を伸ばしていた縁はそのポーズのまま固まってしまう。意識のみ処女の自分にとって、それはものすごくハードルが高い。

　内心で冷や汗をかいていると、コーヒーを持った征士が戻ってきた。彼は妻の動揺する様《さま》に気づくこともなく、競馬中継を眺めつつ話しかけてくる。

「今日の天皇賞って、天野牧場の馬は出ないんだよな？」

「えぇっと、うん、そう、そのはずよ、残念だわ……」

　やや声が上ずってしまったが、征士はテレビへ視線を向けたままだ。

　今の時期は春の競馬シーズンで、GⅠレースのビッグタイトルが次々と開催されている。本日のメインレースは天皇賞だ。

　しかし今日の天皇賞に天野牧場出身の馬は出走しない。

　そのかわりというか、ダニエラのように他の牧場に引き取られた肌馬から生まれた産駒が、何頭か本日の一般競争を走る。縁は該当のレースが始まるまでストレッチを続けた。

　昼頃になるとスマートフォンにメッセージが届いた。縁の連絡先を知っている人は少ないため、誰だろうと思えば従姉の美咲からだった。

『久しぶり。生活は落ち着いた？　ちょっと話したいことがあるんだけど、会うことはできない？　できれば北海道に来てほしいんだけど』

　美咲からの連絡は嬉しいものの、激しく戸惑ってしまう。東京から北海道など簡単に往復できる距離ではない。

電話で話せない？　とのメッセージを返したところ、すぐに既読がついて返事が来た。

『会って話したいことなの。それにこっちで暮らすなら、住むところとか仕事先とかいろいろ考えないといけないじゃない。一柳さんなら飛行機代ぐらい出してくれるでしょ』

しまった、と縁は額に手を当てて目を閉じる。

美咲は、縁が征士と離婚して故郷に帰ってくると思い込んでいるのだ。実際に縁も彼女と会ったときはそのつもりだった。彼とこのまま暮らすことはできないと。

でも今は違う。

それに征士との関係をどうやって深めていくかで頭がいっぱいで、申し訳ないが北海道まで行く時間が惜しい。

薄情だが、『今はちょっと忙しいから難しいの。ごめんね』と曖昧な返事をしてスマートフォンの電源を落とした。

その後は征士と話をしながら競馬中継を見ていると、やがて夕方になって全レースが終了する。ようやくストレッチの効果が現れたのか、縁は筋肉痛をそれほど感じなくなった。

「だいぶ楽になったわ……」

「よかったな。ずっとストレッチをしてたけど疲れてないか？　少し休んでいるといいよ」

そう優しく言われたとき、縁は今が頃合いではないかと思いついた。自分から誘うのは羞恥を覚えるけれど、いつまでも迷っていたら前に進めない。

「あっ、あの！」

「ん？」

「休みたいけど最近寝つきが悪くって……そのっ、そ、添い寝、してくれると、嬉しいんだけど……」

目を丸くする征士が、瞬きもせずに凝視してきた。たっぷり間を空けてから、「え……？」と呟くから縁は居たたまれない。しかも彼の顔に「何を言われたのか理解できない」と書かれているため、猛烈に恥ずかしくて視線をさまよわせた。

やがて征士は片手で口を覆うと目を逸らす。

「縁」

征士の声がいつもより低いので、思わず背筋を伸ばして「はい！」といい返事をした。

「俺は言ったよな。君のことが好きだと」

「……はい」

「好きな女と一緒に寝たら、さすがに添い寝で終わる自信はない。すまん」

また謝らせてしまった。縁は己の不甲斐なさに泣けてくるが、彼の好意が嬉しくてなけなしの勇気を奮い立たせる。

「それでいいからっ」

「……え」

「添い寝って、その……ただ寝たいわけで言ったんじゃないわ」

こちらの言いたいことが通じたのか、視界の端で征士が目を見開いている。

かなりの間を空けて彼がためらいながら両腕を伸ばし、そっと抱き締めてきた。予想よりも硬くて厚い胸に頬を寄せて、縁は息を呑む。

今まで二回抱き締め合ったが、どちらとも感情が昂っており、色っぽい雰囲気になることはなかった。

でも今は、包み込むような柔らかい抱擁にひどく安心する。胸が高鳴ってときめき、そっと彼を抱き締め返した。

視線をずらすと、彼のVネックニットから覗く鎖骨を認める。女性でも服から見える特に意識する部分でもないのに、骨の形がやけに男らしくも色っぽく感じて目が離せない。

征士の唇がこちらの耳に触れた。

「縁……」

息遣いが混じるかすれた声は、いつもと何かが違っていて腰が震える。

「急にどうしたんだ？　添い寝したいとか……」

どうしたと聞きながら、彼の手のひらが縁の腰をするりと撫でる。今まで抱き締められたときは背中しか触れなかったのに、その手つきはさらに下へ向かおうとする意思を感じさせるから、緊張と期待で縁の腰が揺れた。

「……急じゃないわ。ずっと、あなたに触れてもらいたくて……」

小声で告げた途端、彼の手が下がって縁の臀部を丸みを確かめるように撫でる。

「あ……」

初めて感じる性的な触れ合いに、体から自然と力が抜ける。自ら望んでこの身を差し出したとはいえ、内心ではさすがに怯えを感じていたのに、征士へ甘えるようにもたれかかってしまう。

――この感じも、知ってる。

彼の手が触れるだけで、抵抗感など霧散した。好きなように扱ってもいいと体が許してしまうのだ。

あなたになら、何をされても構わないと。

彼との間に絶対的な信頼があることを悟り、縁は目を閉じてたくましい体躯に寄り添った。

縁が拒絶しないことで彼女の覚悟を悟ったのか、征士が唇を耳から頬へと滑らせる。触れ合うだけの軽やかな口づけを、こめかみや瞼や鼻の至るところに降らせた。

最後に口角の際《きわ》へキスをして、「縁」と名を呼ぶ。

縁がゆっくりと視線を持ち上げれば、至近距離にある綺麗な瞳が自分を見つめていた。

いつもと違って彼の眼差しに怖いような何かを感じる。このままだと恐ろしいことが起きそうで、見つめ合っていると心拍数が徐々に上がっていく。

それでも、彼が私を傷つけることなんてないと信じているから、征士の滑らかな頬を両手でそっと包んだ。

キスをしてほしい。そう直接言うにはまだ理性が邪魔をするため、ほんの少し顔を近づけて眼差しで訴える。

縁の願いを正確に読み取った彼が、静かに顔を近づけてきた。唇と唇が優しく触れ合う。

それは本当に皮膚が合わさるといった口づけだった。けれど縁の胸中に甘い高揚感が膨らんでいく。

初めて出会ったときから好きだった、初恋の相手とキスをしているのだ。

少女の頃は征士とキスをする妄想をしては、一人で照れて悶えていた。やがて道理をわきまえるようになると、そんなことはあり得ないのだと空《むな》しさを覚えた。

それが今、現実になっている。どれほどこのときを夢見ただろう。

嬉しくて感動で震えそうで、彼にぎゅっと縋りついた。

縁の拒絶がないことを悟った征士が、唇を食《は》むようにゆっくりと啄《ついば》んでくる。

ぺろりと隙間を舐められたとき、縁は口を開けてほしいとの彼の意思を感じ取った。ファーストキスなのに彼の仕草がもたらす意味を察するのは、思い出せない四年間の記憶から影響を受けているのだろうか。

抵抗することもなく口を開けば、肉厚な舌がぬるりと入り込んできた。

体の中に自分以外の誰かが入ってくる感覚に、さすがに怯える縁はびくっと体を竦める。すぐに舌と唇が逃げていく。

「あっ、やだ……っ」

征士がいなくなった口内が寂しくて、男らしい体にしがみついた。行かないでと、離れないでと、このまま続けてと、美しい瞳へ視線で訴える。

甘えるような縁の眼差しと表情と声に、心を撃ち抜かれた征士の自制心がグラグラと揺れた。惚れた女に煽《あお》られ、男の凶暴な劣情が急激に昂《たかぶ》る。縁を頭からバリバリ食べて、骨までしゃぶりつくしたいとの欲望が頭をもたげた。

「……怖くないか？」

縁はふるふると顔を左右に振る。征士が今朝、丁寧に巻いてくれたふわふわの髪が広がった。彼が妻のために選んだ甘い香りも広がり、男の懊悩《おうのう》をさらに煽る。

「驚いただけ……やめないで……」

迷子になった子どものような心許《こころもと》ない表情で、縁は征士の首に抱きついた。彼と自分の頬が合わさって、人肌の温かさと乱れた息遣いをじかに感じる。こんなにも近くにいることが嬉しくて、彼がしたように柔らかな耳たぶへ口づけた。

耳殻《じかく》に沿って唇をすべらせ、骨の硬さを皮膚で感じながら囁く。

「お願い、キス、してください……」

ふと、以前もこうやって彼に口づけをねだったのではないかと思った。自分を受け入れてくれない彼に縋りついて、どうか離さないでと哀願して。

頭の奥底に沈んだ記憶が、そっと浮上する感覚があった。しかし縁がその気配をつかむ前に、征士が性急に唇を塞いでくる。

「んっ！」

獰猛《どうもう》な口づけに縁は委縮するが、それでも逃げを打つ己の体を抑えて彼に縋りついた。唾液でぬめる舌がこちらの舌に絡みつけば、自分もたどたどしく舌を差し出す。あなたを拒絶なんてしないと訴えたくて。

舌同士がこすれる淫らな感触に、下腹がずくんっと疼いた。心ではなく内臓が……子宮が感激しているみたいな熱を腹の奥で感じる。

彼の舌がこちらの口内を味わうように蠢《うごめ》くから、激しい舌使いと注がれる唾液に縁は溺れそうになった。それでも必死に男の舌に合わせ、顔の角度を変えて食らいつく。彼についていきたいと、私を置いていかないでと夢中でキスにのめり込んだ。

息継ぎの仕方なんて知らないのに、体は覚えているから、激しい口づけを受け止めて胸を弾ませる。

不意に、彼とのキスが好きだったと思い出した。

征士の口づけは今みたいに激しいときもあれば、唇をくすぐるだけの優しくて戯れのようなときもある。まだキスに慣れていなかった頃から、彼は妻を翻弄していた。だから自分はキスだけでめまいを起こすほど陶酔し、全身から力が抜けて立っていられなくなった。

何もかもを投げ出して征士に縋るときが好きだった。

彼が安堵しているような気がして。

彼の心に潜《ひそ》む怯えがなくなるような気がして。

――ごめんなさい。あなたをずっと不安にしたままで……

こんなときだというのに初めて気づく。彼がどれほど妻の記憶が戻ることを怖れていたかを。愛する人が自分を憎んで離れていくことを怖れていたかを。

仮に今、いきなり征士が妻を嫌って姿を消したら、自分は生きていくこともできないほどショックを受けるだろう。そんな未来を想像しただけで心が凍りそうになる。

彼は自分と愛し合うようになった頃からずっと、こんな途方もない恐怖を抱いていたのだ。

今日は記憶が戻らなくても、明日は思い出して妻を失うかもしれない。毎日そんなことを考えたくないのに考えてしまって、どれほどつらかっただろう。

それに一生、妻の記憶が戻らずに夫婦生活が続いたとしても、かつて馬に夢中だった縁は返ってこない。

未来がどちらの道に進んでも苦しいなんて、どれだけ心を痛めただろう……

まだ四年間の記憶を思い出せないけれど、四年もの長い間、彼が天野縁という人間に尽くし続けたのは感覚でつかめる。その献身に応えたくて、傷ついているだろう彼を慰めたくて、縁は彼の口内に舌を差し出して積極的に動かした。

「はぁっ……ふっ、ぅんっ……」

縁の唇の端から、飲み干せなかった唾液が垂れ落ちる。顎を伝う生温かい感触に、胸の高鳴りがより激しくなって耳鳴りまで聞こえた。呼吸も乱れて頭がぼうっとしてくる。

意識が霞《かすみ》がかると、口の中で唾液の跳ねる音がやけにクリアに聞こえた。ぴちゃ、くちゃ、といやらしい粘ついた水音が呼び水になったのか、脚の付け根に水分が迫る感覚まで察する。何かを漏らしそうな予感に背筋が震えた。

「んぁっ……」

肩で息をしながら唇を離すと、濃厚な口づけに腰が砕けてふらついた。すぐさま彼に抱き寄せられ、密着したままソファに押し倒される。

見上げる征士の目元が赤い。欲情に耐えるような表情に、男の人の色気というものを感じてドキドキした。男が劣情を抑制する様は、女の心にクるのだと変な声が出そうだった。

しかしこのとき、片脚がソファからすべり落ちてハッとする。

「わっ、私、経験はあるんだろうけど、そのことは思い出せなくって……」

うん、と相槌を打つ征士が、どんどんこちらの服を脱がせていくから慌てた。

「あのっ、初めてはベッドがいい……」

うろたえる縁が征士を見上げると、彼はきょとんとした後、すぐに気まずげな顔で視線を横に逸らした。

「すまん、そうだったな」

かつて数えきれないほど抱いた妻が、今は処女と同じであると思い至ったようだ。

征士は体を起こしながら、力が入らない縁の体も起こす。

「立てるか？」

「なんとか……」

脚が震えたものの、彼が腰を抱き寄せて支えてくれたので寄り添って二階へ向かう。

夫婦の寝室に入るのは、記憶を取り戻した初日に服を取りに来たとき以来だ。前に入ったときも思ったのだが、巨大ベッド以外は家具などが置かれておらず、ひどく殺風景な部屋だった。

征士に手を引かれて大きなベッドに上がり、がらんとした部屋を落ち着きなく見回す。直後に背後から抱き締められ、ここに来るまでに緊張が高まっていたのか、口から心臓が飛び出そうだった。

内心でうろたえていることを悟られたくなくて、会話の接ぎ穂を必死に探す。

「……ね、どうしてベッド以外は何も置かないの……？」

声が震えるのを止められなかったが、怖がっているとは思われたくなくて、振り向いて背後の彼へ抱きついた。

「ああ、縁が嫌がったんだ」

「え、私が？」

「そう。寝ているときに地震が起きたら家具が飛んできて怖いって」

「そっか……私、子どもの頃に大きな地震があったのよね。そのせいかしら……」

北海道の十勝《とかち》地方では、沖合を震源とする地震が幾度か発生している。縁は子どもの頃、住んでいた新冠町がかなり揺れて怖い思いをした。

馬たちも驚いて地震直後は騒然としていたが、幸いなことに大きな被害はなかった。

記憶喪失中の自分は、そのことを思い出したのかもしれない。いや、記憶喪失だから思い出してはいないはずだが。

「記憶を失くした君を引き取って一年以上たったときかな、大きな地震が起きたんだ。それを覚えていたのかもしれない」

「そう……でも家具は対策をしていたら大丈夫だと思うけど。……なんか記憶喪失中の私って、別の人格だったみたい」

「うーん、今の縁にしてみればそう感じるかもしれないけど、俺は特に違和感とかなかったな。まあ、ずっと一緒に暮らしていたから見慣れていたってのもあるけど」

ずっと一緒との言葉に、彼が尽くしてくれた四年という時間を思う。赤ん坊になった成人女性との暮らしは、どのようなものだったのか。

その頃の自分がどうだったか知りたいと思うけれど、征士に知らない方がいいと言われたことを思い出して口をつぐむ。

縁が傷つかないようにと配慮する彼の気持ちに、どれほど愛されていたかを、もう何度目かわからないほど実感する。彼の愛情が温かくて、なのにそれに応えていなかった時間が申し訳なくて苦しかった。

征士とやり直すことを決めたばかりの頃、幸福が心に降り積もっていくのを感じたときがあった。この想いが心からあふれるほど積もったら、彼に対して素直になれるかもしれない、と。

いつの間にかあふれるどころか、四肢の隅々まで幸福が浸透していた。それを思うと心で形容しがたい熱い情動が膨れ上がる。

弾けそうな想いに突き動かされ、自分から口づけた。

相手の体温を唇で受け止め、舌を差し出して絡めるたびに、少しずつ全身が熱くなっていくと感じる。

彼に舌を根本から吸い扱《しご》かれ、とてもいやらしい気持ちになる。けれど嫌いじゃない。

――すごく好き……気持ちいぃ。

触れ合う部分から征士の愛が注ぎ込まれるようで、うっとりする。

情熱的な口づけに陶酔していると、気づけば胸元の締め付けがゆるんでいた。ブラのホックがいつの間にか外されている。

「あふ……、んっ、ちゅっ……」

深いキスに翻弄されていたら、シルクコットンのブラウスが体から離れていく。キャミソールと肩紐で吊り下がったブラジャーだけになり、首筋や肩を露わにした縁の上半身が震える。唇を解放した征士が、両手でキャミソールの裾をつかんだ。

「縁、万歳して」

「う……待って、灯りを消してほしい……」

「灯りって、点いてないけど」

「……あ」

一瞬、呆けた縁がそろりと天井を見上げれば、たしかにライトの光は点いていない。テンパっていたため、今がまだ夕方であることを失念していた。

と、このとき征士が勢いよくキャミソールを脇までめくり上げた。

「きゃあっ！」

胸の前で垂れているだけだったブラも持ち上げられ、ぷるんっと乳房が上下する。巨乳というわけではないがサイズ的には大きめになる、張りのある瑞々しい白い双丘が蠱惑的《こわくてき》にゆれた。

慌てて胸部を隠そうとする両腕を、征士に止められる。赤く染まった縁の耳に彼が唇を寄せてきた。

「君の体はもう隅々まで見てる。恥ずかしがらなくていい……」

色香をまとう甘い囁きに、頬を熱くする縁は腰が砕けそうになる。両手首を握られていなければ倒れていたかもしれない。

「縁は肌が白いんだよな……乗馬しても日に焼けなくって、雪みたいに白くて柔らかくて、とても綺麗だ……」

秘め事を予感させる熱を孕《はら》んだ声が甘い。この声に耳元で囁かれると、縁は脳髄が痺れるような気持ちになる。

征士に心を支配されるみたいで、ブラごとキャミソールを脱がされても抵抗できなかった。

彼の視線を阻むものは何もない素肌に、大きな手のひらが腰から這い上がる。体の側面をたどって、指先で乳房の輪郭をなぞってきた。

「ん……」

背筋が粟立つような感覚が走り抜け、縁は熱い吐息を零す。

――この感覚も知ってる……これが、快楽……

そして征士の手管に翻弄され、羞恥心も根こそぎ蹴散らされて、彼の思うがままに善《よ》がることも自分は知っていた。嫌というほど彼に教え込まれたと体が思い出すから、カッと体温が急上昇する。

興奮で緑の肌が薄桃色に染まったのを見て、征士が舌なめずりをした。

「旨そうだな……」

彼の指の腹が、ふにっと熟しかけた乳房に沈む。柔らかい刺激は微電流となって、胸から緑の四肢へと広がっていく。

甘い痺れに緑が身を震わせていると、いきなり胸の尖《とが》りをつままれた。

「はうぅっ……」

先刻とは違う波のような大きい快感に背筋を反らせ、そのせいで乳房を征士に差し出す形になった。

彼が大きな体を屈めて、揺れる膨らみの片方に唇を寄せる。

「あ、ぁ……ふ、ぅん……っ」

温かくて少しざらついた舌が、淡く色づいた乳房に這い回る。

緑は漏れ出る自分の声がやけに甘ったるく感じ、唇を噛み締めて声を止めようとした。なのに、ぬるぬるの舌が胸の先端を味わうように舐め上げると耐えられなかった。

「あんっ、はぁ……」

気持ちよさをにじませる緑の艶声に征士も煽られたのか、両手で双丘を揉みしだき好きなように形を変える。まだ柔らかい乳首にしゃぶりつき、硬く勃ち上がらせようとする。優しく歯を立てては、そのたびに緑に甘い悲鳴を上げさせた。

未知の感覚に萎縮しながらも、縁の体はとても悦んで征士の愛撫を求めている。彼に触れられるたび、体の奥の奥が熱くとろけるようだった。

「あふぅ……っ、んっ、んんっ、ぅう……はぁん……」

完全に勃ち上がった胸の尖りを、征士が口内に含んでねっとりと舌を絡めては味わう。淫らな刺激に縁が身をくねらせていると、彼の両手が脇腹を優しくさすった。そこは彼がよく知る縁の性感帯で、さするたびに縁に残っていた力を根こそぎ奪っていく。

「あっ、だめ……っ」

ふらついた体を征士が抱き留めて、そっとベッドに寝かせる。下半身を隠すベージュのスカートや下着までも素早く取り払い、妻を生まれたままの姿にした。

裸身をさらす縁を、彼が熱のこもった眼差しでじっくりと射貫いてくる。産毛さえもわかる明るさで視姦される状況に、縁は頭の芯が焼けつくようだった。羞恥に耐えられなくて顔を背ける。

このとき彼の両手が縁の膝の裏をすくい上げ、ほっそりとした両脚を左右に大きく広げてきた。

「やぁっ、やだぁ……っ！」

涙混じりの悲鳴を上げながら急いで局部を手で隠す。それでも手の甲に熱い視線が突き刺さるのを感じ、皮膚がちりちりした。

「縁、手をどけてくれ」

「だっ、だめっ、もうたくさん見てるんでしょ……？」

「何度でも見たい。手をどかしてくれないと、ずっとこのままだぞ」

征士は広げた脚を愛しげに撫でつつ、さらに限界まで開脚させて膝を体側へ倒した。縁の関節が柔らかいことを知っている、迷いのない動きだ。

おかげで手のひらで隠した秘所が天を向き、縁はあまりの恥ずかしさに失神しそうだった。

「うぁあ……」

羞恥が大きすぎて、精神をみじん切りにされた気分になる。震える脚の付け根が痺れ、見なくてもそこがぬかるんでいると感じた。猛烈に恥ずかしくて居たたまれない。

「縁」

命令でもなくただ名を呼ばれただけなのに、ためらいながらも手をそっと引っ込めてしまう。この体は彼に支配されているのだと思い知り、ますます動揺する心が落ち着かない。

しかも秘められた局部を見せつける姿勢に、精神が細切れどころかすり潰されるようだった。耐えられなくて右腕で双眸《そうぼう》を隠す。

だが視界を閉ざしても彼のひりつく視線は感じてしまう。おかげで呼吸が徐々に逼迫《ひっぱく》し、腹部が波打つ様に合わせて秘裂が震えた。鮮やかな肉びらが蠢き、蜜があふれて糸を引きながら垂れ落ちる。

ぽたぁ。と、ゆっくり重力に引かれる蜜の筋は光り輝いており、卑猥すぎる光景に征士は喉を鳴らす。

彼の長い指が、蜜で光る肉の隙間を上下に優しく撫でた。

「あぁ、ん……」

たっぷり濡れている縁の入り口は、くちょ、と指の動きに合わせて粘度の高い蜜音を立てた。

「体は俺を覚えていたんだな……」

感動したような声に、縁もようやく彼に身を任せることができたと嬉しかった。が、いっぱいいっぱいなので何も言えないでいる。

「初めて君を抱いたときも、そうやって恥ずかしがっていた……まるで縁の処女を二度ももらう気分だ」

征士があまりにも嬉しそうな声を出すものだから、縁は腕をどかして彼を見上げた。征士はのぼせたように頬を染め、うっとりと妻を見下ろしている。……それは今まで見てきた彼の冷静な顔とは全然違っており、縁は胸を高鳴らせた。

いつもの征士は、清廉と表現してもいい紳士だった。なのに男の本性をダダ漏れにする様は、少し怖くて、でも色っぽくて、ひどく魅力的に見える。縁の心臓の鼓動がどんどん速くなって、痛みを感じるほどだ。

陶然とした表情の彼は、妻から視線を離さないまま自分のシャツのボタンを外し始める。

「縁も、俺を見ててくれ……」

見せつけるように服を脱ぎ出し、しなやかな筋肉に覆われた美しい肉体が徐々に露わになる。

男の人の体はたくましいだけではなく綺麗だと、縁は初めて思った。この体に抱かれるのかと想像するだけで頰が熱くなる。

しかし征士がベルトを外して下着ごとボトムスを脱ぎ、雄々しく滾《たぎ》る一物が飛び出たときは、とっさに顔を逸らした。

男性の分身がどういうものか、性の知識としては理解している。だが初めて見たそれはあまりにも大きくて赤黒くて、あんなものが自分の中に入るのかと目を白黒させてしまう。

それでも不思議なことに恐怖は抱かなかった。それどころか、緊張感よりも大きな飢餓感が膨らんで口の中が乾き、無意識のうちに腰がもじつく。下腹が疼いて、脚の付け根がさらに濡れる感触があった。

己の淫猥な反応に縁は混乱しつつも、体が欲情しているのだと思い至る。あれは自分を傷つけたりしない。それどころか悦楽の極みへ連れて行ってくれると。

いやらしい想像に動揺する縁が眼差しを伏せたとき、あられもなく広げた脚の間に彼の秀麗な顔が落ちてきた。

ひっ、と息を呑んで動けず、呆然としたまま彼の舌が自分の局部に埋まるのを見届けてしまう。自分以外、誰も触れたことがない秘部に、生温かくて柔らかい感触が這い回った。

「やだっ、そんな……」

体を起こそうとした直後、局部からほとばしった刺激に震えてシーツに倒れ込む。同時に、蜜の源泉に浅く沈んだ舌先が入り口の肉の輪をなぞった。

「ぅあぁ……っ」

柔らかくて温かい感覚に痺れて逃げることもできず、喘ぎながら執拗な奉仕を受け止め、悶えてしまう。

「んぁっ、あっ、ああ、やぁ……そこっ、だめぇ……」

恥ずかしい場所を暴かれたうえ、舐め尽くされる羞恥でたまらない気分になる。なのにとても気持ちいい。

快感という波が絶え間なく打ち寄せ、官能の沼に溺れそうだ。せわしなく上下する胸は、縁が追い詰められている様を表している。

彼の舌は、さらに蜜口の上にある密やかな尖りへと移った。快楽の塊である慎ましい尖端は、縁の劣情を養分にしてぷっくりと膨らんでいる。

外界の刺激から守っている包皮ごと、征士は舌で舐め回した。

「ひぅっ！　ああっ、まっ……あぁぁっ、だめだめぇ……！」

生理痛にも似た重だるい疼きに、縁の腰が逃げようと卑猥にくねる。だが本人の意志とは裏腹に、縁の肢体はベッドに沈んだまま。広げた脚を閉じることもせず、男の舌に喘いでいる。まるで、彼の愛撫からは逃げられないと、深層心理に刻まれているかのように。

「——ああっ！」

ぐじゅっ、という淫らな音と共に、骨ばった指が熱い蜜窟に潜り込む。初めて体の中から感じる異物感に縁は怯えるが、彼の指は迷いのない動きで腹側の媚肉を優しくこすった。

縁が初めての行為に萎縮していても、征士の方は慣れ親しんだ妻の体をどう扱えばいいか熟知している。

もちろん縁の体も、幾度も咥《くわ》えてはしゃぶってきた指を喜んで迎え入れた。いやらしく肉《にく》襞《ひだ》を収縮しては、指を奥へ奥へと引きずり込もうとする。最奥の子宮口が縁のもっとも感じやすいところだから、ここまで来てと淫らに誘う。

だが縁の意識の方は、指を飲み込んだだけで手一杯なのだ。ねっとりとかき回されるナカは火が点いたように熱く、溶けてしまいそうで涙をぽろぽろと零した。

「可愛い……」

縁が泣いているのに、体を起こした征士は感極まったように呟く。こういうときの妻の涙は、苦しかったり痛みを感じているわけではなく、ただ彼の指技《しぎ》に溺れているだけとわかっているから。

愛する者の体が今どうなっているか、本人よりも彼の方が把握している。

「あくっ、んっ！　んはぁっ、あぁ……あぁんっ、やぁ……あっ、あっ」

快楽の渦に呑まれる縁の頭部が、イヤイヤをするように弱々しく左右に振られる。そのたびに乳房が魅力的に揺れるため、それを認めた征士が白い果実にむしゃぶりついた。

「あぁんっ！」

彼はくっきりと勃ち上がった桃色の尖りを甘噛みしては、赤子のように吸いついて舌で扱く。その間も二本に増やした指で、縁の蜜路を縦横無尽に撫で回しては押し広げた。

嬌声が止まらなくなった縁は身悶えしながら、きゅうぅっと指を媚肉で食い締める。胸と局部という感じやすい箇所を同時に攻められ、縋るものを求めて征士の頭部を抱き締めた。

密着する彼の唇が弧を描き、さらに指を増やしてますます動きを淫らなものに変えていく。

「あっ、あぁんっ！　もぉっ、ああ……あ、やだぁ……わたしっ、……んああっ」

自分の中で、彼の指が動き回っている。そう考えるだけで子宮が煮えたぎるようで、体ががくがくとおかしな動きで揺れた。

下腹が波打ち、彼を飲み込む秘筒もうねるように痙攣《けいれん》する。

――なにかっ、なにか、おなかに……っ。

胎内で生まれた快楽の塊が溶け出し、大きなうねりとなって縁を包んだ。全身の痙攣が止まらなくなって、びくびくと腰が浮いては落ちる。

啼《な》きながら征士に縋りついたとき、体の奥底から快感が全身へと駆け抜けた。

「ふあぁ――っ！」

爪先から脳天まで貫く刺激に四肢を突っ張らせ、深い絶頂感に縁の肢体がぶるぶると震える。当然、縁のナカにいる男の指にも彼女が達したことは伝わった。

征士は妻の恍惚《こうこつ》に触れて、彼女が愛しくて堪らないといった顔つきになる。縁を傷つけないよう指をそっと抜いて、べっとり付いた蜜を己の分身に塗りつけた。

彼の興奮を吸い上げて育った一物は凶悪なほど膨らんでおり、蜜でテカる様は暴力的な気配さえもまとっている。

それでも縁がこれを受け入れることができると知っているため、征士は遠慮なく脱力する妻ににじり寄って覆いかぶさった。

「縁」

目を閉じて涙を零し、肩で息をする妻に優しく口づける。

縁は瞼を開くと、間近にある征士の瞳を見上げた。欲情した瞳に剣呑《けんのん》な光を感じる。

どこか恐ろしいのに、なぜか懐かしくて見ているだけで心がときめく。自分は何度もこの瞳に射貫かれて啼かされたと、完全に思い出したわけでもないのに悟っていた。

彼の広い背中に腕を回してぎゅっと抱き締める。唇が重なって、慈しむように柔らかく吸い上げられた。

彼が顔の角度を変えては隙間なく唇を塞ぐから、息継ぎで口を開くと舌が入ってくる。濃厚な絡み合いに背筋がゾクゾクした。

上になる彼から自然と注ぎ込まれる唾液をコクリと飲み干す。他人の体液なんて初めて飲むのに、自分の体はこれが専用の媚薬だと知っている。

のぼせたように縁も舌を伸ばして、征士の口内を味わった。舌と舌との触れ合いがとても気持ちよくて安心する。

だが征士が体重をかけたとき、鼠径部《そけいぶ》に軽い鈍痛を覚えた。

「いたい……」

キスに没頭していた彼はハッとして顔を上げる。

「大丈夫か？」

「ん……脚の付け根が、痺れて……」

「ああ、すまん」

すぐに離れてくれたので安堵の息を吐く。ずっと限界まで開脚していたから、さすがに関節が柔らかい縁も疲れがたまっていた。

このとき征士が縁の白い脚を閉じてそろえると、そのまま両脚を彼女の体側へと押し倒す。

「やっ、なに……っ」

縁は自分の両膝が自分の胸に押し付けられるのを見て目を丸くする。直後、征士の視線が剥き出しになった局部に注がれていると悟り、猛烈な羞恥から腰をよじった。

「だめっ、見ないで……！」

「さっきさんざん見ただろ」

くすりと愉悦の笑みを浮かべながら、征士が再び指先を濡れそぼつ秘核に添える。

「うああ……っ」

くりくりと敏感な尖りだけを集中的に愛撫され、甘い痺れがほとばしる。逃れようのない快楽に翻弄され、縁の足の爪先が何かをつかむようにぎゅっと曲がった。

「あぁっ、そこっ、やぁ……っ、まって……あぁっ」

熟れた蜜芯は先ほどよりも大きく腫《は》れており、征士が芯の根元をつまめば、肉を守る包皮がちゅるっと剥けた。縁の体が跳ね上がる。

何をされるか今の自分は予想がつかないのに、体に刷り込まれた経験によって心が怯えてしまう。それでも征士に屈している肉体は、抵抗することなく大人しいままだ。

逃げたいのに動いてくれない自分の体に焦燥感を抱いたとき、剥き出しの蜜芯を彼の舌がねっとりと嬲《なぶ》った。

「はあぁあんっ！」

彼の口の中に吸い込まれた秘核が、根元から甘噛みされては舌で執拗に転がされる。

全身が総毛立つほどの強烈な快感だった。理性を千切られるような衝撃が体内を駆け巡り、縁の肢体が跳ね上がる。

「やめてぇ……っ！　はぁぁぁぁっ！」

暴れたいほど苦しいのに、気持ちよくて続けてほしい。でも逃げたいのに逃げられなくて、あまりのもどかしさに死んじゃいそう。

惑乱する縁は仰け反りながら悲鳴を上げてむせび泣く。震える子宮も泣き出し、ごぷっと大量の蜜があふれ出した。女の香りがベッド上に色濃く立ち込める。

「ひぁっ、やぁんっ、もぉっ、まってぇ……だめっ、わたし……っ！」

髪を振り乱して喘ぐ縁は、甘い責め苦に長いこと耐えられなかった。夫にイき方を仕込まれた体は従順に高みへと昇り詰め、盛大に弾けた。

「――んぁぁぁっ！」

快楽の悲鳴を上げて汗を噴き出し、折り畳んだ両脚がぶるぶると痙攣する。頭が真っ白になって何も考えることができなかった。

虚脱する縁の蜜口から蜜があふれ続け、秘裂をべったりと濡らしてシーツに液溜まりを作る。

余韻に震える肉のあわいから唇を離した征士が、縁の片脚を再び大きく広げ、もう一方の脚を肩に担ぐ。

すでにほころんでいる肉の割れ目に、いきり勃つ剛直を添えて、ためらうことなく腰を突き出した。凶悪な太さと硬さを誇る男根が、ずぶずぶと遠慮なく怯える膣路へ埋められる。

「うあぁ……っ！」

半分意識を飛ばしていた縁は、下腹からせり上がる猛烈な圧迫感と快感に、目を見開いて硬直した。金縛りにあったかのように動けなくなるが、逆に膣壁は力が漲《みなぎ》って飲み込んだ生の肉茎をきつく抱き締める。

一物を淫らに拘束された征士が眉根を寄せた。

「ウッ……縁、息をしてくれ……」

征士が何か言っているのに、苦しくて呼吸がうまくできない縁は反応もできない。貫かれる痛みはなかったものの、体の中に居座る質量が大きすぎて、内側から押し広げられる感覚に腹が裂けるかもと混乱する。

だが頬を撫でる温かい手によって我に返った。揺れる視線を彼に合わせると、何かに耐える表情の、壮絶に色っぽい征士が見つめてくる。

彼の熱のこもった眼差しや、愛しげに撫でてくる手のひらの温かさに、縁はドキドキしてお腹の圧迫感などどうでもよくなった。

彼の意識はすべて妻に向けられているとわかるから、胸が弾んで独占欲が満たされる。

少女の頃から恋をしてきた彼が、全身全霊で自分を愛してくれるのだと身に染みて、幸福で心が熱い。

――嬉しい。

自然と力《りき》みが抜けたのか、征士がほっと息を吐いた。

「久しぶりだけど、痛くないか？」

大きな手のひらが下腹を撫でてくる。そのあたりが盛り上がっているのを感じ取り、縁はウッと言葉に詰まった。

あれだけ大きい彼のものが自分の中に入っている。心臓がうるさいほど鼓動を打ち鳴らした。

「……だいじょうぶ」

「ここも、痛みはない？」

痛いと漏らした鼠径部を撫でられる。自分の言葉を覚えて気遣ってくれる優しさに、涙の衝動が盛り上がってきた。

――好き。征士さん、好き……

彼との間につらい過去があっても、別れなくてよかったと心から思う。

両手を伸ばすと、抱き締めてほしいとの願いは言葉にせずとも伝わった。征士が担いでいた脚を下ろして抱き締めてくれる。

「いたくない……」

唇を優しく塞がれて、すぐに隙間を開き彼の舌を受け入れた。絡み合う舌から気持ちよさや快感がもたらされ、うっとりする。

自分を抱く男が征士でよかった。あなた以外の男の人と、こんなことはしたくないし、できない。

初恋の人とつながっている感動で、心だけでなく下腹まできゅんきゅんする。連動して膣襞がざわめき、飲み込んだ陽根を熱心にしゃぶった。

「ん……」

征士が悩ましく眉を寄せて唇を離す。少し苦しそうな表情は快楽に耐えているようで、男の人なのにとても艶《なま》めかしい。

──征士さん、大好き……。

縁が感情を昂らせるたびに蜜路が蠢き、きゅっきゅっと迎え入れた彼を扱く。締めつけの心地よさに征士は目を閉じて熱い吐息を漏らした。

「はぁっ、気持ちいい……動いていいか？」

目元を赤くして彼が迫ってくるから、縁も紅潮した顔で恥じらいながら頷く。

ぐちゅっ、と重い水音を鳴らしながら彼が腰を揺すってきた。

「あ……、あ、あんっ、はぁ……ぅんっ、きもちぃ……」

彼は柔らかな動きで縁の最奥まで貫き、優しくゆったりと腰を引く。たっぷり滲んでいる蜜を肉棒に絡ませて再び押し込み、膣肉をこすりながら亀頭で子宮口にキスをする。

緩慢な抽挿は、ぬるま湯に浸かっているような、じんわりとした快感を縁にもたらした。たまに彼が腰の角度を変えるから、そのたびにエラのくびれが縁の泣き所をかすめる。悲鳴混じりの嬌声を漏らしながら、縁はあまりの心地よさに身悶えた。

「くはあぁっ、あんっ、ああ、ああぅ……っ、んっ、んんぅっ、んあぁっ！」

喘ぎながら縁は征士と見つめ合う。彼の瞳に自分が映るほど近くにいるなんて初めてで、ずっと目を合わせていると照れくさいのに胸のときめきが止まらない。心の一番柔らかいところを、彼に優しく撫でられる気分になる。

征士が目を合わせたまま、ちゅっ、ちゅっ、と何度も口づけてくるのも好きだった。同じリズムで互いの体が揺れるのも、彼とつながっていると実感できて嬉しい。耳を塞ぎたいほど恥ずかしい水音も、彼をやっと受け入れることができた証だと思えば気にならない。

──私……こんなにも幸せだったんだ……

肌を合わす行為は、ただ快楽を求めるだけでなく、愛情を確認し合う大切な儀式だと、この短い時間で学んだ。かつての自分は、こうして征士に思いっきり愛されていたのだ。

……なのにその記憶を失ってしまった。

このときほど、四年間の記憶を取り戻したいと思ったことはない。

征士は、つらい過去は思い出さなくていいと告げたが、縁はそれ以上に彼との思い出を失うことが嫌だった。

――こんなにも好きなのに、こんなにも愛されていたのに、その時間をあなたしか覚えていないなんて。

切ない想いが膨らんで征士の頼もしい肉体にすがりつく。両脚で彼の男らしい腰を挟めば、秘孔も愛する男を慰めようと、積極的に剛直を扱いては舐め回す。

「くっ、ぅ……」

不意打ちの快感に、征士が食い縛った歯の隙間から呻き声を漏らした。同時にぴくぴくと肉茎が跳ね上がる。

「あっ、んっ……」

彼の動揺をなだめようと、膣襞がさらに蜜を滲ませて陽根を情熱的に抱き締める。

すると征士は、思わずといった体《てい》で体を起こした。陰茎から伝わる快楽に、顎を上げて荒い呼吸を繰り返している。

妻を組み敷いている彼が、妻の体で感じてくれているのを見ると縁はドキドキする。美しい男の艶姿《あですがた》は縁の劣情と興奮を高め、蜜孔が勝手にヒクついて制御できない。咥え込んだものを隅々まで舐め尽くし、ぎゅっと淫らに締めつける。

縁が意識せずとも、肉体は夫の悦ばせ方を熟知していた。

「……クソッ」

精の解放へと導く圧搾と快感の直撃で、征士の体にぶわっと鳥肌が立つ。

限界を悟った征士が腰の動きを速くする。浅く深く、膣襞をまんべんなく刺激しては縁を快楽の果てへ押しやろうと意気込んだ。

「あぁんっ、ぁあっ、あ……はぁあ……あんっ、ああっ、くはあぁ……っ」

彼の鈴口に最奥を叩かれるたびに、縁はおかしな声が止められない。征士の巧みな腰使いに体はどんどん熱く火照《ほて》り、終わりへと強制的に高められる。

反射的に彼をさらに激しく絞ると、上から汗が垂れ落ちて素肌に跳ねた。その微細な感覚を拾っただけで女の部分がもっと濡れる。

結合部から卑猥すぎる粘着音が響き、それに合わせて縁の腰も揺れて止まらない。快楽を深追いしようとする動きに、縁は身の置き所がないほど恥ずかしくておののいた。

「ハァッ、縁、可愛い……っ」

目をギラつかせる征士がさらに腰を強く打ちつけてくる。激しすぎてベッドがギシギシとかすかな異音を立てた。

興奮と劣情に支配された男は、暴走したかのように腰を激しく振り、極太の肉竿で蕩けた膣路を掘り返す。縁が過剰に反応する好いところを連続して抉《えぐ》り続ける。

彼に突き上げられる縁は、もう快楽に溺れて喘ぐしかできなかった。

「あんっ、ああ！　もぉ……わたしっ、あ、あ！　やあぁっ、もぅっ、だめぇ……っ！」

「あぁ、縁……はっ、俺もっ、クァ……ッ」

「まさ、ああっ、はあぁ……！」

めまいがするほどの恍惚に意識をかき混ぜられ、限界まで追い詰められた縁は正気を手放した。追い立てられるように全身の筋肉を収縮させて、絶頂へと昇りつめる。

一瞬、縁の視覚も聴覚も触覚も機能しなくなり、真っ白な世界に頭から堕ちていく。

数拍の間を空けて感覚が戻ってきたとき、いつの間にか征士にきつく抱き締められていた。

下腹に飲み込んだ彼の一物が、びくびくと断続的に跳ねている。

指さえ動かすこともできない絶頂の余韻に包まれながら、縁は腹の奥深くがじんわりと熱くなるのを感じた。この感覚が、男の人の射精なのだろうかとぼんやりと思う。

――そういえば避妊ってしなくてもいいのかな……でも私たち結婚してる……それなら、いいか……。

密着する彼の汗だくの体から、激しい心臓の鼓動が伝わってくる。征士の抱擁と重みが少し苦しいけれど、彼の生命のリズムが不思議なほど心に安らぎをもたらしてくれるから、縁は安堵したように目を閉じる。

そのまま意識を淡く拡散させた。

§

征一郎が馬にのめり込んだきっかけは、彼の父親にあった。征士にとって曾祖父《そうそふ》にあたる一柳達二郎《たつじろう》は、宮内省の職員で皇室の御料馬《ごりょうば》を管理する部署に勤めていた。

戦後、GHQによって職員が削減された際に退職し、今の一柳建機の前身となる一柳商会を創業。事業が軌道に乗ると、競争馬を購入して馬主になった。

とはいえ当時の会社はまだまだ規模が小さく、高い馬を買うことはできなかった。が、その競争馬〝イチトビ〟は重賞レースで何度も優勝し、口取り――勝ち馬の記念撮影――には達二郎だけでなく征一郎も呼ばれた。征一郎は優勝馬となったイチトビの手綱《たづな》を持つたびに、競馬の世界に魅了されていった。

しかし征一郎は経営者として優秀だったが、競馬については微妙に運がない人間だった。

彼の所有馬はGⅡ、GⅢレースに勝って栄誉を手に入れたものの、GⅠやクラシックタイトルは一つも持っていなかった。

所有馬が重賞に勝つことは馬主にとって十分な誉《ほま》れだが、征一郎はどうしてもクラシックタイトル、中でもダービーの栄光が欲しかった。

もちろんダービーを含むクラシックレースは五つしかないため、これらを制するのは容易ではない。なにせ日本の馬主は、個人と法人と組合を合わせて二千人以上いるのだ。

ただ、征一郎は馬主歴が長く、高額の良血馬を買う資産もある。毎年莫大な資金を投入し、血統の優れた競走馬を購入しているのもあって、諦めることができないでいた。

しかし絶対に走ると思った馬が、まったく芽が出ないことはよくある話だ。逆に大して期待していなかった馬が、クラシックレースのタイトルを獲得することもある。

それゆえに征一郎が「この馬こそは」と見込んだ競争馬が、クラシックレースで勝てなくても仕方がないことだった。

とはいえ馬産家にとって最高峰の夢がダービー馬を作ることであるように、馬主の最大の夢はダービー馬の所有と言ってもいい。征一郎もまた、死ぬまでにダービーの口取りに立ちたいと願っていた。

ダービーに限らずクラシックは三歳馬のみのレースであるため、所有馬がクラシックに出走できるチャンスは生涯で一度きりしかない。

そのため征一郎は、馴染みの生産牧場以外でも、重賞馬を輩出した牧場があると聞いては何度も北海道へ赴いた。

そこで見つけたのが天野牧場だった。

天野浩一が手掛ける競走馬は優秀で、征一郎は浩一から買ったカイルメローによって、初の中央競馬GIタイトル、マイルチャンピオンシップの栄冠を手に入れた。

レース終了後、征一郎は男泣きに泣いたという。

そしてこれがきっかけで、征一郎と浩一の関係が深まった。

――天野社長ならば、私にダービー馬オーナーの名誉を授けてくれるかもしれない。

数年後、浩一は一頭の産駒を生み出した。後にバロンシュタットと名付けられるその馬は、ダニエラと全兄弟《ぜんきょうだい》であった。

全兄弟とは、父馬も母馬も同じという競走馬たちを指す。ちなみに父馬が違って母馬が同じ場合は半兄弟という。ダニエラの活躍を見て、浩一は同じ血統になるバロンシュタットを生み出したのだ。

この二頭は〝奇跡の血量〟だった。

良血馬を産むための種牡馬と繁殖牝馬の組み合わせに、近親交配《インブリード》という血統理論がある。これは父馬、母馬ともに五代前までの祖先の中に共通の馬がいることを指す。競走馬の近親交配は、同一の祖先馬の優れた性質を引き出すために行われる。

インブリードのうち、三代前と四代前に同一祖先がいる配合を奇跡の血量と呼ぶのだ。

征一郎はバロンシュタットに期待し、産まれる前から産駒を購入する契約を結んだ。姉のダニエラのように、クラシックを制してほしいとの願いを込めて。

その願いの裏には後悔もあった。

もともとダニエラも、母馬のお腹にいるときから購入の意欲があった。しかし生まれた産駒《ダニエラ》は体が小さく、風邪を引きやすいのもあって成長が遅く貧弱に見えて、この年は違う仔馬を買っている。

ただ、浩一の一人娘が、やけにダニエラを推すことが腹立たしかった。あんな走りそうもない馬を勧めるなど。

何かの機会に浩一が、『娘はまだ子どもですが、びっくりするぐらい馬を見る目があるんですよ』と照れ臭そうに話していたが、単なる身内びいきかと失望したほどだ。

しかしダニエラはオークスを制し、樫の女王となった。

ダニエラを買ったのは、馬主になって一年目の男だ。征一郎はオークスの口取りで、その男が誇らしげにダニエラの手綱を持って笑う姿に、めまいがするほど激しく嫉妬した。半世紀近くも馬に関わってきた自分を差し置いて、いきなりクラシックタイトル保持者になるなんて。

しかもダニエラは征一郎が見放した馬だ。ダニエラの能力を見出せなかった自分自身を、殺したいぐらい呪い続けた。

そして浩一の一人娘――天野縁が優れた相馬眼の持ち主であると、認めざるを得なかった。

だからバロンシュタットが生まれたとき、彼女に聞いたのだ。この仔馬は走るだろうか、と。

縁は微笑んで頷いた。

『はい。ダニエラのように重賞レースで活躍してくれるでしょう』

その言葉通り、バロンシュタットはデビューの新馬戦から連勝を重ね、二歳馬チャンピオン決定戦となるGⅠ競争、朝日杯フューチュリティステークスを制した。新たなGⅠタイトルを手にした征一郎は、狂喜乱舞したほどだった。

そして無敗で挑んだ皐月賞。惜しくも二着だったが、一着とは写真判定になるほどの僅差だった。

鼻の差で負けたのだ。次走のダービーには誰もが期待をかけた。

ちょうどこの年、征一郎の馬主歴が五十年になった。この節目にダービーのタイトルを得るチャンスが巡ってきたのは喜ばしいけれど、これが最後の機会であることも悟っていた。

この頃になると数年前に発症した認知症が進行しており、経営は娘婿に譲って治療を受けていた。もしかしたら来年の今頃は、まともな思考ができない可能性もある。そんな恐怖心を抱くようになっていた。

征一郎の精神は危うい状況だった。もしかしたら、すでに正常な判断ができなくなっていたのかもしれない。

彼のそばで仕《つか》えていた個人秘書は、当時の征一郎が、『あの娘の眼は確かだ。あの娘が確約したんだ……』と、たびたび呟いていたのを聞いている。

縁はダニエラ以外にも、父親に乞《こ》われて生まれた産駒の良し悪しをアドバイスしていた。それはとても的確だと浩一から聞いていた征一郎は、縁の相馬眼を妄信するようになっていた。

縁がバロンシュタットを、『重賞レースで活躍する』と評した言葉に偽りはない。朝日杯で優勝し、皐月賞で二着に入ったのだ。征一郎が手にした賞金の総額は、バロンシュタットの購入金額をすでに超えている。

縁はバロンシュタットが『ダービー馬になる』とは一言も告げていない。

競馬の格言で〝ダービーは最も運のいい馬が勝つ〟との言葉があるように、ダービーは馬の強さ以外に、運命的なものが働いていると競馬関係者は話す。

ゆえに縁も、『この馬はダービーに勝つ』なんて望んでいても決して口にしない。

だが征一郎の中で、いつしか縁の言葉は予言と同じものになっていた。彼女が太鼓判を押すなら間違いはないと、縋りつくようになってしまった。ダービー馬の馬主になれるという、五十年目にしてようやく巡ってきた最初で最後のチャンスに、異常なほど執着して。

それが裏切られたらどうなるか――

征一郎は縁と天野牧場へ、筋違いの恨みを抱くことになる。

征士は海外留学中、祖父が認知症を発症しているとは聞いていた。それを案じていたものの、両親がなんとかするだろうと特に気にしていなかった。

まさか祖父が突然、天野牧場への支援を打ち切って東京に引きこもるとは考えなかったのだ。

天野社長は祖父以外の支援者を頼ったが、なぜか彼らは力を貸してくれなかったという。後に祖父が、馬主仲間に天野牧場と手を切るよう根回ししたと聞いた。

祖父は、馬主協会の連合体である某馬主協会連合会の重鎮だ。横のつながりが強く、実業家として発言力も強い祖父の気迫に、馬主たちは反論できなかったという。

『――一柳さん、いったいどうしちゃったのかねぇ。天野さんの馬で念願のGⅠタイトルをつかんだのに、これじゃあ牧場を潰すようなもんじゃないか……』

あれほど親密な関係を築いていた天野社長を切り捨てるなど、理由は誰にもわからなかったそうだ。

ただ、支援を失った事業がこの先どうなるかはわかる。特に少し前、繁殖牝馬セールで良血の肌馬を何頭か購入したと縁から聞いた。そのうち一頭は最高落札価格の馬だったため、総額は一億円以上になっていたはず。新しい放牧地も購入したと聞いた。

その支払いはどうなっているのか。

天野牧場の状況を知りたくて縁と連絡を取ろうとしたが、できなかった。祖父の話を知る少し前から、縁とは電話が通じないうえにSNSも既読がつかなくなった。

半月前が彼女の誕生日だったので、お祝いを言おうと電話をしたのにつながらず、スマートフォンを替えたのかと不審に思っていたが、まさかそんなことになっているなんて。

――なんで俺に相談してくれなかったんだ。

縁の他人行儀な様に苛立ちさえ覚えるが、征士は天野牧場の事業に関わっていないのだ。そのうえ日本から遠く離れた海外で暮らしている。相談してもどうすることもできないと、縁が諦めた可能性は高い。

征士はすぐに日本に向かおうとしたが、このときすでにアメリカで働いており、ちょうど重要なプロジェクトに参加していたため現地を離れることができないでいた。

そうこうするうちに母親からの連絡で、天野社長が海で事故死したと聞いて愕然とした。

――天野のおじさんが亡くなった……。

幼い頃から見知っている縁の父親は、穏やかな性質の人だった。顧客に産駒を値切られては押し負けてしまうほどお人好しなところがあって、経営者としてはイマイチな人という印象がある。でも馬づくりに対する熱意は、素人の征士から見ても誰よりも強く情熱的だった。

一人娘の縁を可愛がっており、縁もまた父親の仕事を尊敬して仲のいい親子だった。

それなのに。

――そうだ、縁は今どうなっているんだ？

父一人、娘一人の家庭なのだ。縁は少し前に二十歳になっているとはいえ、あの広い牧場を若い娘が継いで経営していくなど、スタッフがいるとはいえ難しいのではないか。

しかしすぐに征士は拳を握り締める。

負債を返せなければ、近い未来に事業を売却するしかない。もしかしたらすでに債務整理が始まっているかもしれない。縁が継ぐ牧場は存在しなくなる。

とにかく一刻も早く日本に帰るべきだと、ようやく仕事が片づいたのもあってすぐに帰国した。

新千歳空港に着くと、母親が手配した使用人が喪服や数珠などを用意して待ち構えていた。天野社長が亡くなったことを嫌というほど実感して心が冷える。

――なんでこうなったんだ。なんでじいさんは……どうして……

体が震えるのを必死に自制して日高に向かう。

だが天野社長を弔《とむら》うことはできなかったうえ、縁と会うことも叶わなかった。

葬儀に集まった天野家の親族や牧場の関係者から延々と罵られ、敷居をまたがせてくれないのだ。どうか焼香だけはさせてほしいと願ったが、バケツの水をかけられただけだった。

こうなることは覚悟していたから構わない。だが縁と会えないことがつらかった。

そしてこのとき、牧場の土地や競走馬などの資産の他、天野社長にかけられていた生命保険が融資の担保になっていたことを知った。

自殺だと保険金が支払われない可能性があるため、事故死になるよう海へ向かったのだと言われなくてもわかった。

……もう二度と縁に笑顔を向けられることはない。それを実感して、身を切るような胸の痛みを覚えた。

使用人に引きずられるようにして札幌のホテルに戻ったとき、自分は縁のことばかり考えていることに気がついた。世話になった天野社長の死を悼《いた》むより、縁に憎まれる方が耐えられないと。

——最低だ、俺は……

それでもたった一人遺された縁が今どうしているのか、これからどうやって生活していくのか知りたかった。もう口を利《き》いてはくれないだろうが、彼女を援《たす》ける方法はないだろうかと、考えることを止められない。

それがよけいなお世話だとわかっていても、どうしても縁に関わっていたかった。

その後、アメリカに戻ってからは代理人を雇い、売られていった馬の行方を探させた。他の生産牧場に引き取られた馬はいいが、価値がないとみなされた馬は処分されてしまう。

だが見つけられた馬は、ユーグヴェールという乗用馬だけだった。この馬はストレスによってかなり痩せており、太らせてから肉にするつもりだったので間に合っただけだ。

後はもう、一頭も残っていなかった。

馬を探す以外にも縁と連絡を取るため、代理人に天野家を訪問させていた。彼女に謝罪したい旨を伝えようとしたのだが、一向に会うことは叶わないという。

自分が謝罪して、祖父が犯したあやまちが消えるとは思っていない。でも彼女の状況がわからない今より、まだ憎まれている方が安心するのだ。縁の感情が自分に向いていると感じるだけで、ほの暗い喜びが胸に渦巻くから。

もはやストーカーの域に達していると自分でもわかっていた。

——縁。君に会いたい。

こんなときになってようやく自覚する。彼女を愛していると。

十代のときに抱いた淡い想いを、まだ子どもだった彼女に知られたくなくて距離を取った。それからずっとプライドが邪魔をして縁に近づこうとはしなかった。そのくせ彼女に忘れられたくなくて、連絡だけは頻繁に取り続けた。

なぜそんな馬鹿なことをしていたのかと、己を殴り殺したくなる。

この気持ちに気づいた頃は幼くても、成長すれば自分も縁も立派な大人だ。成人するまで待てばよかったのだ。四つの歳の差なんて、社会に出れば気にするほどではない。

ずっと彼女のそばにいれば、祖父の暴走も早めに気づいて対策を取ることができたはず。

——本当に、何をやっていたんだ、俺は……

自分の愚かさに吐き気さえ覚えるほどだった。


それからしばらくして、日本の代理人から連絡が来た。

『天野縁さんの消息がわかりました。お父様のご葬儀の後、交通事故に遭って現在も入院しているとのことです。入院先は——』

ちょうど年末年始で帰国する予定を立てていたため、取るものも取りあえず飛行機に飛び乗った。

指定された病院へ駆けつけると、入院病棟のロビーに縁の叔父、高田浩二がいた。

彼は乗馬クラブを経営しており、子どもの頃はたまに縁と訪れては馬に乗せてもらったのを覚えている。

彼の方もこちらを忘れていなかったようで、目を合わせた瞬間に眦《まなじり》を吊り上げた。

『なんでここがわかった、一柳の孫』

昔は征士くんと名前を呼んでくれたが、今の自分は憎い相手の孫としか見られていない。どれほどの憎悪を彼らの中に育てたのかと、胸の内で祖父を恨んだ。

『この病院に縁さんが入院していると聞きました。彼女に会いに――』

『会ってどうするんだ。自分の祖父があなたの父親を殺しました、すみませんとでも言うつもりか』

こちらの言葉をさえぎる苛烈なセリフに、言い返すことはできなかった。祖父が天野社長に直接手を下したわけではないが、彼の言う通りだから。

『……お詫びのしようもありません。ですが、どうしても縁さんに会って謝りたいんです』

深く頭を下げると、高田の隣にいた女性が彼に話しかけた。

『お父さん、会わせてやったら』

その言葉で、彼女が高田の娘であることを悟った。縁から、一歳年上の従姉がいると聞いたことがあった。名前はたしか……高田美咲だ。

『なんで会わせる必要があるんだ。こいつは俺たちと関係ないだろっ』

『これからも病院に押しかけてきたら面倒じゃない。それに縁はこの人のこと、どうせわからないわ』

征士は、縁が自分のことをわからないという言葉に不審を覚えた。しかしそれ以上に、彼女に会えるかもしれない希望に胸が高鳴って聞き流した。

期待を込めて高田を見つめていると、彼は腕組みをして渋い顔をしている。やがてため息をつくと、『ついてこい』と吐き捨ててエレベーターへ向かった。

――やっと縁に会える。

恋い焦がれた彼女とようやく再会できることに浮かれて、高田親子が疲れた表情をしているのに気づけなかった。

二人は廊下の奥まった位置にある病室の前で足を止める。壁にあるネームプレートには、たしかに〝天野縁〟とあった。本当に彼女がいるのだと、高揚感から胸を手で押さえる。

スライドドアを開けようとした高田が、振り向いてこちらを睨んできた。

『おい、着替えはあるのか？』

唐突な質問に意味がわからず、征士は目を瞬いて戸惑ってしまう。

『えっと、ホテルに戻ればありますが……』

『ふん、そりゃあよかったな。ちょうどメシの時間だから、服を汚されても文句は言うなよ』

何を言っているのかと征士が動揺していると、スライドドアが開けられる。

縁が入院している部屋は個室だった。ベッド以外は何も置いていないガランとした部屋の床に、パジャマ姿の縁が脚を伸ばして座り込んでいる。

彼女のそばには立ちつくす中年女性がいて、床には昼食と思われる食事がじかに置かれていた。食器の周りの床がひどく汚れている。

そして縁は……床で、食事を、手づかみで、食べていた……

『ああ、もう。お母さん、どうしてこうなっちゃったのよ』

美咲が疲れた声で中年女性に声をかける。美咲の母親と思われるその女性は、弱々しく首を振ってか細い声を漏らした。

『止めたわよ。止めても食事を全部床に運んじゃうのよ……』

『それで床で食べてるの？　はぁ……どうするのよ、これ』

征士は、自分の見ているものが現実なのかわからず固まってしまう。

縁は焦点の合わない瞳で床を見ながら、周りの視線など一顧だにせず、手づかみで食べ続けている。そのため手だけでなく袖口や胸元など、パジャマのいたるところが汚れていく。

正常な人間がすることではなかった。

一歩も動けずに蒼ざめる征士へ、高田がやるせない声をかけてきた。

『これが今の縁だよ。車に轢《ひ》かれて記憶喪失になっちまった』

『……記憶、喪失？』

『ああ。今まで生きてきたことを、ぜーんぶ忘れちまったんだ。箸の持ち方からしゃべり方まで全部。今の縁は生まれたばかりの赤ん坊と同じだよ』

だが赤ん坊と違うのは、縁の体が成長していることだという。勝手にベッドから出て歩き回るし、空腹だと今みたいに手づかみで食べてしまう。周りが食べさせようとしても勝手に食べてしまうから、世話をする人間の服まで汚れると高田は話す。

そこで言葉を止めた彼は、肺の中をすべて空にするような、重くて長いため息を吐き出した。

『もうどうしたらいいんだよ……兄貴の葬式が終わって姿が見えないと思ったら、なんかフラフラと車道を歩いていたらしいんだ。どうしてそんなことを……』

その言葉に、征士はショック以上の罪悪感に打ちのめされた。親を亡くし、牧場も住む家も何もかも失くして、途方に暮れていたのではないか。

もしかしたら近づく車に気づかないほど、絶望していたのかもしれない。

——今の縁の状況は、すべてじいさんのせいだ……

そう考えたとき、征士はその場に崩れ落ちた。

『おいっ、どうした?』

高田に肩を揺すられたが、征士は縁を見つめたまま動けなかった。

『……すまない、縁……』

このとき不意に縁が顔を上げた。

間違いなく自分と目が合っているはずなのに、彼女は何も見ていないと感じた。目に映っているものが理解できないといった様子で。

祖父の犯した罪の重さを思い知り、征士の視界が水の膜を張ったように揺らいだ。足元に水滴が落ちるのを、高田や彼の妻子が驚いたように見つめてくるが気にならなかった。

ただ、縁を見ていた。

――この子が元通りの生活を送れるようにしたい。何年かかっても。一生かかっても。

自分の持てるすべてをなげうってでも、彼女に贖《あがな》いたいと思った。

§

ゴールデンウィーク以降は、征士の仕事にも余裕ができてきた。

以前のような、朝食のときにしか会話をするタイミングがない、ということはなく、土日もきちんと休みを取れている。

それは縁にとっても喜ばしいことだった。征士は働きすぎにしか見えなかったから。

大型連休が終わった次の週末、土曜日は千葉県の乗馬クラブに行き、日曜日の今日は雨というのもあって家で過ごすことにした。

縁としては、二人でのんびりとした時間を楽しむだけでよかったのだが。

「ふぁ……っ、はっ、あぁ、そこっ、ま……っ」

遅めの朝食を取ってからリビングのソファへ移ると、いつの間にか彼の腕の中で悶える破目になっていた。

肌を合わせてから知ったのだが、征士は妻の体が大好きらしい。彼いわく、自分と違って柔らかくて触り心地がいいから、とのことだった。そのため今も、彼は脚の間に捕らえた縁を背後から抱き締めて離さない。

「……待って、テレビ、観たぃ……」

日曜日の今日は中央競馬が開催されるため、縁は中継が始まる時刻からBS放送を点けっぱなしにしている。

本日は新潟《にいがた》競馬場でGⅢレース、新潟大賞典《だいしょうてん》が開催される。これにはなんと天野牧場で生み出された産駒が出走予定なのだ。

セントグラディオスという名の競争馬は、牧場が倒産する年に生まれた、最後の馬たちのうちの一頭だ。

「縁が観たいのって十一レースだろ。まだまだ先だよ」

征士がコーナーソファの角に座って、捕獲した縁のスカートの中に手を忍び込ませたまま、のんびりと答えた。

縁は彼を背もたれにしてテレビに視線を向けているが、内容がまったく頭に入ってこない。素肌をまさぐる彼の手が集中させてくれないのだ。

「あんっ、……ふぅっ」

長い指が、ショーツのクロッチ部分をさすってくる。

まだ午前中の明るい光に満たされた部屋での愛撫に、秘核は羞恥で萎縮して柔らかいままだ。しかし彼の指が容赦なく恍惚を高めてくるから、徐々に芯が堅くなってぷっくりと膨らんでくる。

ぴりぴりとした微弱な快感が絶え間なく注がれ、縁は熱い吐息と嬌声を漏らした。

「んっ……んんぅっ、んはっ、はぁぁ……」

色香を滲ませる艶声に、征士の指がますます活発になる。

おかげで縁は、腰に甘い疼きが溜まって力が入らなくなり、ずるずると体が崩れて床へ落ちそうになった。

「おっと」

征士が縁の肢体を軽々と持ち上げ、ソファにうつ伏せにする。直後、腰をつかんで持ち上げようとするため、縁は全身に力を入れて思いっきり抵抗した。

「それはっ、駄目……っ」

情けない声を漏らして涙目で振り向くと、征士は縁の過剰な反抗がおかしいのか、くすくすと笑っている。

肉体関係を持った後、彼は後背位をしようと何度も妻に挑んできた。が、縁はそのたびに馬の種付けを思い出してしまい、逃げ続けている状況だ。

競走馬の交配をするとき、馬の誘導やトラブル発生時のために複数の人間が参加する。そのため縁は背後から征士が圧《の》し掛かってくると、人に見られている気分になって軽くパニックに陥るのだ。

「まだ気になる？　人間と馬は全然違うと思うけど」

「だって……馬がそばにいるから、よけいに気になって……」

「馬？」

首を傾げる征士へ、縁は競馬中継を映しているテレビ画面を指す。

数拍の間を空けて彼が噴き出した。よほどおかしかったのか腹を抱えて笑っている。

「そんなに、笑わないで……」

自分だって、なんでも馬に絡めることは面倒くさい思考だと思っている。

「すまんすまん」

征士は笑いながら縁を優しく半回転させる。そしてすぐさまスカートをめくり上げた。

「きゃあぁっ！」

隠すべき下半身をさらされた縁は、慌ててスカートを下げようとした。が、両手を征士に握られて恋人つなぎになる。

泣きたい思いで太腿をすり合わせ、必死に下着の染みを隠そうとした。

「縁、脚を開いて」

「だっ、だめっ」

「なんで？　昨夜は見せてくれただろ」

「うぅ、そういうこと言わないで……こんな明るい時間からなんて……」

「今さらじゃないか？」

くすっと淫靡《いんび》な微笑を浮かべる征士の色っぽい表情に、縁は頬が紅潮していくのを止められない。

ゴールデンウィークの最中に征士を受け入れることができて、縁も内心では喜んでいた。が、この日から連休が終わるまで、毎日、それこそ夜だけでなく昼間から組み敷かれているのだ。しかもリビングだけでなくキッチンやダイニングでも。

夫婦が仲良くするのは夜のベッドだけ、との思い込みがある縁にとって、寝室以外での行為は恥ずかしくて居たたまれない。

縁は現代っ子にしては珍しいほど奥手で、性の知識があまりない。馬のことばかり考えていたせいかもしれない。

おかげで征士が盛《さか》ってくるたびに、羞恥で頭から湯気が出そうなほどうろたえてしまう。今もまた夫の熱視線に射貫かれ、泣きそうな思いで逃げようとするのだが、互いの指が絡まっているので身動きが取れない。

やがて触れられてもいない股座《またぐら》に熱を感じ、お腹の奥がとろけて蜜を垂れ流す気配が滲んだ。

「縁」

「うっ……」

征士はこういうとき、よく名前を呼んでくる。言葉にしない淫らな願いを含ませて。

だから縁は、脚を開いてほしいとの彼の願いを読み取って、ためらいながらも脚を開いてしまう。

「もっとだ」

のぼせた表情と眼差しと声で、征士が妻を操ろうとする。縁は自ら肉体を開く恥辱に震えながらも、脚をさらに開いて濡れているとわかるショーツを見せつけた。

もう数えきれないほど見られているけれど、この瞬間はいまだに慣れない。

それでも体は、自分を屈服させた雄が欲情していると感じ取り、彼を求めて受け入れる準備を始めてしまう。そのため秘裂にぺったりと張り付いた布地に、濡れた感触がさらに広がった。

征士が感動したような声を漏らす。

「ああ、もうだいぶ……」

「やだぁ……」

恥ずかしい染みをつぶさに観察されて、縁は頭の中が沸騰しているような気分になる。

くらりと目まいがした。

「あぁ……」

甘く艶めいたため息を漏らし、縁の体から無駄な力《りき》みが抜けていく。握り込んだ指からそれに気づいた征士が、縁の手を本人の白い脚を持つように導いた。

開く脚を自ら支える姿勢に、顔を赤くする縁は頭を左右に振る。

「これっ、やぁ……」

「嫌？　以前はしょっちゅう、やってくれたじゃないか」

「そんな、知らない……」

「君はいつも自分で脚を大きく開いて、俺を受け入れてくれたんだ」

四年間の記憶をどうしても思い出したいと、縁は征士に抱かれてから彼へ告げた。すると征士は、こうして縁の知らない夫婦の秘め事を話すようになった。同じことをすれば記憶が戻る刺激になるかもしれないと。

だから過去について言われると縁は反論できない。猛烈にうろたえながらも、自ら太腿をつかんでめいっぱい開脚した。

さすがに自分の痴態を正視できず、瞼をギュッと強く閉じる。羞恥心から脚が小刻みに震えた。

リビングのテレビからは競馬中継が流れているのに、縁の聴覚はまったく音をとらえていない。自分の荒い呼吸音が煮える頭の中で響いて、目が回りそうだった。

──恥ずかしい……っ。

本当に記憶喪失中の自分は、こんなことをしていたのか。いやそれより、征士は以前と変わりすぎではないだろうか。

四月に記憶を取り戻したときから、彼は性的な気配をついぞ見せなかった。抱き締められたことはあるものの、それは失いたくない相手に縋りつくといった感じで。

一時は彼の〝好き〟を家族愛なのかと疑っていた。

──そんなことも、考えていたときがありましたね……。

当時の自分の鈍さを罵ってやりたい。征士は単に、縁が警戒心をむき出しにしているから、怖がらせないよう無害な男の仮面をかぶっていただけだ。

雄の欲情に気づけば、縁が怯えて逃げ出してしまうかもしれないから。

しかし縁が受け入れてくれたのなら、もうためらう必要はないのだ。征士は遠慮なく妻のショーツに手を伸ばす。

「しみ出しそうだな……」

嬉しそうに呟きつつ、ウエスト部分を上へぐっと引っ張った。布地と局部の密着度が上がり、膨らんだ快感の芽が布越しにくっきりと浮かび上がる。

蜜を吸い取った部分から、じわっと粘液が滲みだした。

「やっ……」

見なくても自分の秘所がどうなっているか悟り、縁は身をくねらせる。それは男を誘う媚態にしかならなくて。

ハァッ、と興奮の息を吐いた征士が、ショーツごと秘核にかぶりついた。

「くはあぁ……っ！」

唇で吸われて舌で舐められて、布地の摩擦と相まっていつもとは違う快感に縁は悶える。耐えきれず脚を離して上方へ逃げようとするが、すぐさま彼に太腿をがっちり拘束されて動けない。

縁は喘ぎながらも、高みへ昇り詰めることができない刺激にもどかしさが募っていた。

布越しの舌技《ぜつぎ》は、直接的な快感とは違って決定的な快感が足りない。でも自分から下着を脱ぐことはできなくて、ただ身をくねらせて善がるしかなかった。

「はあぁっ、あんっ、ああ……それっ、んあぁ……っ」

直接触ってほしい。もっと激しくしてほしい。じゃないとイけない。

そんな本音が喉元までせり上がるけれど、言葉にできるほど正気は失っていなくて。

それでも延々と続くぬるい刺激に、肉体の方が先に音《ね》を上げた。

「もぉっ、やぁ……！　それっ、違う……っ」

もっと強くて激しい恍惚を知っている身には、甘い拷問のような愛撫が苦しい。

えぐえぐと涙声を漏らせば、征士は悠然と体を起こして舌なめずりをする。

「違うって、何が？」

「……それ、いやなの……」

「舐めるのが？」

「ちがっ、……いじわる」

絶対にわかってて言ってると縁も気づいているから、脚をつかんでいる彼の手に爪を立てようと思った……が、できなかった。

おねだりでも征士を傷つけたくなくて、恥ずかしげに夫の手の甲をそろっと撫でる。

遠慮がちな妻の催促に征士は唇の端を吊り上げる。ベルトを抜いてチノパンごと下着をずり下げた。

亀頭から蜜を垂らす陽根が飛び出てくる。

男の興奮がどれほどのものかを表すように、剛直は腹部に反り返って青筋を立てていた。禍《まが》々《まが》しさが匂い立って縁は息を呑む。

彼のものはすでに何度も受け入れている。それどころか昨夜は征士に乞われ、舌で舐めてしやぶって解放まで導いた。

『あいかわらず、上手だ……』

上気した表情で征士が頭を撫でてくれたから、縁は口の中に出された精を頑張って飲み干した。以前の自分は残さず飲んでいたと聞いて。

そのことを思い出した縁は、男根の凶悪さに怯えながらも、物欲しそうにそれを見つめたまま目が離せなかった。

征士がショーツを剥ぎ取り、先端を蜜口に添えて腰を突き出す。ぐちゅっと蜜をかき分けながら肉塊を沈める動きを、縁は最後まで見届けてしまった。

「うあぁ……っ」

巨根が股を引き裂くように貫いてくる。体は悦んでいるが精神が震え上がり、異物を排除しようと膣が蠢いてしまう。しかし肉棒を押し出そうとする蠕動《ぜんどう》は、男に心地よさしか与えない。

幹《みき》の先端から根元までまんべんなく絞る襞の蠢きに、征士は呻きながら顎を上げた。

「あー……、ハァッ、すごい、絡みついてくる……」

陰茎にもたらされる極上の快楽を味わった征士が、息を整えてから縁に覆いかぶさって抱き締めた。

挿入した直後、一物と膣が馴染むまで彼は動かない。縁は妻の体を慮ってくれる彼の優しさが好きで、自分もまた夫を抱き締める。

指で解《ほぐ》されていなかったが、たっぷりと濡れていたから痛みはなかった。それどころか、もう動いてほしいと淫らな願いが膨らんで弾けそうになる。

「征士さん……」

彼のたくましい体にぎゅっと縋りついて甘えた声を漏らせば、まるで縁の感覚が伝播《でんぱ》したかのように、彼は追い詰められた低い声を漏らす。

「縁、動いていいか……？」

間近にある端整な顔を縁が見上げると、いつも妻を優しい眼差しで見守る彼の瞳が、怖いぐらい獰猛な光を孕んでいた。

この瞳を見ていると、こういうときの男の人はとても恐ろしいのだと、単純な力でも迫力でさえも勝てるところがないと、性的に屈服させられる。そして普段は妻を最優先させる人でも、劣情の前では理性をかなぐり捨てるのだと身をもって知った。

――けど、私も同じ……。

明るい部屋で痴態をさらすのは恥ずかしいのに、昨夜も散々彼に啼かされたというのに、縁もまた彼に激しく抱かれたいなんて本音を抱いている。

愛した男が自分に溺れてくれるのが、たまらなく心地よくて安心するから。

征士を慰めたいという建前の裏で、自分自身がセックスに溺れている。彼にめちゃくちゃにされたいと。

「んっ、動いて……」

男の興奮を煽る無自覚の艶声と、屹立をより昂らせる締めつけに、征士は勢いよく体を起こした。妻の細腰をわしづかみにし、肉茎で子宮口を思いっきり押し上げる。

「はぁうぅ……っ」

とろけた媚肉をこすりながら、がちがちに硬くいきり勃つ剛直が激しく抜き差しされる。

「んぁっ！　あぁっ、はぁん！　ああ！　あっ、やぁ……っ」

腰を幾度も打ちつけられる縁は、のけ反って飲み込んだ肉塊を抱き締めた。理性の箍《たが》が外れたような彼の様子が嬉しくて、啼きながら体を火照《ほて》らせておののく。

お腹の奥を突かれる感覚が少し苦しいけれど、それ以上に気持ちよくて、征士が自分に夢中になっている姿が胸を高鳴らせる。

何度抱かれても夢みたいだ。彼と素肌を重ねて絡み合う今が。

――あなたが好き。

そう声を出したいのに喘ぎすぎて、喉からはかすれた悲鳴しか出ない。

肌を粟立たせて下腹を痙攣させる縁は、髪を振り乱しながら自ら腰を振り、彼の性欲が落ち着くまで組み敷かれていた。

後頭部の内側に感じるかすかな鈍痛に顔をしかめた縁は、眠りの世界から一気に浮上して目を開けた。

気づけばソファに横たわっており、体にタオルケットがかけられている。視線を動かすと、テレビ画面には消音状態で競馬中継が映っていた。

どうやら情事の後に眠ってしまったようだ。いや、気を失ったのかもしれないが……

「あ、目が覚めたか？」

頭上から涼《すず》やかな声が降ってくる。そちらへ視線を向ければ、ソファに横たわる自分の横に征士が座っていた。

「喉が渇いてないか？　何か飲む？」

「……お水」

かすれた声を漏らすと、すぐに征士がミネラルウォーターをグラスに注いで持ってきてくれた。彼は力の入らない妻を抱き起して座らせ、グラスを持たせてくれる。

縁はまだ手に力が入らないため、征士がグラスの底を支えた。

「ん、だいじょうぶ……」

やや呂律《ろれつ》の回らない口調で答えつつ、ちびちびと水を飲む。ゆっくりとすべて飲み干すと、征士は再び妻をソファに寝かせて頭のそばに腰を下ろした。そして彼女の髪を手のひらで撫でている。

温かな手つきは、頭の奥で感じた鈍い痛みをやわらげてくれた。そろりと征士を見上げれば、彼もまた縁を見ていたようで目が合う。

その瞳は先刻のギラついたものではなく、途方もなく優しくて、妻が愛しくてたまらないとの気持ちが宿っていた。誰に憚《はばか》ることもなく愛を交わせる自由に喜んでいると。

縁はそっと瞼を閉じる。

彼は最近、こうして穏やかな雰囲気でいることが増えた。自分の前で気を抜いていることも増えて、声をかけても反応が遅いときがある。

そういうときの彼は何も考えておらず、ぼーっとしているらしい。頭の中が空っぽになっていると。

そのような征士の姿は珍しいと思ったが、よくよく考えてみれば人間なら当たり前のことだ。リラックスしたり気を抜いたりすることは、自分にだってある。

だが今まで征士のそういう姿……言うなれば油断しているところを見たことがなかった。それだけ縁の前で気を張っていたのだろう。

二人の間に亀裂が生じるようなことがあれば、縁が離れていってしまう。失敗はできないと思い詰めて。

それを考えるたびに縁は罪悪感で胸が締めつけられる。

でも同時に、自分の前でリラックスできるようになったのなら嬉しいと思った。

——このまま暮らして子どもでもできたら、もっと安心するかもしれない。

そうなってほしいと願いながら、迫りくる睡魔に再び身をゆだねた。


それから一週間後の月曜日。

縁は今、平日のみ一人で征士の乗馬クラブに通っている。彼に馬術を習いたいと伝えたところ、社長の浦部から森下《もりした》というインストラクターを紹介された。

浦部と森下は以前、縁に会っているという。だから縁が乗馬クラブを訪れた初日、浦部は驚いた表情を見せたのだ。

ただ、縁の方は彼らを覚えていなかった。いったいどこで会ったのかと聞けば、全日本ジュニア障害馬術大会の会場という。

縁は高校二年生のとき、某馬術連盟が主催する全国大会、ジュニアライダー障害飛越選手権で優勝している。森下も当時の全日本ジュニアでの縁の様子を、しっかり覚えているという。

おかげで、ぜひ当クラブから競技会に出ましょうと、競技専門コースに入りませんかと熱心に勧誘された。が、とりあえず経験者が通うコースに入会することにした。ブランクがあるので。

今日もまた乗馬クラブで馬術の練習を終えた縁は、更衣室で乗馬服を着替えてからスマートフォンを確認する。征士からメッセージがあるかと思ったのだが、美咲の名前を見つけて天を仰いだ。

ゴールデンウィークに届いたときのメッセージは、縁が征士と離婚して北海道に戻ることが前提で書かれていた。それ以降も似たような内容が送られてきたが、そのつど曖昧に答えてはぐらかしている。

――うぅ、読みたくない。でも無視し続けるわけにはいかないし。

美咲はこちらの心配をしているだけだ。だからこそ彼女に本当のこと……征士と東京で暮らしていきたいことを話すのは迷う。

「……あ、痛い……？」

こめかみを指先で押さえながら縁は眉根を寄せる。最近、かすかな頭痛が増えて困惑していた。

増えたといっても一日に一回ほどしか感じないうえ、医者にかかるような強い痛みではない。ただ、頭痛とは無縁だったので戸惑っている。

美咲の名前を見たせいだろうか、と従姉に罪をなすりつけて、軽くメイクを直してからメッセージをおそるおそる表示させた。

「……えぇっ！」

なんと今日、美咲が上京するので会いたいと記されているのだ。昼には羽田空港に到着するという。

——美咲ちゃん、こんな連絡なしでいきなり来ちゃう人だったっけ？

もし自分が旅行にでも出かけていたら、どうするつもりだったのか。しかも飛行機の到着時刻はすでに過ぎている。

めちゃくちゃ困りながらも、『用事が終わったから、今なら会えるよ』とメッセージを送っておく。すぐに既読がついて返信が来た。今は荷物を置きにビジネスホテルに向かっていると。

ならばホテルまで迎えに行く、との返信をして縁は車に乗り込んだ。ゴールデンウィーク初日に購入した車はすでに納車されており、最近では左ハンドルの運転にも慣れてきた。

指定されたホテルの前で待っていると、やがて身軽になった美咲がやって来た。

「縁、久しぶり！　元気してた？」

「うん、元気だけど……いったいどうしたの？　いきなり東京に来るだなんて」

「ちょっと前に会って話したいことがあるって言ったでしょ。それで」

三日間の振り替え休暇が取れたので、東京観光も兼ねて遊びに来たという。

美咲は札幌の百貨店で働いており、ゴールデンウィーク中はずっと出勤だったらしい。ようやく休みが取れたとのこと。

まずはご飯を食べに行きたいと言われ、美咲の希望する店へ向かうことになった。指定された店へ行く間、彼女は車の中をしげしげと見回している。

「いい車ねぇ。さすが一柳の御曹司って感じ」

「う、うん。そうね……」

自分の車だとは言えなかった。

ふわふわパンケーキが有名なお店に着くと、幸いなことに並ぶことなく席に案内される。縁も美咲と同じパンケーキを注文し、生クリームがたっぷりとかかったパンケーキを味わった。

縁は口の中でとろけるパンケーキを食べつつ、気まずげに話の口火を切る。

「前から話したいことがあるって言ってたけど……ごめんね、保留にしたままで……」

「うん。縁が今後のことを決められないのかなーって思ってたのよね」

そこでナイフとフォークを置いた美咲は身を乗り出した。

「ねえ。北海道に戻ってお父さんのもとで働きましょう。うちは私と弟の部屋が空いてるから、そこで暮らせば部屋を借りなくても済むし」

「えっ、どういうこと？」

「うちのお父さんね、縁を一柳さんに預けて放ったらかしにしてたじゃない。その罪滅ぼしっていうか、縁に事業を譲りたいって考えているのよ」

「ええぇっ、な……ちょっと待って、いきなりどうしたのよ。叔父さんの事業は美咲ちゃんか翔太くんが継ぐでしょ？」

すると美咲は椅子にもたれて、視線をティーカップに落とした。

「私は公務員と結婚したもの。旦那を置いて札幌から離れられないわ。それに翔太は……」

そこで美咲は一度、深い深いため息を吐き出す。

「あの馬鹿っ、暖かい沖縄《おきなわ》で遊んでいるうちに帰るのが嫌になって、そのまま向こうで就職しちゃったのよ」

「じゃあ、もう帰ってこないつもりなの？」

「みたいね。現地でカノジョも作ったとか言ってるし……」

それで叔父の乗馬クラブを訪れたとき、彼がいなかったのかと納得する。叔母が翔太について口を濁した理由も察せられた。

北海道で生まれ育ったのに雪国が嫌いだったのかと、故郷に愛着を持つ縁は少し寂しい思いを抱く。

「でも帰ってくるかもしれないでしょ？　そのときのために叔父さんの事業は残しておいた方がいいんじゃない？」

「ううん、縁じゃないと駄目なのよ。というのもね、お父さんはサラの繁殖をやりたいんですって」

「サラって、サラブレッドよね？　競走馬を作るってこと？」

「そう。本当はうちのお父さん、伯父さんと一緒にずっと天野牧場で働いていたかったのよ」

「あ、それ聞いたことあるわ」

ある年の正月、叔父が天野家へ挨拶に来た際、酔っぱらって『俺は兄貴とダービー馬を作りたかったんだよぉ』と酒瓶を抱えつつ愚痴っていた姿を見ている。

「それでね、お父さんは縁が跡取りになってくれるなら、うちの牧場で長年の夢だったサラの繁殖を始めるって言うのよ」

「でも酪農と乗馬クラブはどうするの？」

「乗馬は続けるわよ。あれは結構実入りがよくってね。乳牛の方は将来的に全部売り払うと思う」

縁は美咲の話というものをようやく理解した。競走馬の生産牧場を立ち上げるため、経験者を求めているのだ。

叔父も天野牧場で繁殖に参加していただろうが、家を出てから三十年近くが経過している。繁殖の流れは今も昔もそう変わらないものの、当時の馬の配合とはだいぶ変わっているだろう。

どの血筋の競走馬がどのようなレースでどれほどの成績を残し、引退後に生まれた産駒の成績はどうなっているかなど、かなり勉強しなくてはいけない。その辺りは自分の方がわかっている。

縁は腕組みをして、うーんと心の中で唸った。

叔父の申し出は嬉しいし、応援したい。だがかつての自分は、父の助手を務めていたにすぎない小娘だ。

天野浩一が手がけた産駒と同じレベルの馬を生み出せるか、と聞かれたら答えはノーになる。そんな自信などない。

「美咲ちゃん、それって私じゃあ力不足だわ。あと、やっぱり叔父さんの事業を姪の私が継いでおかしいわよ」

「おかしくないわよ。お父さんも縁と一緒に繁殖を始めて、縁に事業を継いでほしいって思っているんだから。それにあんた、北海道に戻るんでしょ？　仕事と住む家が手に入るわ」

これで万事解決、と言いたげな美咲の口調に縁は慌ててしまう。

「待って！　……あのね、美咲ちゃん。私は北海道には帰らない」

美咲の形のいい眉がぴくりと揺れる。

「……どういうこと？」

「東京で暮らすって決めたの。征士さん……一柳さんと、このまま一緒に」

美咲がきつい眼差しで見つめてくるため、縁はテーブルを見つめたまま動けなかった。しばらくして美咲がわざとらしいため息を漏らす。

「あんた、ダービー馬を生み出すって夢はどうしたのよ」

痛いところを突かれて、縁の体がぎくりと揺れる。

「……それは、もちろん、忘れてはいないわ……」

「東京にいたら、夢を叶えるなんてそれこそ夢でしかないわ。伯父さんが悲しんでいるわよ」

父を持ち出されて反駁《はんばく》したい気持ちが膨れるものの、それは声にならなかった。

ダービー馬はホースマンの勲章であり、亡き父の悲願だ。縁が叔父と共にダービー馬を生み出したら、父もあの世で喜んでくれるだろう。

――でも、征士さんを連れて北海道へ行くことはできない……。

縁が思い詰めた表情で黙り込むと、美咲がいきなり話を変えた。

「あんた、四年間の記憶が戻ったわけじゃないのよね？」

「え？　あ、うん、そうだけど……」

「じゃあ教えてあげる。一柳さんはやめときなさい。また泣かされるだけよ」

「……どういうこと？」

「なんであんたが東京で暮らしているか知らないでしょ」

「なんでって……一柳さんの仕事がこっちにあるからでしょ？」

「違うわよ。あの人は北海道で働いていたんだから」

「え……」

美咲いわく、縁が元の人間らしさを取り戻すまで、征士は付きっきりの生活が続いたので無職だった。しかし縁が普通の暮らしを送れるようになると、札幌の企業で働き始めたという。

「お父さんの繁殖牧場の話って、去年の今頃には持ち上がっていたのよ。その頃には縁も元の状態に戻っていたから、一緒にサラの繁殖をしないかって誘いにいったの。そしたら一柳さん、縁がようやく独り立ちできるって喜んで、私たちにあんたを任せて東京に帰ったの。縁をよろしくお願いしますって」

「……嘘」

妻を誰よりも愛している彼が、私を他人に預けるなんて。

ショックを受ける縁がうつむいて拳を握ったとき、美咲がたたみかけるように言葉を重ねてくる。

「嘘じゃないわよ。一柳さんに聞いてみればいいわ。それに考えてみなさいよ、彼にしてみれば自分の祖父のせいで縁のお父さんが死んだのよ。その直後に娘も事故に遭って記憶喪失で、おまけに一人で生きていくことができなくなった。そんなのよほどの悪党じゃなければ責任を感じるわよ。あの人は縁を助けるためにボランティアをしてたってわけ」

ボランティアとの言葉に、黙り込んだ縁は手のひらで心臓の辺りを押さえる。鼓動が速くなって痛みをともなうほどだった。

乗馬クラブで感じた頭痛までぶり返してくる。

「だいたいさぁ、一柳さんって大企業の跡取りじゃない。なのに縁と結婚したら未来の社長の嫁が、職なし家族なし学歴なしってことになるじゃない。釣り合いが取れなさすぎでしょ」

ぐさっと言葉がナイフになって心臓をえぐってきた。反論できずに唇を噛み締める。

「一柳さん、やっとお役御免になって東京に帰ることができたのよ。そしたら縁が追っかけて、押しかけ女房みたいに一柳さんの部屋に居着いちゃったの。私たちも説得しに東京まで行ったけど、あんたは頑として頷かないから諦めるしかなかったのよ」

征士は、縁を路頭に迷わせるわけにはいかないと、責任感から仕方なく結婚したのだという。だから二人は今、北海道から離れているのだ。

「だいだい、本当に好きなら縁の手を離さないでしょ。あの人ってお人好しなんでしょうね。結婚までしなくてもよかったのに」

ため息混じりに告げる美咲に縁は混乱した。

征士は妻を愛している。彼の愛情は疑うべくもない。

それに彼は以前、『君が事故で記憶を失くしたとき、千載一遇のチャンスだと思った。このまま記憶が戻らなければ、俺を愛してくれるかもしれないって』と話した。

彼は縁に憎まれていると十分わかったうえで結婚したのだ。

――征士さんと話が違う。

美咲の言葉にショックを受けて、鵜呑みにしてしまうところだった。

顔を上げて彼女を睨みつける。

「私は美咲ちゃんの話を信じない。彼に本当のことを聞いてから、叔父さんへ直接返事をするわ」

動揺を押し殺して毅然と言い返せば、勝ち誇っていた美咲が怯《ひる》んだ表情になる。だがすぐに態勢を立て直した。

「これ、持ってきてよかったわ」

美咲がバッグから茶封筒を取り出し、中にある一枚の書類を縁に差し出してくる。

それは念書だった。

内容は、征士から縁に連絡を取らないことや、顔を合わせないことを誓約すると記されていた。念書には征士の署名捺印があり、その筆跡が間違いなく彼のものと察して縁は息を呑む。

「何、これ……？」

「一柳さんが縁を私たちに預けたとき、書いてもらったのよ。あの人にはお世話になったけど、あの老害の家族と必要以上に関わりたくないもの」

念書の日付は去年の十二月下旬になっている。おそらくその後に征士は東京に帰ったのだろう。そして縁が後を追い、美咲たちと揉めて、彼らは縁を諦めた。入籍日が二月十四日だから、だいたいの計算は合う。

念書を手にした縁は両手がぶるぶると震える。……本当に彼は自分を手放したのか。縁を必死に口説いたと話したのは嘘だったのか。

東京へ押しかけて来た女と仕方なく結婚したのか。

だがここで、頭の奥深くにちりっとした痛みを感じた。何か大切なことを忘れている気がす縁が念書を持ったまま固まっていると、余裕を取り戻した美咲が話を続けた。

「お父さんは縁を心配してるわ。もう北海道に帰っていらっしゃい。あんたが離婚を切り出せば一柳さんは絶対に頷くわよ。あの人はあなたと結婚するつもりなんてなかったんだから」

る……

「…………」

「あんただって馬主主催のパーティーにお呼ばれしたとき、参加してる人たちのことを『住む世界が違う』とか、『雲の上の住人たち』って言ってたじゃない。一柳さんもそういう種類の人間よ。あんたとは違うわ」

そんなこと、言われなくてもわかっている。だけど彼は、私のことをずっと好きだったと言ってくれた……

「それに一柳さんがかわいそうだと思わないの？　婚約者がいたのに」

びくりと縁は身を竦める。脳裏に昔の征一郎の話が思い浮かんだ。懇意にしている政治家の娘が征士を気に入っているので、彼女と見合いをさせたいと。

「婚約破棄してまで責任を取るなんてかわいそうよ。もう解放してあげなさい」

なぜだかひどく頭が痛かった。たまに感じる頭痛とは違って、痛みがどんどん増してくる。脳をシェイクされるような感覚に目眩《めまい》さえ感じた。

それでもここで弱みを見せたくないと、背筋を伸ばして虚勢を張った。

「信じないわ」

「なんですって、ここまで言っても――」

「征士さんの口から聞くまでは、こんなくだらない話、絶っ対に信じない」

縁は目を吊り上げる美咲を、激しい眼差しで睨みつける。その気迫に美咲は言葉を飲み込んだ。

一歩も引かない縁の姿に迫力負けしたのか、美咲はたじろいで苦虫を噛み潰したような表情になった。

「……それなら、一柳さんに聞いてみるといいわ」

「そうするわ。じゃあね。――もう二度と私に連絡してこないで」

「なっ、ちょっと、縁！」

金切り声を出した美咲を歯牙にもかけず、縁は会計をして店を出て行く。

叫び出したい気分で自宅に戻ると、ソファへ崩れるように座り込み、両手で顔を覆ってうつむいた。

――私との結婚は征士さんにとって、不本意なものだったの……？

美咲の言うことなど、自分を北海道に連れ戻したいがためのデタラメだと思いたい。けれどバッグの中に入っている念書の存在が心を斬りつけてくる。

それに、征士の婚約者のことは征一郎から聞いたのだ。あの老人のことだから、自分の考えを決して曲げはしないだろう。征士に婚約者がいた可能性は高い。

――もしそうなら、私はその女性と彼の仲を引き裂いた……

征士を信じたい。疑いたくない。彼を愛しているから。

愛する人を想えば、記憶喪失が治ってからの二ヶ月弱の日々が、頭の中で走馬灯のように流れていく。

記憶が戻って征士へ憎しみを抱き、別れるつもりだったが北海道で彼の献身を知り、思い直してからはユーグヴェールと再会して、彼が天野縁という存在をいかに大切にしてきたかを知り、夫婦としてやり直して――

四年間の記憶はあいかわらず戻らないけれど、これからそれ以上の思い出を積み重ねていけばいいと思ったのだ。彼と死ぬまで添い遂げるのだから。

――私は、征士さんを信じている……

いまだに征一郎への憎しみと恨みを抱えていても、征士は関係ないと割り切ることができた。その根幹をなしているのは、彼が自分へ向けてくれる愛情だ。

あれほど愛されて、彼の想いを偽りだなんて思うはずがない。

――頭が、痛い……

急にひどくなってきた頭痛に縁は頭部を押さえる。だが痛みよりも、記憶が戻ってからの征士の言葉がいくつもよみがえってくる。

『本音では思い出してほしい。でも思い出したら君は苦しむだけだ』

『死ぬ間際にでも、君が俺を好きになってくれたら嬉しい』

『すまない。俺と結婚したばかりに……』

征士はいつだって妻を気遣い、いたわってくれた。記憶を取り戻してからの時間はまだ短いけれど、それでもあの日々がすべて嘘だなんて絶対に信じない。

「あなたと、別れたくない……」

愛する人が離れていく予感に心が悲鳴を上げる。もし彼が美咲の話を肯定したら、自分はどうすればいいのだろう。

彼の本音を知りたいのに怖くて聞きたくない。悪い想像が徐々に思考を侵食してくる。だがこのまま黙って、彼の気持ちを疑い続けることなんてできない。

頭がおかしくなりそうだ。

「……痛い」

どんどん頭痛がひどくなっていく。それでも医者にかかるより征士と話をするのが先だとわかっていた。彼は今日、早めに帰ってくるはずだ。

ひどい頭痛で食欲もなく、縁は彼が帰ってくるのをソファに寝転んでひたすら待ち続けた。

征士が帰宅したのは午後八時すぎだった。

玄関扉を解錠する音に、横臥《おうが》していた縁は飛び起きる。直後に頭を殴られたような痛みに襲われ、座面へ突っ伏す破目になった。

──なんなの、これ……

以前から鈍痛ぐらいは感じていたが、今日いきなり痛みがひどくなっている。頭痛薬ぐらい買っておくべきだったかと後悔した。

そのとき。

『──気にするな。頭痛薬を買ってくるよ』

後頭部の辺りで何かが小さく弾けた感覚があった。

「あ……」

縁の唇からか細い声が漏れる。

直後、「ただいま」との声と共に征士がリビングに入ってきた。彼はソファに倒れ込んでいる縁を見て、慌てた様子で駆け寄ってくる。

「どうした？　体調が悪いのか？　寝ていたのか？」

「……ううん、大丈夫」

一瞬、何かを思い出したと感じたのに、その記憶はすでにかき消えてしまった。

これは失われた四年間の記憶ではないかと、つかみ損ねたものの大きさにショックを受け、呆然としたまま動けない。

征士は呆ける縁から異常を察したのか、スーツを脱ぐこともせずに彼女をソファに座らせ、自身も妻の隣に腰を下ろした。

「今日は乗馬クラブに行ってたんだろ。まさか落馬したのか？」

ううん、と縁は首を小さく振る。たったこれだけの動作でも頭痛が強くなった。なぜかだんだんと喋ることが億劫になってくる。

だから前置きもなく告げてしまった。

「……美咲ちゃんと会ってたの」

隣の征士から息を呑む気配を感じた。縁が彼を見遣ると、征士が驚愕の眼差しでこちらを凝視している。その美しい瞳には隠しようがないほどの動揺が含まれていた。

なぜそこまで驚くのか。なぜそんなにうろたえているのか。縁は胸の内に不安が渦巻き始める。

彼を見つめ返すと、征士は顔を背けてネクタイを解いた。

「……そうか。いきなりだな……」

そのまま黙り込んでしまうから、縁の不安は加速度的に膨らんでいく。いつもなら征士は、妻がしゃべりやすいよう話を振ってくれるのに。

だが今の彼は、唇を引き結んで何も映っていないテレビ画面を睨みつけている。

縁は頭痛を紛らわせたいのと、沈黙に耐えきれないのとで口を開いた。

「美咲ちゃんに誘われたの。叔父さんの事業を継がないかって……一緒にサラブレッドを生産しないかって……」

「……そうだろうな」

その言葉に、まじまじと征士の端整な顔を見つめた。横顔だけでも美しい秀麗な容貌は蒼ざめている。

「そうだろうって、美咲ちゃんの話を征士さんはどう思うの……？」

彼は以前、縁が独り立ちできると喜んで東京に帰った、と美咲は話した。それは本当なのか。

どうか否定してほしいとの願いを込めて彼を見つめ続けていると、征士は前を向いたまま、縁を見ないままで口を開いた。

「悪い話じゃないと思う。君の夢を叶えるためにも」

自分の耳を疑った。否定してくれない彼が別人のように見えて、縁の体が小刻みに震える。

まさか本当に自分を美咲たちに預けて、ようやくボランティアから解放されると帰京したのか。

そしたら私が東京まで追いかけたから、優しい彼は放り出すこともできず――

「……どう、して」

「縁？」

「どうして、私と結婚したの……？　私が北海道から押しかけてきたから、仕方なく結婚したの？」

「高田さんから聞いたのか……」

彼の硬い表情に苦渋が混じる。征士を悩ませている苦しみは、縁に隠していたことを暴《あば》かれた恨みなのか。

今朝、彼を送り出したときはいつものようにキスをして、甘い雰囲気に浸りながら幸せな気分だった。それが今は、記憶を取り戻した直後のようにギスギスした空気になっている。

しかも彼は、縁が見つめているのをわかっているだろうに目を合わせない。ためらうように視線をさまよわせている。

記憶を取り戻してすぐ、どうして私と結婚したの、と同じ問いをした。そのとき彼は、君のことがずっと好きだったと、だから結婚したと言ってくれたのに。

彼の沈黙と迷いが恐ろしくて、破裂しそうなほど鼓動が速まる。心臓を手のひらで押さえたとき、征士はやはり縁を見ずに言葉を続けた。

「……高田さんから生産牧場の話を聞いたとき、たしかに君を置いて東京に戻った……君が一人で生きていけるようになったから、俺の役目は済んだと……義理は果たしたと思って」

義理との言葉に、縁は呼吸が止まるほどのショックを受ける。

「……私がここに押しかけてきたから、結婚したの？」

征士は両手をきつく握り込んだまま動かない。否定してほしいのに否定してくれなかった。

――まさか本当に、愛のない結婚をしたの……？

今までの彼の優しさはすべて嘘だったのか。自分へ向ける感情は愛ではなく、責任感や罪悪感から発生したものなのか。

ショックが大きすぎて受け止めることができない縁は、この場から逃げ出したくて無意識に立ち上がろうとした。このとき強烈な頭痛に見舞われて床に倒れ込む。

「縁！」

征士の声が痛む頭の中で反響する。それが苦しくて縁は両腕で頭部を抱え込み、きつく歯を食いしばった。頭を硬いもので殴られたかのような痛みが繰り返される。

「しっかりしろっ、縁！　救急車を――」

征士がスマートフォンを取り出したとき、縁は反射的に彼の右手にしがみついた。

「待って！　痛っ……大丈夫、だから……」

彼の手をつかんだまま表情を歪《ゆが》めると、征士が抱き締めて顔を覗き込んでくる。

「だが何かの病気だったら！」

「違う、これはきっと……」

頭の奥底から何かがあふれようとしている。今までずっと鍵がかかっていた箱の蓋が開こうとしている。

縁は激痛に涙を零しながら、最愛の人の体に縋りついた。

「離さないで、お願い……！」

びくっ、と抱き締める彼の体が大きく震えた。数拍の間を空けてたくましい腕に強い力がこもる。

征士が己の名前を呼ぶのを聞きながら、縁は意識を手放した。

§

交通事故に遭った縁は脳挫傷《のうざしょう》を負ったが、軽度のもので記憶喪失以外は問題はなく、退院もできるという。

征士は、縁が命を落とす可能性が低いことに心から安堵した。すぐに彼女を引き取ることもできる。

だが自分が縁を介護するという話は、当然ながら高田の娘や、天野家の親戚、天野牧場の元関係者たちから猛反発を食らった。しかしそういった連中を説得したのは、意外なことに高田浩二だった。

『この話に反対する奴は縁の世話をしてくれるんだな。今すぐ引き取ってくれるんだよな。縁が退院したらおまえの家に連れて行くが、構わないな』

金も手も出さない奴が口を出すな、と言わんばかりの迫力に、誰もが渋々と引き下がった。

何もできない赤ん坊同然の人間を預かって介護するなど、そんな余裕は誰も持ち合わせていなかったから。

征士は高田へまとまった金を渡して介護士を雇い、いったん縁を引き取ってもらうことにした。その後にこちらの準備ができ次第、彼女の世話を引き受けると約束して。

彼の態度が軟化したのは、征士にとって非常にありがたかった。理由はわからないが、こちらの意見を真摯に聞いて相談に乗ってくれるのが助かった。

征士は縁の故郷の新冠で暮らそうと考えていたが、高田に、『あそこはやめておけ。町の人間のほとんどが、おまえのじいさんの件を知ってる。住みにくいぞ』と言われた。札幌のような人口が多い都会の方がいいと。

そこで札幌の中心地から少し離れたところに一軒家を購入し、その後は一度アメリカに戻ることにした。退職の手続きをして、住んでいた部屋も処分するために。

それから東京の両親へ事情を説明することにした。

こちらも当然のように反対されたが、征士は勘当してくれて構わないと言い切った。

自分が帰京したのは身辺整理をするためだ。もしかしたら二度と戻ってこないかもしれないので、荷物をまとめて北海道へ送り、両親には挨拶と報告をしに来ただけ。

決して許可をもらいに戻ったわけではない。

一歩も引かない姿勢で縁と暮らすことを語る征士の様子に、彼の両親は息子の覚悟を感じ取ったのか、やがて諦めた。

父親が溜め息混じりに告げてくる。

『成人した大人が決めたことだ、後悔しないようにやりなさい。それと、おまえの持っている土地の運用はおまえがやるように』

『土地っておばあさんから相続したやつか？』

征士が高校一年生の冬、闘病中の祖母が亡くなった。祖母は不動産業を営む企業の社長令嬢で、一柳家に嫁ぐ際に持参金としてかなりの土地を持ってきた。

その資産を相続できるのは夫の征一郎と娘のみだが、征一郎は孫の征士を養子縁組することで、直接孫へも相続させることにした。娘に渡った資産はいずれ孫がすべて相続するのだから、今のうちに渡しておけと考えたらしい。

征士が相続した土地は都内の一等地にあり、相続税対策としてオフィスビルを建てている。とはいえ当時の征士は未成年なので、土地の運用管理はノータッチだった。

『あれは親父に任せているから、俺は知らないけど』

『だから自分でやるんだ。信用できる人間に任せてもいい。おまえが今までどれだけ稼いでいたかは知らんが、介護は人を雇うにしても金がかかる。縁さんの症状ではおまえが働きに出ることはできないだろう』

つまり父は餞別《せんべつ》を渡してくれたのだ。まあ、元は自分の財産だから自分で管理するのは当然だが、ありがたく受け取ることにした。

両親に礼と別れの挨拶をして、征士は北海道へ発った。

縁を引き取って暮らし始めた当初、想像以上に毎日が大変だった。言葉が通じない彼女は本当にこちらの思い通りにならない。

同居を始めた当初は、日中の間のみ介護士を一人雇っていた。でもその人が帰ったあとがきつすぎたので、交代制でもう二人雇った。

ただ救いなのは縁の脳が大人のものだったせいか、彼女が物事を学習するスピードが、赤ん坊とは比べ物にならないほど速いことだった。

一年もすれば三歳児並みの知能を取り戻したため、意思の疎通もできて生活が落ち着いてきた。

主治医からも、この調子なら五年ほどで独り立ちできるのではないかと言われた。

それを告げられた際に、征士の胸中に複雑な気持ちが芽生えることになる。

彼女と病院で再会したとき、縁が元通りに暮らせるようにすると己に誓った。その気持ちは今でも変わっていない。

だがときどき、このまま幼くてもいいのではないかと愚かなことを考えてしまう。

――幸せだから。

縁は征士を家族と思っているのか、介護士や、たまに見舞いに訪れる親戚よりも征士を頼って甘えている。彼女が笑顔で抱きついてきたり、舌足らずな口調でしゃべる様子を見守っていると、征士は心が温かくなった。

しかしいずれ成長した暁には、天野社長のことや自分の身に起きたことを理解するだろう。そのとき、縁が今のような笑顔を向けてくれる保証はない。

それを考えるたびに、このまま時が止まってほしいなんて、考えてはいけないことを考えてしまう。

もし彼女に去られたら、自分は狂ってしまうかもしれない。そう思うたびに、胃に穴が開いたかのような痛みを感じた。

そんな葛藤を抱える日々を送り、やがて北海道の短い夏が終わりに近づいてきた。

縁は眠る際、いつも征士のベッドにもぐりこんでは、ぬいぐるみを抱き締めてキャアキャアとはしゃいでいる。疲れると電池が切れたようにパタッと倒れて寝るため、この日もいきなり寝入ってしまった縁に、征士は寄り添って休むことにした。

まだ夜も明けていない、深夜とも早朝ともいえる午前三時過ぎ。

突如としてそれは起きた。

いきなり全身が激しく揺さぶられ、征士はすぐに地震だと気がついて飛び起きる。後に、北海道胆振《いぶり》東部地震と呼ばれる巨大災害だった。

東日本大震災を彷彿とさせる揺れに、やはり悲鳴を上げて目を覚ました縁を慌てて抱き締める。

『大丈夫だ。もう揺れてないから、大丈夫』

震えてしがみ付いてくる縁の背中を何度も撫でていると、やがて彼女は顔を上げて視線をさまよわせながら呟いた。

『う、ま……』

『どうした？』

『馬……見に行かなくちゃ……馬たちが驚いてるわ……』

その口調は、眠る前までの幼い幼児のものとはまったく違って、大人の女性の話し方だった。

『縁、まさか記憶が戻ったのか……っ⁉』

慌てて彼女の揺れる瞳を射貫くと、目が合った彼女はきょとんとしている。

『なぁに？　おにーちゃん』

可愛らしく首をかしげる縁の瞳に、先ほど感じた知性の欠片はなかった。そこにいたのは、四歳児程度に成長した縁でしかない。

一瞬、記憶喪失が治ったのかと思ったのに、気のせいだったかと落胆した。

だがそれ以降、縁は猛烈なスピードで物事を吸収していった。いや、間違いなく過去を思い出しているとしか考えられないことが増えた。

天野縁という自分の歴史は思い出さないまま、それ以外の知識や経験を脳から引き出しているといった感じだ。征士や家庭教師が教えていないことも知っていたりする。

だが不思議なことに、馬についての知識は彼女の中に戻らなかった。それどころか馬に対して一切興味を抱かなかった。

高田と相談して、縁を天野牧場の跡地に連れて行ったこともある。

牧場は酪農家が買い取ったらしく、馬ではなく牛が放牧されていた。縁が生まれ育った家は解体されて消えており、新しい建物に変わって敷地も整備され、風景が一変していた。

当然のことだが、縁はそれらを見ても何も思い出さなかった。

記憶喪失から三年ほど経過すると、縁はごく普通の人間に近づいていた。

四年目になると、どこからどう見ても正常な一人の成人女性だった。それでも、あいかわらず個人の記憶は戻らないままで。

彼女は自分の名前が〝天野縁〟であることを理解していない。ただ、征士が縁と呼んでいるから、自分は縁という名前であると覚えているだけ。

生まれてからの過去にも頓着せず、自分のそばにいる征士を『お兄ちゃん』と呼んで一番に信頼する。そのため高田以外の、たまに顔を見せる親戚たちにいい顔をしなかった。

彼らが征士へ、軽蔑する態度を隠さないのが原因かもしれない。

天野牧場のことは、彼女の精神が成熟した頃に征士から話している。だが縁は、『ふーん』と他人事のように話を聞くだけだった。

そっけない態度に縁の親戚たちは苛立ちを露わにして、一柳征一郎がいかに悪人かを説《と》いた。が、縁の方はまともに聞かず取り付く島もない。

『だって思い出せないもの。それより私を他人に任せて放ったままのくせに、親戚面《づら》するあなたたちの方がよっぽど悪人だわ』

憎まれ口を叩くものだから、親族の中年男性が拳を振り上げた。

『この親不孝者！　親父が草葉の陰で泣いてるぞ！』

征士と高田が止めに入らなければ、本当に縁が殴られていたかもしれない。ちょうどこの頃、高田の長男である翔太が沖縄旅行から帰らず、大学を中退して現地で住み込みの仕事を始めてしまった。

高田夫妻が沖縄まで飛んで説得したが、本人に帰る気はないという。

すると親戚連中から、高田の事業の後継者として、縁が適任ではないかとの声が上がり始めた。

高田の娘は、公務員をしている男性と結婚して札幌で暮らしている。彼は仕事を辞めて義父の事業を継ぐ提案に頑として頷かなかった。妻へ、『実家を継ぎたいならおまえ一人で帰ればいい』と言い放ち、大喧嘩になったという。

そこで縁に白羽の矢が立てられたわけだ。

おそらく征士への嫌がらせの意味もあっただろう。縁が征士にしか懐かないのが面白くなくて、二人を引き離すべきだと主張する者も多いから。

縁はもちろん断った。酪農も乗馬クラブも興味がないし、叔父の事業を継ぐ義務などないと。

征士は当初、縁の言葉に安堵していた。彼女が乗り気ではないなら、このまま一緒に暮らせると。

だがしばらくして苦悩するようになった。なぜなら高田から、サラブレッドの生産をやりたかったという夢を聞いてしまったから。

縁の親戚のうち、征士に協力したのは高田だけだった。彼がなぜ征士に気を許したかはわからないが、高田は札幌にやって来ると縁について征士と話し込むことも多かった。

あるとき、彼が縁を見ながらぽろっと零した。

『俺も兄貴みたいに、自分の手がけた馬を中央競馬で走らせたかったなぁ』

『え、高田さんも競走馬を作ろうと思っていたんですか？』

『そりゃあ、俺だって天野牧場で生まれて親父の背中を見てきたんだ。縁が手伝ってくれるなら繁殖をやりたいさ……縁の記憶さえ戻ったらなぁ。いつかダービー馬の生産者って名誉が手に入るかもしれん』

東京優駿《ダービー》。ホースマンならば誰もが憧れる檜《ひのき》舞台。最高峰の栄誉。

天野社長と縁も目標にしており、彼らならばあと数年もすれば夢が叶うかもしれなかった。

あのまま天野牧場が続いていれば。

天野浩一という優れた馬産家が生きていれば――

この頃の征士は、縁との生活に幸福を見出して本当に幸せだった。縁の親戚たちとの確執はあるものの、彼女は彼らよりも征士に好意を抱いてくれる。

最近では縁から女としての恋情を感じるようになり、その想いにいつ応えるべきかと、もう結婚するべきかと先走って考えるほどだった。

その浮かれ切った気持ちへ、冷水をかけられたように感じた。

――そうだよ、なんで忘れてたんだ。縁がすべてを忘れているからって、じいさんがしたことが消えるわけじゃない。

ずっと好きだった大切な女の子。記憶を失くして介護と教育をしていくうちに、自分に好意を抱いてくれた。

とても嬉しかった。このまま記憶が戻らなければ、永遠に彼女はそばにいてくれると期待して。

だが彼女の記憶が戻らないならば、あれほど愛した馬に対する情熱も忘れたままだ。高田が競走馬の繁殖を始めるなら、そこで働いていたら記憶が戻るきっかけになるかもしれない。

……ダービー馬を生み出すという夢を潰した男の家族が、こうして彼女を支えることは、偽善でしかないと本当はわかっていた。

彼女の父親を死に追い詰めたのは、間違いなく己の祖父なのだから。

——俺は縁を愛している。今の縁も俺を好きでいてくれる。でも、本当の縁は俺を憎んでいるんだ……

このときほど祖父を呪ったことはない。あの人が暴走さえしなければと。

そして祖父を止めることができなかった自分も、結局は同じ穴の狢《むじな》であると、嫌というほどわかっていた……

§

何度も己の名前を呼ぶ泣きそうな征士の声に、縁はゆっくりと瞼を持ち上げた。

真っ青になった彼が真上から見下ろしている。どうやら自分はソファに横たわっているようだと気づいた。

「縁、大丈夫か？　頭は痛くないか……？」

征士の大きな手のひらが、頭部をおそるおそる撫でてくる。

頭の中がぐちゃぐちゃな縁は、今が何年の何月何日で、自分が何をして今どうなっているのか、直前のことが思い出せず混乱していた。

やけに重い頭を動かして周囲を見回せば、見慣れた上質のインテリアと、キャビネットの上にある小さな仏壇を目にする。

――そうだわ、ここは東京……私とあなたの家……

札幌の、赤ん坊に戻った自分が征士と共に暮らした家ではない。あの家は彼と初めて暮らした大切な思い出があるけれど、つらいことも多かったから嫌いだった。自分が人間未満だった頃の記憶は、思い出すたびに征士の苦労が想像できて心が痛い。

おまけに自分の親戚がやってきては、征士へ蔑《さげす》む態度を取るからつらかった。ずっと、彼らが簡単に訪れることができない遠くの土地へ行きたかった。

ゆっくりと眼差しを征士へ戻せば、彼は反応の薄い縁を案じているのか顔色が悪い。

「頭は痛くないか？　やっぱり病院へ行った方がよくないか？　今は大丈夫でも後から痛みがぶり返すかもしれない。俺がいないときに倒れたりしたら――」

「どうして……」

言葉をさえぎるように呟けば、彼は「えっ？」と目を見開いている。

「どうして、私を捨てようとするの……私のことが好きで離したくないくせに、美咲ちゃんに言われただけで私を叔父さんに預けようとするなんて……」

征士は縁の話す意味がわからず、先刻の会話が続いていたと察するのに、数秒を必要とした。

「……縁、頭痛は大丈夫なのか？」

「まだちょっと痛いけど、大丈夫。……それより答えて。叔父さんの事業を継ぐって誘いを、どうして悪い話じゃないなんて言うの。あなたも北海道に付いてきてくれるんでしょうね」

「それは……」

「どうして私と結婚したのって聞いたとき、私が好きだからってなんで言ってくれないの？間違ってないでしょ？」

「…………」

「また私を捨てて逃げ出すの？　置き手紙を残して？　あんな紙切れ数枚で捨てられた私の気持ちなんて、あなたには一生わかんないでしょうね……っ！」

怒りを滲ませる声に征士はハッとする。縁を北海道に残して東京へ帰ったとき、彼は別れの手紙を浩二に渡していた。置き手紙とはそのことだろう。

しかしそれは〝失われた四年間の記憶〟に含まれる、縁が思い出していない過去のことだ。

「……縁……まさか……」

征士の美しい瞳が驚愕で揺れる。

縁の方は彼への腹立たしさと悔しさで、眦から涙が零れ落ちた。嗚咽《おえつ》が漏れそうなのをグッと我慢して征士を睨みつける。

「私たち、もう結婚してるのよ！　夫婦なのよ！　お互いの人生に関わることは勝手に決めつけるんじゃなくて、まず話し合うのが先でしょうっ！」

彼が赤ん坊に戻った縁を介護したのも、自立した縁を置いて東京に戻ったのも……すべて縁のためだと全部思い出した。

従弟の翔太が沖縄に定住すると宣言してから、美咲が父親の事業を継いでほしいと迫ってきた。彼女いわく、自分と弟は父の財産の相続を放棄する誓約書を書くし、父親は競走馬の生産を始めたいからちょうどいいと。

それを知った征士が縁を手放したのだ。

征一郎の孫である征士は、馬産業界に足を踏み入れることは心理的に難しかっただろう。しかも縁の親族からは徹底的に疎まれている。だから縁の夢を叶えるためには、自身が足枷になると考えた。

――あなたと離れてまで望むことなど、何もないのに。

一方的に妻を切り捨てようとする夫への怒りと悲しみで、縁の双眸から涙が噴き零れて止まらなくなった。歯を食い縛って爆発しそうな感情を抑えても、涙が滝のように流れ落ちる。

征士が慌てて縁を抱き締めた。

「すまん！　……俺が悪かった」

「そうよっ、私を捨てたのも、私が追いかけなければ結婚に踏み切れなかったのも、みんなあなたがヘタレのせいなんだから……っ！」

ヘタレと言われた征士が小さく噴き出した。

「そうだな、俺は臆病者だ……君のためという建前で手放したのに、本当は君を失うことが死ぬよりつらくて、手放したくなかった……」

手放したくないと、やっと本音を告げてくれた征士へ縁はしがみつく。

「私っ、あなたがどこへ行っても、追いかけるからね……っ。だってあなたは、私の旦那さまだもの……」

えぐえぐと泣きながら訴えれば、頭を起こした征士が間近で見下ろしてくる。その表情は生気が戻っており穏やかで、途方もなく優しい眼差しだった。

「もう君を手放したりしない、絶対だ。……君が俺のことを好きと言ってくれるなら、必ず守ってみせる」

――ん？

その言い方に縁は引っかかった。まるで自分が彼へ、好きとか愛しているとか言わなかったようではないか。

……嫌な予感がした。

記憶が戻ってから、征士へ「好き」と言葉にして伝えた覚えがない。

おそるおそる縁は体を起こし、征士を上目遣いで見つめる。

「私……今までずっと征士さんに、好きって言わなかった、わね……？」

うろたえる縁の様子に、征士は彼女の不安を正確に読み取って苦笑する。

「好かれているとは思ってたけど、やっぱり天野社長のことがあるから、罪悪感とか同情で俺を受け入れてくれたのかなって不安だった」

「……ごめんなさい。私、あなたのことが好き……」

「ああ。俺も好きだ」

嬉しそうに抱き締めてくる征士へ、縁は土下座したい気分になった。彼は愛されているという実感が薄かったから、縁を手放そうという気持ちに傾いてしまったのだろう。

――本当にすみません。許してください……

あまりの申し訳なさから、彼の唇へ自ら吸いついた。キスの合間に、「愛しています」と囁けば、「俺も愛している」と征士が応えて唇を啄んでくる。

それは情欲を高める淫らなキスとは違う、相手を慰める優しい口づけだった。

やがて縁が小さくはなを啜ると征士が離れていく。彼は縁の目元を拭《ぬぐ》い、彼女の顔を覗き込んだ。

「縁、本当に病院へ行かなくていいのか？」

「うん。たぶんね、この頭痛って記憶が戻るときに感じる痛みだと思うの。ほら、四月に私の記憶が戻ったときも頭痛で動けなかったでしょ」

「そうだったな……本当に四年間の記憶が戻ったんだ……」

征士の声が震えている。彼もまた二人の思い出が戻るのを切望していたと気づき、縁は征士にぎゅっと抱きついた。

「全部思い出したわ。あなたが北海道から消えたとき、置き手紙を読んでわんわん泣いたこととか」

手紙はその場で破って床に叩きつけたと告げれば、頭上で征士が苦笑する気配を感じた。

「死ぬまで言われそうだな」

「そうよ。好きな人に捨てられた恨みは忘れないからね」

「忘れなくていいよ。これも俺たちの思い出だ」

互いに互いへ縋りつくように抱き締め合う。

だがこのとき、いい雰囲気をぶち壊すスマートフォンの呼び出し音が鳴った。

縁を呼び出そうとする者など、美咲しかいないのではないかと思い、征士に「出なくていいのか？」と聞かれたが無視する。

その直後、美咲に言われたことを思い出し、縁はカッと目を見開いた。

「そうだ！　まっ、征士さん！　こっ、こ、こ……っ」

「落ち着け、縁」

「だってっ、こ、婚約者がいたって本当なのっ⁉」

「は？　いないけど」

「えぇ⁉」

征士の端整な顔には「何を言ってるんだ？」との疑問が表れている。嘘を告げているように は見えない表情に、縁の脳内は疑問符で埋め尽くされた。

慌てて美咲から言われたことと、かなり昔に征一郎と父親が交わしていた見合いのことを伝えてみる。征士は宙を睨んでいたが、やがて「あれのことか？」と呟いた。

「留学中、じいさんが釣書《つりがき》を送ってきたことがたしかにあった。中を見ずに捨てたから、あとでじいさんから連絡があったとき、正直にそのことを話したら喚《わめ》いていたな」

すっかり忘れてた、と本当に覚えてないといった顔であっけらかんと告げるため、縁はその場で体が崩れ落ちるかと思った。

「じゃあ美咲ちゃん、嘘をついたの……」

「というか、縁が聞いたじいさんの話って、高田さんに話さなかったか？」

「えっと……話したかもしれないわ」

「それだよ。見合いしたなら婚約したはず。婚約したなら婚約破棄もしたはず。って適当に言ったんだよ」

身から出た錆という結果に、縁はうなだれてしまう。恥ずかしいうえ居たたまれなかったので、征士に抱きついてたくましい胸板に顔を埋めておいた。

彼は妻の早とちりになぜか喜んでいる。

「可愛い……嬉しいよ、嫉妬してくれたんだろ」

顔を上げずに小さく頷くと、征士が後頭部を撫でてくれた。

「君が東京まで追いかけてくれたときも、本当に嬉しかった。……でももし記憶喪失が治ったらって思うたびに怖かった。こんな幸福なんて、永遠に手に入らないはずだから……」

縁との穏やかな時間は砂上の楼閣だと、いつか崩れ落ちるときが来るかもしれないと、征士はずっと怯えていたと告げる。

だから縁の記憶が戻ったとき、別れるのは仕方がないと受け入れた。

「なのに君がやり直したいと言ってくれたから嬉しかった。……それでも、やっぱり後ろめたい思いが消えることはなかったよ。だから高田さんが東京に来たって聞いて、このまま縁と別れて北海道に戻してあげた方がいいんじゃないかって思った。どれほどつらくても、君を自由にするべきじゃないかって……」

「私はあなたと離れても自由になんかならない。ただつらいだけだわ……どうかずっと私を離さないで」

「もちろんだ。死ぬまで君を離さない。ずっと一緒に……」

彼の声が震えていると感じたとき、縁の頬に水滴が落ちてきて思わず顔を上げそうになった。でも今はそうしない方がいいと悟って、再び彼の胸に頬を寄せる。

――征士さん、ごめんなさい……

彼が抱き続けたであろう罪の意識を思えば、縁もまた深い悲しみで胸の内が震える。

天野牧場が倒産してから、彼はずっと長く苦しんできたはず。それなのに縁のことばかり考えて、自分のことは後回しで。

――おじいさんのせいで罵られても、あなたは常になんでもないように振る舞っていた。いつも私のことを優先してくれるあなたを、今度は私が助けたい……

彼の傷ついた心を慰めたくて、彼が安心するまで、長い時間、広い背中を撫で続けていた。

それから二日後の水曜日。縁は美咲へ『話したいことがあるから一緒にランチを食べない？』と、赤坂《あかさか》の料亭に誘い出した。

おそらく美咲は、縁が北海道に帰ってくる気になったと思い込んだのだろう。料亭の個室に案内されてきた彼女は上機嫌だった。

しかしテーブルには縁の隣に征士が座っており、彼が同席することを聞いていなかった美咲は目を剥いている。

すぐさま仏頂面になった彼女へ、縁はうっすらと微笑んで手を振った。

「急に呼び出しちゃってごめんね。二度と連絡しないでって言っておきながら」

「…………」

縁の表情に不穏なものを感じたのか、美咲が帰りたいようなそぶりを見せる。

だがこのとき彼女の背後から仲居が個室に入り、縁の正面の椅子を引いたため、美咲は渋々と席に着いた。

「美咲ちゃんってアレルギーとか嫌いな食べ物はなかったわよね？」

美咲が不機嫌なのを隠そうとせずに頷くと、征士が仲居へ「はじめてください」と告げた。

ここのランチは一種類でおまかせ料理しかないため、すぐに旬の食材を使った八寸、お造り、椀が運ばれてくる。

今の季節を表す器に盛られた料理は、芸術品のように美しく精緻で、縁は歓声を上げた。

「わぁ、綺麗ね。食べるのがもったいない」

「縁、俺の胡麻豆腐も食べるか？　好きだろ」

「いいの？　いただきます。ありがとう」

好物の胡麻豆腐を味わうと、濃厚な胡麻の風味ともっちりとした食感がとても美味しい。見た目でだけでなく味も逸品だと、縁は感動した。

この店はこぢんまりとした一軒家のような入り口で、飲食店と言われなければ気づかない佇《たたず》まいになっている。しかし店内は木の温もりが感じられる内装で、店構えからは想像できないほどの高級店だ。個室ばかりなのかとても静かで落ち着ける。

美咲に引導を渡すため、征士が選んでくれたお店だった。彼を巻き込むのは申し訳ないと思ったが、仕事中の彼は家にいるときと雰囲気が異なってさらに格好いいから、平日の日中に会えるのは嬉しかったりする。

今日の彼は仕立てのいいスリーピーススーツに身を包み、髪もオールバックに整えて男振りを上げていた。こういった店にも場慣れしているのか、堂々とした態度も相まってひどく迫力がある。

おかげで美咲の方は、彼の雰囲気に呑まれているようで落ち着きがない。

美咲に限らず、縁の親類たちは征士を軽んじているところがあった。札幌で縁と暮らし始めた頃の彼が二十四歳と若く、年配者ばかりの縁の親戚へ丁寧な態度を崩さないせいだろう。そのため親類たちは征士を若造と舐めており、美咲も彼を理由なく軽んじていた。

思い出すだけで腹立たしい。

しかし今の征士は、美咲のような小娘など歯牙にもかけないといった態度だ。

縁は胸のすく思いで口火を切った。

「この前、話してくれた叔父さんの事業を継ぐ話だけど、お断りするわ。今日はそれを伝えに来たの、ごめんね」

美咲がわざとらしくため息を吐いた。

「一柳さんがいる時点でなんとなくわかってたわ。けど本気なの？　ダービー馬を作るっていう夢はどうするのよ」

「それは私の問題であって、美咲ちゃんにはまったく関係ないことよ」

そこで美咲が征士を一瞥する。

「……ここで言いたくないけど、その人、伯父さんを死ぬまで追い詰めた男の孫よ」

「そうね。一柳征一郎は恨んでも恨みきれない存在だわ」

征士の前で彼の祖父を貶《けな》されても、縁は表情を変えなかった。それは征士も同じだったため、美咲から苛立ちの気配が漏れ出ている。

やがて彼女が、パンッと音を立てて箸を置いた。怒りの形相で声を上げようとする直前、征士の方が先に口を開く。

「高田さん、あなたのお父さんに譲った札幌の家はどうなりました？」

ぎくりと停止した美咲が、口を半開きにしたまま固まった。

彼の言葉の意味がわからない縁は、きょとんと目を瞬いて夫を見上げる。

「札幌の家って、私たちが住んでいた家を叔父さんに譲ったの？」

「ああ。俺は縁に譲るつもりだったが、君が東京に来て空き家になっただろ。それで高田さん……君の叔父さんの名義に変更したんだ」

「それって売ったわけじゃないんでしょ。叔父さんの丸儲けじゃない」

「いや、高田さんは受け取らなかったよ。ただ……紛らわしいから美咲さんと呼ばせてもらうけど、美咲さんが念書を持って縁を取り戻しに東京へ来たとき、交換条件として札幌の家を手放したんだ」

征士が縁を置いて東京へ戻った後、縁が征士を追いかけて上京してしまった。そこで美咲や親戚たちは、『縁を連れ去るなんて約束が違う！』と東京まで乗り込んできたのだ。

念書を持ちだして縁を返せと迫ったが、当の縁は嫌いな人間たちと顔を合わすのが嫌で、部屋の奥に隠れて話し合いの場に出てこない。

そこで征士は、賠償として札幌の一軒家を土地ごと高田家へ譲ると提案したのだ。美咲は喜んで了承した。

不動産のことを知らなかった縁は驚愕で目を見開く。

「そんな、家を土地ごとって、私の交換条件にするには高すぎだわ」

「君と一緒になれるうえ、やっかいな人と手を切ることができたんだ。安いものだよ」

さらっとのろけながら、征士が人差し指の背で妻の頬を撫でる。はにかむ縁の可愛らしい姿を堪能した彼は、硬直している美咲へ視線を移した。

「縁を連れ戻すつもりなら、当然あの家は返してもらえるのでしょうね？」

美咲はうろたえるように視線をテーブルに落とす。なぜならあの家は今、美咲たち夫婦が暮らしているのだ。

もちろん征士はそのことを知っている。知っていながら話を切り出したのだ。今さら住み家を明け渡すなどできないだろうと。

蒼ざめる美咲が黙り込めば、縁が呆れた声を漏らした。

「そんな交換条件がありながら、私に北海道へ帰れって、よく言えるわね……」

「縁が四年間の記憶を失っているから、うまくいくと考えたんだろ」

「そっか……このまま北海道に行ったとき、私って征士さんより美咲ちゃんの方を信用してたから……」

ごめんなさい、と縁が隣にいる夫をしょんぼりと見上げれば、彼は妻の後頭部を優しく撫でる。

「記憶喪失が治った直後だったんだ、当たり前のことだから気にするな」

落ち込む縁をひとしきり慰めた後、征士は再び美咲へ視線を向ける。縁には決して向けない軽蔑の眼差しで。

「あの家の名義を変更する際、高田さんが支払うべき税金や諸々の手数料などはすべて私が立て替えました。その分の返済もお願いしますね」

美咲が弾かれたように顔を上げる。

「待って、そんなお金なんてないわ……！」

「じゃあ、私のことは諦めるのが筋よね」

縁が不快感を隠さないで告げると、美咲は悔しそうに唇を噛み締める。だがそれでも諦めきれないのか、恨めしげにこちらを睨みつけてきた。

「最低ね。親を殺した男の家族に嫁ぐなんて。伯父さんが嘆いているわよ」

「人を平気で騙そうとした美咲ちゃんの方が最低よ。良心ってものを持ち合わせていないの？」

「なんですって……っ」

「あと、一柳征一郎の罪は征士さんにまったく関係ない。なんで征一郎の実子を跳び越えて孫が償わなければいけないのよ」

縁の言葉に、美咲が呆けた表情になった。征一郎に子どもがいることをすっかり忘れていた顔つきだ。

親の犯した罪を子が償う法律などないが、誰かが犯罪に手を染めると、その親か子に責任を求める風潮はなくならない。しかしそれを征一郎に当てはめるなら、美咲はまず征一郎の実子を責めるべきだろう。

征士が縁を大切にするあまり彼女の親戚へ下手に出ているから、美咲たちはつけあがっており、そのことに気づいてさえいない。

ぐうの音も出ない様子で再び黙り込む美咲を、縁は不快感をこらえて見つめた。

自分が記憶を取り戻した直後、なぜスマートフォンに美咲たちの連絡先が入ってないのか不思議だった。

しかし今ならばわかる。これほど面の皮が厚いとは、縁でさえも親族とは絶縁したいと思うほどだ。

やるせないため息を吐く縁の隣で、征士は速いペースで料理を食べ続ける。次々と運ばれてくる食事を綺麗に片づけると、先に席を立った。

「じゃあ俺は仕事に戻るから。ゆっくりしてくれ」

妻の手の甲へ唇を落とし、美咲に挨拶をすることもなく無視して個室を出て行く。相手にする価値もないといった彼の態度に、美咲が涙声を漏らした。

「……縁。本当にあの男と暮らしていくつもり？」

「当たり前じゃない。私たちもう結婚してるんだから」

「お父さんは縁と一緒にサラの繁殖をするって言ってるのよ。ダービー馬を生み出すって夢はどうするのよっ」

「それ、叔父さんに聞いてみたけど繁殖牧場をやりたいって考えているだけで、実際には何もしてないそうじゃない」

ぎくっと美咲の体が震える。図星を指された様子に、縁は箸を置いて従姉を真正面から射貫いた。

「美咲ちゃんと会った後でね、失った四年間の記憶が戻ったの。だから私が記憶喪失の間、叔父さんだけが征士さんに協力的だったことも思い出したわ。その叔父さんが本当に今回のことを言い出したのか不思議だったのよね」

　そこで北海道の叔父と連絡を取ってみたところ、彼は縁の記憶喪失が治ったことを知っても、征士と別れるべきではないと考えていた。

　叔父いわく、たしかに競走馬を作りたい夢は今でも抱いているが、自分には馬産家の才覚がないことも知っているため、縁がいなければやる意味はないと自嘲気味に話してくれた。

「叔父さんには美咲ちゃんが東京に来てるとは言ってないけど、言った方がいいかしら？」

　怒りを孕んだ表情で縁が睨めば、美咲は泣きそうな表情でうつむいた。

「……だって、お父さんの事業はお父さんが頑張ってあそこまで大きくしたのよ……それがいつか廃業になるなんて、我慢ならないじゃない……」

　浩二が妻の家に婿入りしたとき、まだ酪農しかやっていなかった。しかし馬好きな彼は馬に関わる仕事をしたいと考え、乗馬クラブを立ち上げてあそこまで大きくしたのだ。今では酪農より乗馬クラブの方が儲かっている。

「叔父さんはまだ若いんだから、今すぐ後継者が必要なわけじゃないでしょ。もしかしたら翔太くんが戻ってくるかもしれないし、美咲ちゃんの旦那さんが定年後に気が変わるってことも、ないわけじゃないわ」

　その可能性は高くないが、美咲は反論することもできず、しょんぼりと頷いた。

食事を終えた後、美咲はこのまま羽田空港へ向かうという。車で来ていた縁は空港まで送ると誘ったのだが、美咲は一人の方がいいと告げ、肩を落として帰っていった。

その後ろ姿を見送って縁は思う。

——美咲ちゃん、お父さんっ子だもんなぁ。叔父さんのためを思ってこんなことをしたんだろうけど……

縁にしてみれば迷惑でしかない。しかし美咲が上京したことで四年間の記憶が戻ったため、恨みはしなかった。

けれど今後は、彼女と親戚付き合いをしないと決めている。征士を疎ましく思う者など自分にも必要ない。

——征士さんさえいればいい。

彼がそばにいてくれれば、他の人間をすべて切り捨てても構わない。そう思える人と出会い、その相手から同じぐらい愛される今がとても幸せだった。

同時に、胸の奥で決して消えることのない後悔が疼くのも感じる。

——ごめんなさい、お父さん。私のことを怒ってるでしょうね……でも征士さんとは添い遂げたいの。本当にごめんなさい……

ダービー馬を生み出すという、父と共に目指した夢は捨てる。

自分は北海道では暮らせない。彼にどこまでもついていく。

あの世で父が嘆いていると思えば、後悔しないわけではないし、夢に対する未練もある。

それでも征士と生きる未来を大切にしたい。

自分よりも妻を優先して大切にする彼を、今度こそ悲しませたくない。傷つけたくない。守りたい。愛し続けたい……。

縁は最愛の夫を思い浮かべながら、澄んだ空を見上げて小さく微笑んだ。

§

十二月下旬、征士は縁を高田に任せ、札幌から逃げるように東京へ戻った。

戻ったといっても、実家に帰れば親に縁と別れた事情を説明することになるため、帰る気にならず空港近くのホテルに引きこもっていた。

最愛の女性を自ら手放し、生きていく気力もなく、食事もせずに部屋の天井を眺めて寝転んでいるだけ。今後のことを考えることさえ億劫になっていた。

――このまま死んだ方が楽かも。

そんな危ういことを本気で考えながら生ける屍《しかばね》になっていたら、二日目の夜にフロントから連絡が入った。

『ロビーに天野縁さんと名乗る方がお見えになっていますが、いかがなさいますか？』

一瞬、縁恋しさで己の頭が壊れたのかと思った。

ここにいることは誰にも知らせていないのに、なぜ縁が来ているのかと、これは都合のいい夢なのかと返事もできなかった。

数秒後、慌ててコートを羽織りロビーへ駆け降りると、そこにいたのは間違いなく縁だった。

彼女はものすごく、すさまじいほど怒っていた。別れの手紙一つで、なんの相談もなく姿を消すなんてどういうことかと。

いや、それよりもどうやってここがわかったのか。縁の電話番号は着信拒否にしているし、メッセージもブロックしたのに。

場所を変えて問い詰めると、予想外の方法を白状した。征士のスマートフォンと同期しているパソコンの、グールルマップのタイムラインを見て追ってきたという。

タイムラインとは行動履歴を記録する機能だ。これをオンにしておくと、過去の自分がいつ、どこを訪れたかの記録が残る。

札幌に残してきた征士のパソコンは、グールルアカウントにログインしたままだ。そのため縁は、征士が昨日からこのホテルに滞在していることを知り、すぐさま新千歳空港へ向かったという。……なんという行動力かと唖然とした。

――でも嬉しかった。

ここまでされて、惚れた女を突き放せるほど自分は意志が強くない。あなたが好きだから離れたくないと泣く縁を、もう手放すことができなかった。

この日、初めて縁を抱いた。


その後、縁との結婚を決めると、高田浩二以外の縁の親戚たちが押しかけてきた。

今後も彼らの相手をするのは疲れるので、札幌の家を高田家に、ある程度の迷惑料を親戚に渡すと、予想通りあっさりと引き下がった。ああいう下心が透けて見える人間は逆に操りやすい。


しかし親はそうもいかない。

縁と自分は成人した大人なのだから、本気で結婚したいなら親の許しはいらない。だが仮に天野社長が生きていたら必ず挨拶へ行くし、縁もこちらの両親に挨拶をしたいと望んでいる。

……報告はしないといけないだろう。

実家へ足を運び、両親に縁と結婚することを告げた。彼らは息子の報告を聞いて複雑な表情になっている。

やがて父親が腕を組み、難しい顔で口を開いた。

『……おまえが決めた女性なら誰でもいいと言いたいが、相手が天野社長の娘さんとなると話は別だ。我が子には幸せになってほしいと多くの親が願うように、私も同じことを思っている』

『縁とでは幸せになれないと言いたいのか』

征士が気色ばむと、母親はおろおろして、父親はやるせないため息を吐いた。

『縁さんと結婚すると、私たちの間でタブーを抱えることになる。私としては子どもには、一点の不幸もなく結婚してほしい』

『縁は不幸の元じゃない』

『今は違っても、いつか縁さんの記憶が戻ったときはどうする。おまえは苦しみ、彼女はおまえより千倍も万倍も苦しい思いをするぞ』

……その通りすぎて、すぐに言い返せなかった。

今、こうして話し合っているときでも、自分の中から自分が問いかけてくる。

おまえは本当にそれでいいのか、と。

彼女がすべてを忘れたからといって、祖父の罪が消えたわけじゃない。何度も己の良心がちくちくと訴えてくる。彼女の夢を潰して、親を死なせて、どの面下げて彼女の夫に……天野社長の義理の息子になるつもりかと。

だが自分はもう、縁と別れることなどできない。

札幌から離れるとき、縁と二度と会えなくても彼女が幸せならそれでいいと思っていた。

……本音ではそんなこと、欠片も考えていないくせに。

自分をむりやり納得させただけだ。二度と会えないなら、死んで失ったのと同じだから。

それで東京に戻ったらホテルで動けなくなった。彼女がいないなら、もう生きていく意味を見出せなくて。

なのに奇跡が起きた。

彼女が自分を愛してくれて、どこへ逃げても追いかけてくれるから、この幸福を自ら手放すことはしない。

『……たとえ縁の記憶が戻って憎まれたとしても、縁に対する気持ちは変わらない』

胸を張って言えるのは彼女への愛だ。どれほど憎まれようとも、彼女への気持ちは変わらなかった。

変えることができなかった。

いつまでもいつまでも未練たらしく、それこそ海外に渡っても縁を忘れることができないでいた。

この気持ちは、すでに心どころか体にまでしみ込んで一体となっている。己が生きている限り、縁を愛することをやめるなんてできない。

征士の瞳に冷静な狂気を感じたのか、父親は再びため息を吐いた。

『……わかった。一度縁さんをここへ連れてきなさい。彼女との結婚を認めよう』

その言葉にホッと肩の力を抜いたのは母親の方だった。息子へ安心したような笑顔を見せる。

『じゃあ、婚姻届を提出する前に離縁《りえん》をしないとね』

『離縁？』

『忘れたの？　あなたは高校生のときにお父さんたちと養子縁組をしてるじゃない』

『ああ、そういえば……』

離縁とは養子縁組を解消することだったかと、彼は視線を宙に向ける。

征士は祖父母と養子縁組をしたが、それは戸籍上のことで彼らと暮らしたことはない。生活がまったく変わらなかったため、縁組していることをすっかり忘れていた。

しかし離縁しない以上、法的に征士は祖父母の子になっており、祖父母の戸籍に入ったままだ。養子縁組は養親《ようしん》が亡くなろうが養子が結婚しようが、法律上の親子関係は永遠に消滅しない。

『このままあなたと縁さんが結婚したら、お父さんが縁さんの義父になっちゃうでしょ』

『それは彼女にとって地獄だろう』

——地獄。

結婚の話をしているというのに、ふさわしくない単語が出てきて、征士は胸中に焼けつくような痛みを感じた。やけどをしたかのように長く続く痛みに、己が取り返しのつかない道へ踏み出そうとしているのを実感する。

本来、自分と縁は結ばれてはいけない間柄なのだ。

それをわかっているのに己を止めることはできなかった。

『……じいさんたちはもう死んでるのに、離縁ってできるのか？』

『できる。死後離縁と言ってな、家庭裁判所の許可がいるが、そういった専門的なことはうちの弁護士に任せたらいい』

実際に祖父母とはすぐ離縁することができた。

征士は両親の戸籍に戻ってから、バレンタインデーに縁と婚姻届を提出して晴れて夫婦になった。

その後、東京で暮らすなら会社に戻ってこいと父親に言われ、征士は勤務先である子会社に近いマンションを新居とした。

――幸せだった。

縁との新婚生活は、幸せとしか言いようがない日々だった。

それでもふとした瞬間に、彼女の記憶が明日にでも戻るかもしれないと不安になることはある。そのたびにヒヤリとした、冷たい何かが背筋を滑り落ちていく気がした。

この感覚は生涯消えることがないかもしれない。

そんなことを頭の隅で考えつつ、新婚生活が始まって一ヶ月半がたった頃、マンションの敷地に植えてある桜が咲いた。

夜遅く帰ってきたとき、縁に花見をしようと言われて、一緒にマンションの入口へ向かう。

街灯に照らされる八分咲きの桜は、静かな夜に映えて美しかった。

ここだと立ったままでのんびりできないから、日曜日に花見ができる場所へ遠出しよう、と縁へ告げてみた。

隣に立つ彼女は、ぼんやりとした表情で桜を見上げている。

どうしたのかと聞けば、我に返った縁が小さく微笑んだ。

『そうね、お花見に行かないと……』

独り言のように呟き、再び桜を見つめる。心ここにあらずといった表情が不思議だったけれど、かなり遅い時刻だったため眠いのだろうと思い、すぐ部屋へ戻ることにした。

土曜日の夕方、早めに帰宅できたところ、縁の顔色が悪く頭が痛いという。病院へ行くほどの痛みではなく、片頭痛だろうと告げた。

翌日も体調がすぐれないようなので、花見はやめて静かに過ごすことにした。

縁は予定をキャンセルしたことをひどく悔やんでいる。

『気にするな。頭痛薬を買ってくるよ』

『ごめんなさい、あなたに桜を見せたかったのに』

頭が痛いのか、目を閉じて寂しそうに呟く縁の髪を撫でる。

『桜だったら、このまえ一緒に見ただろ』

『……あの場所へ、あなたと馬に乗って……』

『馬？』

聞き返したのだが、縁は眠りの世界に入ってしまった。

記憶喪失になった縁は馬が苦手だ。北海道で暮らしているときに乗馬クラブへ連れて行ったが、馬の背中に跨ることさえ恐がっていた。それ以降、乗馬に誘っても消極的だ。

その縁が、なぜ馬に乗ると言い出したのだろう。

不思議に思いながらも頭痛薬を買いに行くことにした。

だが玄関を出ようとしたとき、ふとなんとなく、本当に理由もなく、今、縁から離れてはいけないような気がした。

なぜだか胸騒ぎがして。

慌ててリビングに戻り、やや青白い縁の顔を覗き込む。するといきなり彼女の瞼がぱちりと開いた。

『……どうしたの？』

可愛らしく首を傾げる縁に、意味のわからない不安と焦燥が消えていく。

『いや、なんでもない。……君を見ていたかっただけ』

縁の頬を撫でると彼女は目を細めた。

『ごめんね。桜を見に行けなくて』

まだ言っている。よほど花見に行きたかったのだろうか。

『桜はすぐに散るわけじゃない。まだ明日も咲いているだろ』

『ううん、あなたの休みは一週間後でしょ。その頃には桜も散っていると思うから……』

『それなら来年、また行けばいい。来年が無理だったら再来年だってある』

一生、二人で生きていくのだ。共に桜を見る機会なんて山のようにある。

『そうね。いつまでも、あなたと一緒に……何があっても』

それだけ告げると、縁は再び瞼を閉じて眠ってしまう。

征士は妻を起こさないよう唇にそっと口づけを落とし、彼女の右手を両手で包み込んだ。

――もう、つらい過去なんて永遠に思い出すな。このまま忘れているんだ。

今までずっと、彼女に記憶を取り戻してほしかった。馬産家としての夢を思い出せず、馬に乗ることさえも嫌がる縁が不憫《ふびん》に思えて。

なのに思い出すなと、忘れろと初めて強く願った。

父親の死も、夢が叶わないことも、すべて他人事としてとらえていればいい。縁が悩み苦しむことは全部自分が引き受ける。

それがどれほど傲慢な考えだとわかっていても、愛する人には苦しんでほしくなかった。

縁は、己が尊敬を捧げた唯一の女性だ。その本来の彼女に二度と会えなくても、つらい思いをしてほしくなかった。

ただ幸せでいてほしかった。

俺の隣で。

『……来年も、再来年も、死ぬまでずっと桜を見に行こう』

君と一緒に。

征士はもう一度妻の唇へ吸いつき、足音を立てないようにしてリビングをそっと出て行く。

このとき、ゆっくりとドアが閉まって彼の視界から縁が姿を消した。

§

美咲が上京した週の土曜日、縁は征士と共に北海道へ向かった。目的は叔父に会うためだ。

四月に北海道へ行ったときは、お客さんと外乗中で会えなかった。帰京してから電話で挨拶はしていたものの、やはり直接会って今までのお礼を言うべきだと考えたのだ。

週末は乗馬クラブにとって忙しい日になるため、叔父はわざわざ外乗のインストラクターを雇って休みを取り、縁たちが来るのを待っていてくれた。

「――久しぶり、叔父さん。去年の年末以来ね」

実は叔父と会うのは、札幌から突然消えた征士を、縁が追いかけたとき以来である。あの日、叔父をむりやり征士のパソコン前に座らせ、『征士さんがホテルから移動したら行き先を教えて！』と監視役にさせた。

記憶を失っている間もずっと世話になっていた。本当はもっと早く来なくてはいけなかったのに。

だが彼は、そんなことは気にするなと豪快に笑った。

「それより記憶が全部戻ったんだってな。よかったよ。——征士くんも、本当によかったなぁ」

縁の記憶喪失が治っても征士と別れず、すべての過去を受け入れて夫婦であることに感動している様子だった。

……不思議である。叔父と征士は、かつてのわだかまりなどなかったように仲がいい。

それは四年間の記憶を取り戻した縁も知っていることだが、こうして普通に話している二人を見ていると首をひねりたくなる。父親の死後、叔父は征一郎の孫である征士へも憎しみを向けていたから。

浩二はひとしきり征士と話した後、「ちょっと縁と話していいか？」と告げた。二人きりにしてほしいとの意思を悟った征士は、頷いて遠くの放牧地へと向かう。

縁は彼の広い背中を見送ってから、顔だけ叔父へ向けた。

「話したいことって、何？」

「いや……特にない」

きょとんと目を瞬く縁に、浩二は照れくさそうな笑みを浮かべた。

「記憶が戻ったおまえが征士くんと仲良くしてるだろ。それが嬉しくて何か話そうかと思ったんだけど、おまえが幸せなら特に言うことはないって思った」

「……叔父さんって、征士さんと仲がいいわよね。どうして？」

率直に聞いてみると、叔父は「うーん……」としばらく迷った後、ためらいがちに口を開いた。

「あいつな、縁の事故を知って入院先に押しかけてきたとき、おまえを見て泣いたんだよ」

「えっ、征士さんが？」

「ああ。それであのとき、あいつも縁のことが好きだったんだって知ったんだ。おまえたちが好き合ってるなら、引き裂いちゃいかんだろって思ったんだよ」

その話に、縁の背筋に冷や汗が垂れ落ちる。征士が泣いていたということも驚いたが、それよりも気になる言葉が含まれていた。

「お、叔父さん……私が、征士さんのこと好きだって、いつから気づいてたの……？」

「はあ？　そんなもん、おまえがあいつに、お兄ちゃーんってまとわりついてた頃からに決まってんだろ」

己の恋心が親戚にバレていた。しかもかなり昔から知られていた。おまけに自分はそのことを気づいていなかった。

悲鳴を上げたいぐらいの羞恥心がこみ上げてくる。

顔を真っ赤にして目を剥く縁を、浩二はかわいそうな子を見る目つきで見下ろした。

「ちなみに兄貴も気づいてたぞ」

「お父さんまで！」

甲高い声になってしまい、おやつがもらえるかもと近づいてきた馬が「ヒィンッ」と鳴いて逃げていった。その馬を目で追いながら浩二は話を続ける。

「まあ身分違いというか、あちらさんの家が大きすぎて、おまえたちがくっ付くとは思っていなかったけどな。それに征士くんの方は、おまえのことを妹というか弟みたいに扱ってたし」

「……うん、私もそう思ってた」

なにせ出会った当時、『縁くん』と呼ばれたぐらいだ。彼がこちらのことを昔からずっと好きだったなんて、今でも理由がわからない。

「でも兄貴はおまえの気持ちを知ってたから、倒産は免《まぬが》れないってわかった頃、『征士くんを責めるな』って言ったんだ。あの子は関係ないって」

浩二は遠くを見ながら、「だったら死ぬなよなぁ……」とぽつりと漏らした。その声が湿っている。

叔父の気持ちが痛いほどわかる縁もまた、遠くで草を食む馬たちを眺めた。

あのタイミングで父が死ねば、緑や親戚たちの恨みは征士へも向けられる。だが当時の父親はもう、莫大な借金をどうやって返せばいいのか、それだけしか考えられなかったのだろう。

金だけではなく、牧場も馬も住む家も何もかも失った。生きがいと夢をいっぺんに失くし、ぽきっと心が折れてしまったのかもしれない……

緑は前を向きながら、横目で叔父をそっと盗み見る。兄である浩一を思い出しているのか、涙はないのに泣いているような気がした。緑もまた視界がぼやけてきたため、視線を遠くに向けて瞼を閉じた。

──お父さんのことで、これほど周りの人の心に傷が残っている。

征士のもとへ走るなど、度し難《どがた》いほどの愚かさだ。自分がこの恋を諦めれば、心が救われる人は何人もいる。自分だって今はつらくても、やがて征士への想いに折り合いをつけることができるかもしれない。

なのに諦められない。

永遠に不幸をまき散らし、自ら修羅の道を歩もうとする。それこそが人を愛する行為の真の恐ろしさだと、緑は嫌というほどわかっていた。

「……ごめんね、叔父さん」

「謝るなよ。……俺も征士くんにおまえを任せっぱなしにした。おまえとこうやって話せるのも彼のおかげだ。本当によかった」

人の心とは、なんてままならないものなのか。叔父がはなを啜るのを聞きながら縁は思う。

しばらくの間、互いに何も言わずぼんやりと馬を見ていた。縁は自然と征士の姿を探す。

ふと、遠くにいる彼のそばに一頭の馬がいた。人懐っこいのか、彼が顔や首を撫でても嫌がっている様子はない。

「あの馬……」

美しい栗毛《くりげ》のサラブレッドだった。叔父は引退後の競走馬を引き取り、再調教《リトレーニング》をして乗用馬にする仕事もしているのだ。天野牧場出身の馬も何頭かここで働いている。

だがあの馬は初めて見る顔だった。

「ねえ叔父さん、征士さんのそばにいる栗毛の馬って……」

「ああ、あいつか。――どういう馬かわかるか？」

湿っぽい雰囲気を消そうとしたのか、浩二はにかっと笑って縁と共に征士がいる放牧地へ向かう。縁は夫の隣に立ち、その馬を見上げて目を見開いた。

「この子ってローズパインよね。もう繁殖にあがってるはずだけど、なんでここにいるの？」

「……おまえ、ほんっとによくわかるな」

浩二が薄気味悪いと言いたげな表情で縁を見下ろした。征士が彼にそっと声をかける。

「馬を見ただけで名前がわかるって、この業界でも珍しいんですか？」

「俺は縁以外、見たことねぇよ」

二人のひそひそ声が聞こえたのか、縁は頬を膨らませた。

「なによ、人間の顔だって一人一人違うじゃない。馬だって同じだわ。こんなにわかりやすいのに」

その言葉に、征士と浩二は微妙な表情になった。彼らの顔には、「全然わからない」と書かれている。

縁は男たちの様子を一顧だにせず、ローズパインを優しく撫でた。

「大人しい子ねー。で、どうしてこの子が乗馬クラブにいるの？」

「ああ……そいつの馬主が脱税で馬主資格を取り消されたんだけど、所有馬の引き取り手が見つからなかったんだ」

「この子の産駒が走らなかった？」

叔父が苦々しげに頷く。繁殖成績の悪いローズパインを預かっていた牧場から、『肉にするのは忍びないから乗馬として使わないか』と打診されたという。

すると浩二は、「そこで、だ」と口調を改める。

「せっかく肌馬が手に入ったんだから、繁殖の真似事でもしようかなって考えたんだよなー」

「へえ、いいじゃない。ずっとやりたかったんでしょ」

「でも俺じゃあ、どんな種牡馬を交配したらいいか、さっぱりわからないんだよなー」

「ふむ」

縁はすぐさま、スマートフォンでローズパインの繁殖成績を調べ始めた。彼女は八頭を産んでおり、産駒の勝利数は五勝、そのうち重賞勝利数はゼロだった。

「……でもこれから産駒が走る可能性もあるのに、もったいないなぁ……ローズパインの父系ってパワーとスタミナがある馬がそろってるし……グリッドノーマンを種付けしたときの産駒は馬格《ばかく》があるし……ローズパインってミスタープロスペクター系なんだ……」

ぶつぶつとスマートフォンの画面を睨みながら呟き、縁は自分の世界に入ってしまう。

こうなるとしばらく戻ってこないのを知っている男二人は、互いに乗馬クラブのオーナーというのもあって、のんびりと経営の雑談を始めた。

しばらくして縁がやっと顔を上げる。

「叔父さん！　ファイアレーンを種付けしてみない!?」

スマートフォンに一頭の種牡馬を表示し、印籠をかざすように叔父の目前に突き出す。思わず浩二が仰け反った。

「どんな馬だ？」

「ノーザンダンサー系のダートに適性がある馬よ。ファイアレーンも産駒の成績が悪くて種付け料が安いの。でもローズパインの血統に合わせると、ダートに強い仔が生まれる可能性が高いわ。地方競馬の重賞で勝てるかもしれない」

「なるほどな。でも作ったからには買い手がいないとなー」

「もちろん私が買うわ」

「おまえが？」

「でも馬主は叔父さんね」

「俺が⁉」

「だって私じゃ馬主資格が取れないもの……」

地方競馬と中央競馬では馬主になるための条件が違ってくるが、どちらも所得金額の最低ラインが決められている。無職の縁では馬主になれない仕組みだ。

ちなみに地方だと所得は五百万円以上、中央だと千七百万円以上必要となる。

悔しそうな縁の表情には、「私だって自分の馬が持てるならそうする」と書かれていた。

そこで浩二がちらっと征士を見れば、彼はすぐに笑顔で頷いた。

「縁、俺が馬主になって生まれた産駒を買うよ」

「えっ、でも、征士さんって競馬に興味はないわよね……」

「縁が手がけた馬なら別だ」

その言葉に縁の心臓が大きく跳ね上がった。

「私が、手がけた馬……？」

「そうだろう？　今、君が繁殖に携《たずさ》わったんだ。さすがに生まれてからの世話はできないけど、そこは高田さんが補《おぎな》ってくれる」

浩二も深く頷いた。

「決まりだな。じゃあ縁は今後、どういった馬を作りたいか考えろ。仔馬の出産は任せてお
け」

ある程度成長したら、その後は競走馬としての訓練を行う育成期間となる。しかし浩二は仕事があるので、さすがに育成まではできない。そのため育成専門の牧場に頼むと告げた。

レースへ出るためには馬を任せる調教師が必要だが、それは伝手があるという。

とんとん拍子に話が進みすぎて戸惑う縁の横で、男たちが金銭的な話を詰めていく。

「産駒の買い取り金額はどうしましょう」

「そうだなぁ。牝馬が生まれたら種付け料の二倍。牡馬なら三倍が相場だな」

「いいんですか？　めちゃくちゃ安いですよ」

「そのぶん設備投資してくれる？　疫病予防のために他の馬から離れた馬房《ばぼう》を用意するから」

「お安い御用です。預託料はどうします？」

「離乳するまでの相場は月に五万だな。一歳馬は月に十二万程度。育成牧場はちょっとわからんから調べておく」

「お願いします」

あっさりと契約がまとまったため、男二人は笑顔で握手を交わした。その様子を、縁は呆然と見つめるしかない。

浩二が姪をからかうように告げる。

「うちは繁殖牧場って名乗るにはお粗末だけど、趣味でやるには十分だろ」

すると征士が大きく頷く。

「ありがたいです。無理のない範囲で続けていきましょう」

「そうだな。年に一頭作るなら大金をつぎ込む必要はないし。まずは地方で走れる馬を作って、それから中央だな」

「目指せダービーですね」

びくっと縁の体が震える。彼らが何を言ってるのか、わかっていながら縁は混乱して何も言うことができなかった。

やがて体の奥底から水位が盛り上がってきたが、泣いている場合じゃないと腹に力を込めて抗《あらが》った。

「あ、ありがとう……このこと、二人して、決めてたの……？」

それには浩二が首を振った。

「決めてたわけじゃないぞ。ただ征士くんから、縁が繁殖に携わることはできないかって相談されていたんだ。それでローズパインの話を知ったとき、繁殖の真似事ぐらいならできるかなーって思いついたんだよ」

「俺は縁が繁殖をやるなら、資金面で協力できるって伝えていただけだよ。でもさっきから高田さんのしゃべり方が棒読みで、何を言いたいのかすぐわかったけど」

苦笑いをする征士だったが、縁はそんなこと気づかなかった。それでも彼らが、縁の夢を叶えようと協力をしてくれることは気づいている。

一度捨てた夢を、捨てなくていいと言ってくれているのだ。

志半《なか》ばで人生の幕を閉じた父を思えば、その背中を見て追いかけた自分の中で未練が疼き、父を裏切る罪悪感で胸が軋んだ。それでも征士と生きていくことを選んだ。

でも、両立できるのだと道を示してくれた。他ならぬ征士と、父の弟が。

そう考えたとき、止める間もなくぼたぼたと涙が噴き出した。征士が慌ててハンカチで拭ってくれる。

彼に思いっきり抱きつきたかったけれど、さすがに叔父の前だったので、かわりに大きな手をぎゅっと握り締めた。

このときローズパインが駆け出して放牧地を走り出した。おやつをくれない人間に興味を失くしたのかもしれない。

縁は、サラブレッドが走る姿はやはり力強くて美しいと思った。

——この馬から自分の夢をやり直す。

胸にこみ上げる熱い想いと共に、大地を駆ける姿を見つめ続けた。

叔父と別れた後、縁と征士は来た道を戻り、道央自動車道を経由して登別《のぼりべつ》温泉へ向かった。

北海道へ行くと決めたとき、征士から、『君が行ったことのない場所へ寄らないか』と誘われたため、新冠から比較的行きやすい温泉地を選んでいた。

縁は修学旅行以外だと、道外の競馬場ぐらいしか旅行に行ったことがない。なので道内の観光地はどこへ行ったとしても嬉しかった。

征士が手配してくれたのは、リゾートホテルのラクジュアリースイートだ。和洋室なので部屋に入ってすぐに和室がある。そこへ彼が荷物を置くと、縁は背後から夫に抱きついた。

「わっ、どうした？」

「……別に。こうしたかっただけ」

叔父の乗馬クラブで繁殖の話を聞いてから、ずっと征士に抱き締めてほしかった。人目があったのと、今まで車に乗っていたから我慢していたのだ。

縁は広い背中に額を押しつけてはなを啜る。

「ありがとう。私の馬を買ってくれて……」

震える声で囁けば、手の甲を征士が優しく撫でてくれる。

「約束したからな」

「え？」

思わず腕の力をゆるめると、征士が振り向いて妻を抱き締める。

「忘れた？　君は子どもの頃、『いつか縁の馬を買ってね』って俺に言ったんだ」

夫の胸に顔を埋めていた縁は、反射的に頭を上げて彼を見上げた。

……忘れるはずがない。すべての記憶を取り戻した今は、征士との約束ならばすべて思い出せる。

でも彼が告げたことは子どもの頃の話なので、自分しか覚えていないと思っていた。それに当時の征士が馬を所有することに乗り気ではないと、縁は幼いながらになんとなく悟っていた。

だからそれ以降、馬を買ってほしいとの話題は出さなかったのに。

「……覚えてたんだ」

「もちろん。縁と約束したことは忘れない」

「私……たくさん忘れていたのに……」

「記憶喪失は縁のせいじゃないよ」

征士がぎゅっと抱き締めて、背中を慰めるように撫でてくれる。

どこまでも甘やかしてくれる夫にもたれていると、縁は言わないでおこうと思ったことも吐き出したくなった。征士ならば馬鹿にしたりはしないから。

「……あのね、お願いがあるの」

縁の緊張した表情を認めた征士は、畳にあぐらをかいて妻を膝の上に乗せた。

「言ってごらん」

「東京に帰ったら、働きに出たい」

「なんでっ!?」

征士が抱き締めていた縁をすごい勢いで離し、顔を覗き込んでくる。美しい顔に焦りが浮かんでいるため、富裕層《アッパークラス》では妻が働きに出ることはないのかと不思議に思う。

「だって、競走馬は馬の代金だけじゃなくって、預託料とかいろいろかかるし……私も少しは稼がないと」

「まったく必要ない。君が遊んで暮らしていても俺は養っていけるから」

「そういうのは、嫌というか……」

縁が困ったように視線を逸らすと、征士もまた困惑した表情で天を仰いだ。

「……君がどうしても働きたいって言うなら止めないけど、君の『働く』って牧場だよな？　あ、それとも乗馬クラブ？　うちのクラブなら紹介できるけど、オーナー夫人だと仕事をさせてくれないかもしれないぞ」

縁は嘆きながら肩を落とした。たしかに自分が働ける場など、牧場か乗馬クラブしか思いつかない。

しょげていたら征士が顔を覗き込んでくる。

「いったいどうした？　急に働きたいって、誰かに何か言われたのか？」

「……美咲ちゃんが東京に来たときに、ちょっと、考えるきっかけがあって」

彼女に言い放たれた、職なし家族なし学歴なし、との言葉が尾を引いている。

今は征士が家族だと胸を張って言えるし、学歴は自分的に納得している。しかしあれ以降、彼が働きに行っている間に乗馬をしていると、後ろめたさを抱いて調子が悪い。縁の迷いが馬にも伝わるから、練習がうまくいかないことも増えた。趣味の時間にのめり込めばのめり込むほど、働いている夫に申し訳なくて。

インストラクターの森下にも心配されているため、もうどちらへも謝りたい気分だった。

では馬に乗らなければいいのか。

仮に唯一の趣味をやめたとしても、自分は家で競走馬の血統書を読んだり、競馬の中継や動画を見るぐらいしかやることがない。家事など午前中で終わってしまう。やはり働いていないことに罪悪感を抱くだろう。

先刻の叔父との話でも、収入がない自分は馬主資格が取れないため、無職であることにうなだれた。

「私、征士さんの役に立ってないから……」

うつむく縁がぼそぼそと不安を吐露すれば、ようやく征士が納得した表情を見せた。そういうことか、と呟いて宙を見上げる。

数秒後、にやりと口の端を吊り上げて、妻の顎を指先ですくい上げた。

「縁、俺の役に立つことが一つだけある。しかも君にしかできないことだ」

「……本当？」

「そう。聞きたい？」

このときの征士は、とても悪いことを考えていそうな、あくどい表情だった。悪魔と契約する瞬間とは今を言うのかもしれない。

縁は口内に溜まった唾液をごくりと飲み込む。

「あっ、あなたの、役に立つことなら……っ」

両手の拳を握り締めて決死の表情で頷くと、征士は嬉しそうに極上の笑みを浮かべて言い放った。

「じゃあ、馬術でオリンピックに出場してくれないか」

整いすぎた夫の顔を凝視したまま、縁はぽかんと口を開いたまま固まってしまった。

――えっ、今オリンピックって言った？　なんでそうなるの？　聞き間違い？

まったく理解できず、彼の言葉が脳内でぐるぐると回っている。

征士の方は縁が混乱しているのが丸わかりだったが、訂正はしなかった。

「働くぐらいなら森下さんに師事して本気で世界を目指そう。あの人、元オリンピック日本代表だし」

人の好《い》いインストラクターを脳裏に思い浮かべて、縁は仰天した。

「もっ、森下さんってそんなにすごい人なの!?」

「そう。だから縁に競技会出場を勧めたんじゃないか。指導者として、才能のある子が来るのは嬉しいらしいね」

……本気で知らなかった。

征士から、乗馬クラブのホームページでも森下の経歴は紹介されていると聞き、彼に対して申し訳なさを抱いた。いや、それよりも。

「――待ってっ、馬術って本気で競技会に出ようとすればお金がかかるの！　それも上へ行けば行くほど！」

週末に外乗を楽しむぐらいなら、一般のサラリーマンやＯＬでも乗馬を趣味にできる。

だが競技会は違う。まず自馬《じば》が必要だ。

学生選手権などは主催者側が用意する馬を使う〝貸与馬戦《たいよばせん》〟だが今は除外する。

自馬がなくても、所属するクラブの馬を借りて試合に臨むことも可能ではある。が、本気で上を目指すなら、選手と心を通わせる愛馬が必須だ。

そして世界で戦うためには、元競走馬の乗用馬では駄目だ。いや、元競走馬がオリンピックに出場したこともあるにはあるが、適性のある元競走馬が見つかるかは運次第になる。幸運に恵まれるのを待つわけにはいかない。

競技用として、生まれたときから調教された中間種を探した方がいい。

……だが国際大会で通用する優秀な競技馬は、目の玉が飛び出るぐらい高額になる。

もちろんそれで終わりじゃない。自馬は手に入れた後が大変だ。毎月の預託料や装蹄《そうてい》代がかかる。

そして競技会のたびに支払うエントリー代や保険代、馬を運ぶ馬運車代がいる。さらに競技会場が遠方だと、馬と共に前泊《ぜんぱく》となるので、交通費以外に宿泊代もかかる。

その他、所属する乗馬クラブの年会費や、優秀なコーチにレッスンをお願いすれば別途指導料がかかる。

そういえば征士の乗馬クラブには競技専門コースがあった。そこで森下の指導を受けるなら、いったいいくら支払うことになるのか。

日本で馬術競技が普及しない最大の原因は、やはり金がかかるせいだろう。

「……オリンピックなんて、国際試合で上位の成績を残さないと選ばれない……海外遠征はさらにお金がかかるし、それ以前にまずは国内のトップに立たないといけないし……」

虚ろな目で縁がぶつぶつと呟くのを、征士は笑いながら聞いている。

「そう。俺はそれを求めている。企業に所属する選手がオリンピックまで行けば、いい広告塔になるからね」

ぴたっと縁は口をつぐんだ。ようやく征士の言いたいことが理解できたのだ。この人は一柳建機の未来の社長なのだから。

──でも私って一柳建機の社員じゃないし……スポンサー契約か所属契約を結ぶって形になるのかしら……？

たしかにオリンピックに出場するレベルになれば、さらに万が一メダルが獲得できたら、スポンサーが受ける恩恵は大きい。

ただ、そういった人は世界でも一握りのトップアスリートだけだ。自分がその高みに到達する自信など欠片もない。

うーん、うーん、と頭を抱えて唸る縁へ、征士のいじわるそうな声が降り注ぐ。

「まあ、無理はしなくてもいいよー。やっぱりオリンピックは縁でもさすがに無理だよなー」

「………………」

挑発されているとわかり切っていたが、縁のプライドがぴくっと反応した。

……無理だとわかっている。だがほんの少し、ほんの砂粒ほどだが、今の自分ならやれるんじゃないかと極小のうぬぼれが生じた。

とにかく金が必要な競技だが、征士はすべて負担する前提で言っているのだ。彼ならば資金を湯水のように投入してくれるだろう。なにせ征一郎の金の使い方を間近で見ていたのだ。

それに現在の征士との生活を鑑《かんが》みれば、一柳家がどれほどの資産家かは察せられる。

つまり征士は、働いていないという罪悪感を抱える妻へ、免罪符を与えてくれたのだ。働く以上に大変な使命を授《さず》けることによって。

それを自分が受け取るには覚悟が必要となる。結果を残さねば、趣味で馬に乗っている今と変わらないのだから。

……そう。お金の問題をクリアしても、一番重要なのは競技会で成績を残せるかどうかだ。

縁は冷や汗を垂らしながら過去を振り返る。

高校生のときに全日本ジュニアを制し、その年だけでもジュニア世代の頂点に立った。

あのときの、表彰台の真ん中に立ったときの嬉しくて誇らしい気持ちは、今でも鮮明に思い出せる。あそこに再び立ちたいという欲はある。

……確かにあるのだが。

「ううぅ――……」

それでもまだ迷う。覚悟を決めても、オリンピックなどかすりもしなければ無駄遣いでしかないから。

でも世界の大舞台へ行けるなら、一柳建機の看板を背負って出場できるなら。

――征士さんの、役に立てる。

縁の心がグラグラと激しく揺れる。

馬術は年齢制限がないため、征士なら気が済むまでやらせてくれるだろう。なにせ日本人のオリンピック出場最年長記録は、当時七十一歳の馬術選手なのだ。多くのアスリートが年齢を重ねるほど引退が近づくのに対し、馬術はいくつになっても続けられる。

……縁は泣きそうなほど考えた後、涙目で夫の端整な顔を見上げた。

「やっ、やります！」

「よし！　決まりだな！」

満面の笑みを浮かべる征士に思いっきり抱き締められた。少し苦しかったけれど、彼が「俺の縁ならできる！」と根拠のない自信を漲らせているから、縁も無言で抱き締め返す。

本音では後悔しているが。

——ああ〜勢いで言っちゃったぁ……これからどうするのよおぉ。まずは森下さんにコーチをお願いして、馬を探して……あ、自馬はかなり嬉しいかも。

全日本ジュニアのときは、所属クラブの競技馬を借りて出場した。あれが自分の愛馬だったら優勝はさらに嬉しかっただろう。

馬のことを考えると沈んでいた気分は復活する。どんな馬を選ぼうかとウキウキしていたため、夫が不審な動きをしていることに気づけなかった。

彼の手が、夫の膝の上で座り込んでいる縁のスカートをめくり上げる。

「うきゃあっ、何っ!?」

「何って、尻を見たいと思って」

「ちょ、その顔でそのセリフやめて……」

脱力して征士に寄りかかってしまう。彼ほど整った容姿のイケメンに、妻の尻が見たいなんて笑顔で言われると体から力が抜ける。

だが征士は妻の嘆きなどものともせず、くすくす笑いながらストッキングに包まれる魅力的な尻を撫でた。

彼の唇が弧を描き、妻の赤くなった耳に添えられる。

「――縁」

征士がいきなり色香を絡めた艶声に変えるから、縁は腰が砕けそうになった。これは彼が淫らなおねだりをするときの声である。この声に数えきれないほど翻弄されてきたため、条件反射で体温がじわじわと上がっていく。

まるで声のみで欲情するよう躾《しつ》けられたみたいだ。ドキドキと鼓動が速くなる心臓は、情欲の熾火《おきび》でちりちりと炙られていく。

体を恥ずかしげに揺らす縁に、征士は目を細めてさらに囁いた。

「そろそろ、後ろから、いい？」

「……言うと思ったぁ」

縁の口から涙混じりの情けない声が漏れる。いまだに後背位から逃げているため、征士は隙あらば背後から圧し掛かってくるのだ。

もちろん縁が嫌がればどいてくれるけれど、〝馬の種付けを思い出すから後背位は苦手〟というのは馬鹿げた理由だ。自分でも変わるべきだと思っている。

「駄目か？　縁……」

妻の迷いを嗅ぎ取ったのか、征士が無駄に色気のある声で囁いてくる。……まさか永遠に後ろからシないでくださいとは言えないため、もうそろそろ自分が折れるべきと思っていた。

「いっ、いい、わよ……」

顔を真っ赤にしながら縁がか細い声で答えると、征士はすぐさま座布団を引き寄せて妻の肢体をうつ伏せにして乗せる。素早くスカートごとストッキングとショーツを脱がそうとした。

「や、やっぱり待ってぇっ！」

逃げようと縁は腰をくねらせるものの、それがよけいにいけなかった。あっという間に下半身にある衣服をすべて脱がされてしまう。

あまりの早業《はやわざ》に涙目で立ち上がろうとするが、当然、征士に腰をつかまれて押さえ込まれた。

「やだぁっ、これっ、むちゃくちゃ恥ずかしい……！」

上半身の衣服はまったく乱れていないのに、下半身だけすべて剥き出しになっている。征士の視線を尻に感じて、恥ずかしさから震えが止まらない。

ねっとりと視姦され、内心でひぃひぃと悲鳴を上げる縁は縮こまった。見られているだけで体の筋肉がこわばり、呼吸が乱れる。

大人しくなった妻の真っ白な尻を、征士が両手でパンをこねるような手つきで揉み込んだ。

「すべすべで柔らかくて、とても綺麗だ……」

うっとりと呟く彼の声が喜悦を孕んでいる。そんな嬉しそうな声を出されたら、もっと触っていいよと言いたくなるではないか。……こういうときの自分は彼に服従するよう、心が性的に屈服しているから。

――うう、どうして急に全身がエロくなるの征士さん……

尻を揉む手つきだけでなく、声や気配までも色気がダダ漏れだ。成熟した男の色香に縁は惑わされっぱなしで、いつも最後には好きなだけ蹂躙《じゅうりん》される破目になる。

座布団にしがみついて心の中で泣いていると、征士がこちらの腰を持ち上げようとした。

今までずっと抵抗していたが、とうとう縁も観念して受け入れる。何かにつかまっていたくて座布団に顔面を押しつけ、そっと腰だけ高く上げた。

「縁、脚を開いて」

「うー……」

恥じらう縁はいつも太腿をぴったりと合わせるから、彼は自分から脚を開けと命じてくる。妻が恥ずかしがるのをわかってて、自ら局部を差し出させようとするのだ。

縁はだいぶ迷っていたが、ためらいながらも脚を少し開いた。

すると背後から征士が淫靡に笑う。

「それじゃあ、挿《い》れられない」

挿れるためにはどうしたらいいのか。と、ここでも縁が自分で動くようにうながしてくる。

彼が満足するまで開脚しなければ、ずっとこのままだ。縁は震える脚を肩幅まで開く。

自然と合わさっていた肉びらが左右に引かれ、秘裂が夫を求めてだらしなく口を開けた。

顔を伏せている縁から征士の様子はわからないのに、彼の息遣いだけで興奮しているのがよくわかる。おかげで縁までも気持ちが昂って顔が熱い。

不意に征士が、座布団を握り締める縁の両手首を持ち上げ、彼女自身の尻へと導いた。

「ふぇ……？」

自分の顔と肩で体を支える縁の口から、迷子になった子どものような声が漏れる。

「縁、自分でお尻を左右に引っ張って」

つまりもっと局部を広げろと言っているのだ。数拍の間を空けて、猛烈な羞恥心がこみ上げる縁は悲鳴を上げた。

「やだっ、ゆるしてぇ……っ」

腕を引こうとしたが手首を拘束される。

「駄目。俺のためにもっと見せてくれ」

征士は妻の抵抗などものともせず、怯える蜜口に、ふぅっと熱い息を吹きかけた。

「あぁぁんっ」

刺激の強さに白い臀部がはね上がり、縁の腰に甘い痺れが広がる。

「はぁ、可愛い……もうばっちり見えてるんだから、広げてもそう変わらないだろ」

「でもっ、でもぉ……っ」

「ほら、いい子だから」

片腕だけ解放した征士は、空いた手で縁の内股を下から上へすっと撫で上げた。

「ふあぁ……！」

たったひと撫でで縁の全身が総毛立ち、表面の刺激が下腹部へとダイレクトに響く。温かい征士の手のひらは、素肌に触れただけで快感の呼び水となった。

自然と昨夜のことまで思い出してしまう。

昨日は寝そべる全裸の夫に跨り、縁が腰を落としていきり勃つ剛直を自ら咥え込んだ。自重でいつもより深く飲み込み、腹の中が征士でいっぱいになる衝撃に、縁は快楽の深淵《しんえん》へと堕ちていく気分だった。

なのに彼がいつまでも動いてくれないから、自分で腰を振ってもなかなか極めることができず、もどかしさと切なさに涙を零し、はしたないほど彼に縋った。

お願い、イかせて、と。

……己の痴態を思い出した縁は、全身の血潮が沸騰するほど体が熱くなる。あの絶頂を焦らされる焦燥感まで思い返し、秘部に感じる熱視線も相まって下腹部が猛烈に疼いた。

「あ、ぁ……」

たまらず喘ぎ声が零れる。こみ上げる熱い情動は理性をグラつかせ、縁は無意識に尻を蠢かせた。

ひどく淫らで可愛らしい媚態に、征士の微笑がさらに淫蕩なものへと変わる。

「さあ、自分で開いてごらん……」

甘く容赦なく隷属させる声に、縁はとうとう震える手で自分の尻肉をつかみ、左右へ広げた。

すでにほころんでいた割れ目がかわいそうなほど大口を開き、こぽっと蜜の塊があふれ出る。

とろみのある蜜液が、真下の畳へ一本の筋を描きながら落ちていく。その筋は宙でぷつりと切れては畳を汚し、次々に新しい筋を引いた。

すさまじいほどいやらしい光景だった。

「何もしていないのに、こんなに垂らして……」

満足そうな征士の声が、さらに縁の羞恥を煽る。肉体を火照らせながら、縁はきつく瞼を閉じた。

自分の局部がどうなっているかなんて、見なくてもわかる。あまりの羞恥に頭がゆだって何も考えられない。

ホテルの中を見て回りたいとか、温泉に入りたいとか、ベッドに行こうとか、訴えたいこと

は山ほどあったはずなのに、脳から抜け落ちて思い出せない。こんなに恥ずかしいのに、あなたの好きに
彼に嬲られると、いつも思考を手放してしまう。こんなに恥ずかしいのに、あなたの好きにしてと、簡単に自分の生殺与奪を明け渡して——

「……はぁぁんっ！」

ずぶずぶと、いきなり女の入り口に指が入ってきた。長い指が粘ついた音を立てて、蜜をかきわけながら媚肉をまさぐってくる。

妻を善がらせようともくろむ指が無遠慮に秘筒を掘り返し、縁の下腹は甘い痺れでいっぱいになった。

「ふぁっ、ああ……、あんっ、あぁんっ、んんうっ……ん！」

指の腹が、うねる肉の襞を一枚一枚丁寧に抉ってくる。まんべんなく隅々まで、丁寧に執拗に愛撫を刻み込んでくる。

途切れない刺激に、縁は息をつく暇さえ与えられない。快感がさざ波のように全身へと広がって脚が攣《つ》りそうだ。それでも従順に蜜口を広げたままで。

「くはぁ……あっ、あっ、やぁ……なにか、もぅ……」

いつもより恥ずかしい姿をさせられている興奮のせいか、膣路が彼を求めて物欲しそうに痙攣する。媚肉が指にまとわりついては波打ち、太腿ががくがくと震えた。

妻を隅々まで把握する征士は、どこをどうすれば彼女が喜ぶかを知り尽くしている。おかげ

で縁は、夫の指一本ですでに限界近くまで追い込まれた。甘い陶酔感が膨らんで弾けそうになる。

縁の限界が近いことを悟った征士は、ことさらゆっくりと指を引き抜いた。

「あんっ、まってぇ……っ」

空洞になった蜜孔が、寂しさに粘ついた涙を零す。縁は尻から手を離して上体を起こすが、征士が慰めるように尻を撫でるから再び顔を座布団に伏せた。犬のような姿勢のまま、肉体を支配する主人を愚直なまでに待っている。

「……いい子だな」

征士は、糸を引く肉びらが男を求めてぱくぱくと蠢くのを、妖艶な眼差しで見つめながら屹立を取り出した。膝立ちで妻ににじり寄り、腹につくほど反り返った分身を肉の輪に添える。

「あっ……」

彼の一物はもう張り裂けそうなほど膨らみ、幹にはごつごつと筋が浮き出ている。縁が初めて後ろから受け入れてくれる興奮と、むせかえる女の甘い香りと、いまだに垂れ落ちる蜜の卑猥さに煽られ、暴発しそうになっていた。

「ハッ、やばい、挿れたら出そう……」

征士がのぼせたような口調で呟き、先走りを垂らす亀頭で蜜口を上下にこする。たったそれだけで濡れた肉びらは嬉しそうに亀頭へ吸いついた。

「……縁、挿れるぞ」

かすれた声で囁かれ、全身を桃色に染める縁はこくりと頷く。直後、たくましい腰が突き出され、とろけた秘筒に硬い肉槍が沈められた。

「んあっ、ああ……っ！」

隙間なくみっちりと肉塊を頬張った秘孔は、震えながらきゅうっと収斂《しゅうれん》する。いつもより下腹を満たす存在が大きく、縁は内側から押し広げる圧《あつ》におののいた。

「はあああぁあっ、やっ、おっきぃ……っ！」

長身の征士が巨根であることは、比べるものがない縁でもなんとなく察している。けれど今日はさらに太く感じ、串刺しにされる感覚に襲われて呼吸が止まる。

「うあぁぁ……」

硬くて太い肉茎に貫かれ、あまりの圧迫感に顎を上げて背をしならせる。普段とは違う体位だと、膣襞をこすられる箇所もまた微妙に違っていて、鋭い快楽が下腹から脳天までほとばしった。

「やぁ……、なんか、やだぁ……」

最奥を押し上げる圧力がいつもより大きい。それだけ角度が合っているのか、子宮口をこじ開けそうなほど突き上げる苦しさと気持ちよさで、縁は涙が止まらなかった。

彼はいつも奥まで入ってくるのに、今日はまだこの先があるのだと教え込まれる気分だ。不可侵の領域を犯される恐怖を覚えたが、快感が大きすぎて負の感情を覆い隠してしまう。

このとき肩で息をする縁が落ち着く前に、征士がゆっくりと腰を引いた。

「待ってまってぇぇ……」

肉竿が太すぎて膣との密着度が高く、ずずっと音を立てて、まるで粘膜を引きずり出されるような感覚を拾う。

「くふうぅ……っ！」

征士は己の分身を亀頭のくびれまで抜くと、再び焦らす速度でとろけた膣道に飲み込ませる。

「あぁっ、んああ……っ」

こつん、と行き止まりをノックされた縁は悲鳴を上げた。激しい動きではないのに、快感が背骨を伝って全身で暴れまわり、体が震えて尻を上げ続けることができなくなる。

すぐさま征士が倒れそうな細い腰をわしづかみにして、局部を密着させたままいやらしく腰を回した。熱い媚肉をぞりぞりと抉られる。

「いやっ、いやぁっ……」

剛直をずっぽり飲み込んで締めつける縁は、だんだん意識が朦朧《もうろう》としてきた。

ずるぅっと男根が出て行く際、肉襞が逃がすまいときつく絡みつく。貪欲な締めつけは征士だけでなく、縁自身にも男のたくましさを生々しく感じさせ、激しく善がらせた。

「ああっ、んあぁ……っ！」

「気持ちいい、最高だ……」

うわごとのように囁く征士は、じわじわと立ち昇る射精感を、歯を食い縛って耐えていた。

妻の可愛らしい姿を目に焼き付けようと、ゆっくりと時間をかけて彼女を貪る。

後背位だと、いつもはうまく当たらない膣襞にも雁首が引っかかった。縁が感じ入る声に聞き入りながら、彼は締まりやすい箇所を延々とこする。

「そこっ、ふあぁぁ……あぁっ、あんっ、もぉ……はぁっ、んんっ、んっ、んくっ……んぁっ、あぁっ、わたし、だめぇ……っ」

逃れられない快感に、縁はのたうちながら嬌声を上げる。気持ちのいいところばかり徹底的に刺激されるのに、動きが緩慢すぎて昇り詰めることができない。幸福な拷問に、ひっく、ひっく、と涙を零す。

「ああ、すまん。いじめすぎたかな」

体を屈めた征士が、腫れぼったい蜜芯へ指先を伸ばした。くりっと指の腹で押し潰すように愛撫された途端、縁は目を剥いて頭を仰け反らせる。

「──っ！」

一瞬にして全身がこわばり、悲鳴さえ上げる余裕もなく意識が弾けた。

しかも縁が正気を取り戻す前に、征士が腰を打ちつけてくる。

やめて、と縁は言いたいのに声が出ない。突き上げられるたびに、喉の奥から息が吐き出されるだけで。

狙ったように縁のいいところを雁首がこするため、連続する刺激に肢体がぶるぶると痙攣する。

絶頂感が何度も続く縁は、自我が壊れそうなほどの悦楽に絶え間なくさらされた。

「……ぁ！　……ぅっ、……ぁ……っ！」

漏れる言葉は意味をなさず、ただ揺さぶられて涙と涎《よだれ》が止まらない。その間、肉襞が陽根を力いっぱいぎゅうぎゅうと締めつける。

おかげで征士も余裕を削ぎ落され、だんだんと抽送が速くなり腰が止まらなくなった。

手加減なしの律動を繰り出し、がちがちに硬い肉棒で最奥まで貫いては引き抜く。肉同士がぶつかってパンパンと甲高い音が鳴り響く。

蹂躙される膣路の収斂は止まることなく、男の精を求めて陽根を扱いた。

すでに煮えたぎっている縁の脳髄は噴き出しそうだ。

「……あっ、あ……ぁ、あぁ……あぁぁ……」

「縁ッ、ああ、くそっ、縁……！」

終わりが近づく征士は妻の名を呼びながら肢体を貪り、勢いよく抜き差しを繰り返す。

もう縁は啼きながら彼を締めつけることしかできず、何度も強制的に絶頂へと上げられ、汗を噴き出しながら蜜を垂らし身悶えた。

やがて征士の呻く声と共に、勢いよく精を吐き出す感覚を拾う。密着しすぎて、お腹の中でびゅるびゅると吐精の音が響く様子までわかった。断続的に屹立が跳ねる動きも。

征士が落ち着くまで、縁は犬のように腰を上げたまま、お腹に溜まる淫らな熱を感じていた。

やがて少しだけ柔らかくなった肉竿を引き抜かれ、縁はやっと腰を落とす。自分の中から射液があふれ出ていく感触に、両手で顔を覆いながら嘆いた。

「もぅ……せめてベッドにして……」

「すまん。ここは俺が掃除しておくから」

「そうじゃない……本当に、もう……」

畳を汚すことさえ顧みず、妻に夢中になる夫を叱ればいいのか。それとも掃除してくれることを褒めればいいのか。

頭を悩ませながらも動けない縁は、征士に抱き上げられて露天風呂へ運ばれる。彼は妻の介護をしていた経験があるせいか、必要以上に世話を焼きたがった。

成人女性を抱えているというのに、征士の足取りは揺るぎない。

そのたくましさと、過保護なまでに妻を愛する彼の想いに、縁は内心で「幸せだから、まあいいか」と呟いて夫に縋りついた。

書き下ろし番外編

征士《まさし》は北海道のホテルで、『縁《えん》と約束したことは忘れない』と告げた。

それというのも記憶力が優れているおかげで、彼女との思い出は出会いの頃から詳細に覚えているのだ。……まあ、妻を愛しすぎているせいかもしれないが。

だからずっと心に残っていた。彼女との約束を一つ果たしていないことを。

§

征士が縁からその報告を聞いたのは、北海道旅行《ほっかいどう》から東京《とうきょう》へ戻ってきた二ヶ月後、夏の盛りの頃だった。

「あのね、なんとなく予感がして産婦人科へ行ってみたの。そしたら間違いなく妊娠してますって」

「そうか！　俺と縁の子どもが……っ！」

征士は泣きたいぐらい喜んで愛妻を抱き締めた。体の奥底から叫びたいような熱い衝動が盛り上がって、本当に涙が出そうだ。

避妊をしていないから妊娠してもおかしくはないが、なんとなく自分は縁との子どもに恵まれないと思い込んでいた。

一柳《いちやなぎ》家と天野《あまの》家の血筋が混じり合うことを、信じてもいない神が許していないような気がして。
それなのに奇跡が起きたのだ。愛する人との命があまりにも嬉しくて、縁を抱き締めたまま
その本音を漏らしてしまった。
このときの縁は泣き笑いのような苦笑いのようなものを浮かべて、征士が落ち着くまで背中
を撫でてくれた。
もっとも感傷的になったのは一時《いっとき》だけで、気持ちを立て直した後の征士は今後について考え
始めた。
まずは所有する乗馬クラブの社長、浦部《うらべ》へこのことを話さねばならない。
なにせ縁は競技専門コースで森下《もりした》に師事しており、まずは国内競技会の上位を目指している
のだ。浦部と森下には、国際大会を視野に入れていることも相談済みである。
縁の意向を聞いたときの森下は、「ぜひ世界選手権、そしてオリンピックを目指しましょ
う！」と彼の方から提案してくれた。もちろん異存はない。
だが妊娠した以上は休まねばならなくなった。どこの乗馬クラブでも妊婦の騎乗を禁止して
いるので。
クラブの馬は人に従順であるよう訓練されているが、何かの拍子に馬が驚いて暴れたりする
ことも、ないわけではない。落馬によって母子の安全が脅かされる悲劇など、絶対に避けねば
ならないのだ。

——オリンピックに出場するよう挑発した俺が、避妊を考えるべきだった。

征士は今になって蒼ざめる。やはり自分の中には、縁との間に子どもなど恵まれないと、根拠のない思い込みがあったのだろう。

子どもは親の罪で誕生を決められるわけではないという、当たり前のことに気づいて猛省した。

そして次の休日、詫びの品を持って縁と二人で乗馬クラブに向かい、森下へ謝罪した。

しかし予想外にも、彼は縁の妊娠を喜んだ。

「競技会はいったんお休みしますが、子育てが落ち着いた頃に復帰しましょう。一柳さんはブランクをものともしなかったので、復帰後は今以上に活躍できますよ！」

「申し訳ありません。競技会に出ると決めた直後に……」

「いえ、馬術に年齢制限はありませんから少しぐらい休んでも大丈夫です。復帰して二十年ほどチャレンジすると仮定すれば、オリンピックへのチャンスは五回もありますよ！」

実にポジティブな返事が来たため、征士は内心でホッとしていた。

これにはクラブ側にも思惑があって、浦部が詳しく教えてくれた。

「会員のお子さんは、将来うちのクラブを利用してくれる可能性が高いですからね。しかもアッパークラスのお子さんだとお金の心配がありませんから、経営者にとって魅力的なんです」

「なるほど」

「こちらとしてはオーナーのお子さんが増えるのは大歓迎ですよ。お子さんが生まれたらぜひクラブに連れてきてください」

浦部の笑顔からは、「子どもが馬好きになってくれたら嬉しいなぁ」との本音が感じられた。

馬術はただでさえマイナースポーツのうえ、金がかかる。

しかも日本の出生率が低下し続ける現在、次世代の子どもたちが馬術を選んでくれる可能性は、年々低くなっていく。

だから縁が妊娠したことを好意的にとらえてくれるのだ。

それを理解した征士は心からホッとした。

縁の妊娠は軽い悪阻《つわり》があるぐらいで、おおむね順調だった。しかし出産予定日が四月上旬と聞いた征士は肩を落としてしまう。

――ゴールデンウィークに北海道へ行くことは無理か。

出産して一ヶ月程度では、新生児を連れての長距離移動など恐ろしくてできない。

がっくりする征士は、本人が思っている以上に落ち込んでいた。ソファに力なく腰を落とし、頭を前に垂らして燃え尽きている。

めったに見ない夫の気抜けする様子に、縁の方がうろたえてしまう。

「どうしたの？　出産予定日あたりに海外出張があるとか？」

「もしあったとしても全力で断る。それが無理だったら会社を辞める」

「そんな極端な」

クスクスと笑う縁だったが、夫がかなりへこんでいるので、隣に座って寄り添うことにした。

慰めるように背中を優しく撫でていると、しばらくして征士は姿勢を変えないまま口を開く。

「……桜を、見に行くつもりだったんだ」

「ああ、入院中に開花するかもね」

「いや、そうじゃなくて……北海道へ」

縁が不思議そうに首を傾げる。東京ではなくわざわざ遠くの地へ花見に行くなんて、よほど珍しい桜が咲くのだろうか。

地元にそんな桜があったかしら、と縁が宙を見つめながら考えてみたとき、不意にあることを思い出した。

「もしかして、子どもの頃に馬で見に行った桜のこと？」

「……ああ」

「えっ、でも、なんで急に？」

「急じゃない。縁と約束しただろ、一緒に桜を見ようって」

そこで言葉を飲み込んだ縁は、夫の気持ちを悟ったのか言い直した。

「そうね。あなたは私と約束したことは忘れないものね」

「ああ」

征士が体を起こして縁を見れば、彼女は微笑みながら瞳を潤ませている。今にも水の膜が零れ落ちそうだ。

征士は妻の体をそっと抱き締める。

「俺はしつこいんだ。縁との約束はすべて果たしたい」

「ふふ……、しつこいんじゃなくて、粘り強いだけよ」

「うまい言い方だな」

「そうよ。私たちは物事を悪い方に考えちゃうから、もっと前向きにならないと」

互いに互いへ負い目がある関係だ。胸に抱えるヘドロのような澱《よど》みは、共に生涯消えることはないだろう。

それでも二人で支え合って生きていくうちに、それを限りなく薄くすることはできる。時間による穏やかな癒しと、幸福という光がある限り。

「そうだな、子どもも生まれるんだから、ポジティブにならないと」

親の暗いところを我が子に見せるわけにはいかない。これから生まれる子どもは、親の事情になんら関わっていないのだから。

「桜は毎年咲いているんだから、子どもがある程度成長したらみんなで見に行きましょうよ」

「ああ」

思い出の地へ縁と二人で行くより、家族そろって行く方がいい。

──焦ることはない。縁は一生、そばにいてくれるんだから。

征士は、本来なら手に入らないはずだった妻を抱き締める。彼女の心臓の鼓動を聞いていると、縁との約束をはたしていないことによる焦燥感も治まってきた。

しかし腹を圧迫してはいけないことを思い出し、慌てて肢体を離す。

するとなぜか、縁が名残惜しいと言いたげな表情になった。

「ね、もっと、して？」

「えっ」

妻が照れながらも両腕を伸ばして誘ってくる。征士は思わずゴクリと喉を鳴らした。

縁のおねだりなんて、ものすごく珍しい。というかいつの間に誘惑の仕方を覚えたのか。あまりにも効果抜群で、下半身がダイレクトに反応する。

だがしかし。

「その、妊娠初期は、セックスを控えた方がいいらしいぞ」

縁の妊娠がわかってからマタニティ系や育児雑誌を読み漁ったので、夫婦生活についての知識は増えている。安定期になればイチャイチャしても大丈夫との記事もあったが、今の時期に母子へ負担をかけるわけにはいかない。

「そっか、駄目なんだ……」

縁が残念そうな顔つきになったため、征士は愛妻の唇を優しく啄《ついば》む。

「セックスしないけど、仲よくする方法はあるぞ」

「ん？　しないのに、仲よくできるの？」

「そう。興味ある？」

縁の瞳を覗き込めば、目元を赤くした彼女が小さく頷いた。そのはにかんだ表情がとても愛らしくて、一物がさらに滾る。

征士はすぐさま縁を寝室へ連れ込み、体が横向きになるようベッドに寝かせた。そして背後から肢体をそっと抱き締め、スプーンを重ねるみたいにぴったりとくっついて寄り添う。

そっとスカートの中に片手を忍び入れた。

「あ……」

征士が柔らかい桃尻を撫でると、縁は色っぽいため息を零す。この声音は彼女の意識が性欲に染まりつつある合図だ。

嬉しくて、すでに勃ち上がっていた分身がもっと硬くなり、痛みを感じるほどだった。本音では愛妻の温かい蜜壷に飲み込ませ、思いっきり腰を振って彼女を啼かせたい。

獰猛な欲求を抑え込もうと、縁の後頭部に頬ずりをして気をまぎらわせる。……しかしそれは逆効果だった。彼女が愛用しているシャンプーの香りを嗅ぎ取ったことと、密着する肢体から体温を感じたことで、心拍数が急上昇して落ち着かない。

——縁がこんなにもそばにいるなんて、幸せだ。

何度でも感動し、そのたびに多幸感が高まり、劣情まで昂ってくる。愛する人を思いっきり可愛がってドロドロに甘やかして、それ以上に善《よ》がらせて喘がせたいと。

しかし今の時期はそれをやったら本当にまずい。

欲望が暴れそうになるのを理性で押しとどめ、ショーツの上からまだ柔らかい陰核を指先で撫で上げた。

「はあ、ん……」

縁が恥ずかしそうに身をくねらせる。触り心地のいい臀部がこちらの股間とこすれて、征士も気持ちよさからため息を零した。

——縁をもっと感じさせたい、気持ちよくさせたい。

肉粒を撫でる指を二本に増やし、軽くつまんで撚《よ》り合わせるようにこすっておく。少しずつ芯が硬くなっていくから、愛妻が快楽を拾っているとわかって嬉しい。

「ん……、んんぅ……っ」

空いてるもう片方の手でトップスの上から胸を揉みこむ。……夏服は薄手ではあるが、直接触るより柔らかさがイマイチだった。

それは縁からすると刺激が弱いことになるのか、彼女は振り向きながらか細い声を漏らす。

「脱いだ方が、いい……？」

「脱ぎたい？」

「もう……私が聞いてるのに……」

焦れたような甘い声が嬉しくてドキドキする。ドーパミンが出る感覚とは今をさすのかもしれない。

これほどの幸福が得られるなんて、昔は本気で考えていなかった。今でもときどき長い夢を見ているんじゃないかと不安になる。

だからこそ縁がそばにいる今が尊くて、縁にたくさん悦んでほしくて、指を忙《せわ》しなく動かして快感を刻み込む。布地越しに蜜芯を強めに扱き、服の上から胸の尖《とが》りも同じようにつまんで刺激する。

「あぁ、ん……っ、やぁ……、なんか、もどかしい……」

縁が身をよじりながら切ない声で訴えてくる。その様子が可愛くて愛しくて、己の頭がどうにかなってしまいそうだ。

「脱ぎたい？」

もう一度同じセリフを縁の耳元で囁くと、彼女の頭部が小さく上下に動いた。しかも耳朶《みみたぶ》が徐々に赤くなっていく。

とてもおいしそうなので甘噛みしてみたら、身を震わせる縁が太ももをすり合わせている。脚の間にあるこちらの手も挟まれて動かしにくい。とはいえ、むっちりとした太ももの感触を味わえるから楽しい。

指先は自由に動かせるので、蜜芯をカリカリと引っかいておく。

「んっ、んっ」

縁が身悶えた隙に肢体をうつ伏せにして、すかさず尻だけを持ち上げて膝立ちにする。

「あっ、待って……」

「まだこの姿勢は恥ずかしい？」

「だって……」

北海道のホテルに泊まって以来、すでに何度も後ろから貫いている。でも縁はそのたびに馬の種付けを思い出して躊躇していた。……そんなに恥ずかしがっていると、男はもっといじめたくなることも知らずに。

縁が恥じ入る様子をうっとりと視姦しながら、ショーツをずり下げる。妻は肌を合わせるたびに濡れやすくなっているため、クロッチと秘裂の間を細い蜜糸がつないだ。

「やっぱりもう、びしょびしょだ」

「ううー……」

羞恥や興奮で体温が上がっているのか、縁の白い肌が薄桃色へと色づいていく。愛妻が昂っている姿に征士は激しく胸がときめいた。

しかも彼女が小さく震えているから、断続的に吐き出される蜜もふるふると揺れている。いまだに初々しい縁が、こうして惜しげもなく痴態をさらすというギャップに、脳が煮え立つほど興奮する。

「たまらないな……」

垂れ落ちる蜜を指ですくい、蜜芯に塗りたくって指で突起を左右に揺らす。粘液に包まれる肉粒が指から逃げるたびに、縁は嬌声を上げながら身をよじった。その艶姿は尻を振っているようで、見ているだけでイきそうだ。

無意識にしつこく指で嬲ってしまう。

「はうぅ……っ、ああ……、んっ、くぅ……っ、まさし、さん……あのっ」

「ん？」

「……その」

言いかけたのに口をつぐんでしまうから、征士は縁の顔を覗き込む。すると彼女は真っ赤な顔を枕に押しつけて隠してしまった。

「どうした？」

ベッドで縁の口を割らせるのはたやすい。指先で扱いている肉粒を、きつめにつまんで刺激するだけでいい。

「んんぅっ」

思惑通りに肢体が跳ね上がり、緑の背中が反りかえる。反射的に蜜口が窄《すぼ》まって、ぴゅっと蜜が放物線を描きながら飛んだ。

「言ってごらん、緑の望みならなんでも叶えてみせる」

これは誇張ではなく本気だ。もし仮に「死んでくれ」と望まれたら、征士は己の命など喜んで差し出すつもりだった。

しかし震える声で押し出されたおねだりは、予想外のもので。

「どうして、ナカまで、さわってくれないの……？」

征士は目を瞬いて動きを止める。数拍の間を空けて胸のうちがじりじりと熱くなった。

「もの足りなかった？」

恥ずかしがり屋の緑がベッドで行為をねだることはない。いつも夫に好きなだけ翻弄されて、啼《な》くか善がるか喘いでいる。

だから自分の口元がニマニマしているのがわかった。

「もう意地悪だわ……」

「すまんすまん、緑に嫌われたら俺は生きていけなくなるから、もう二度と意地悪しない。許してくれる？」

「……別に、二度としてほしくないわけじゃ……」

縁がごにょごにょと口の中で呟いている。

その声をしっかりと聞き取った征士は恍惚の笑みを浮かべた。妻が自分との行為を悦んでいることが嬉しくて。

「俺も挿れたいんだけど、感染症が怖いんだ。指は意外と汚れているから」

「あ、それで……」

うん、と征士は頷きながらズボンを脱ぎ、天を向いてそそり勃つ一物に避妊具をかぶせる。

再び縁を横向きの体勢にして寄り添い、一物を脚の付け根に沿って、太ももの隙間へ差し込んだ。

縁の秘部から脚の付け根あたりは、あふれた蜜でぐしょぐしょになっている。征士はとろみのある愛液を潤滑油にして腰を振り、肉の幹で秘裂をこすり続けた。

初めて素股をされる縁が戸惑った声を漏らす。

「これが、仲よくする、方法……？」

「そう。脚で俺のを締めつけて」

「うん……」

太ももが隙間なく閉じられ、征士はぬるついた粘液と温かな柔肉に挟まれてとても気持ちいい。肉茎のエラで硬く尖った蜜芯をかすめるたびに、縁が嬌声を上げて悶えるのも可愛い。

腰を止めないままブラのホックを外し、トップスの裾から手を忍び入れる。やや汗ばんだ乳房を根元から揉みしだき、すでに勃ち上がっている頂を指先で転がす。

「あっあっ、これっ、なんか、へんなきぶん……っ」

「大丈夫、そのまま感じていて」

たまに亀頭が蜜口にはまり、入りそうになる直前で、ぐぽっと音を立てながら出て行く。肉の輪を押し広げる動きに縁の可愛い尻が跳ねた。

入りそうで入らないもどかしさと、性感帯を延々と刺激される快楽で、縁はあっという間に上り詰める。

「んん――っ！」

ギュッと太ももが強くすり合わされ、まるで媚肉に締めつけられるような快感に征士も精を放った。

「うっ……」

「あんっ、でてるの、わかる……」

はあはあと息を乱している縁の体が熱い。おかげで太ももに挟まれていても、熱い膣道に包まれているような錯覚から抜け出せない。屹立がなかなか萎《な》えてくれない。

普段ならこのまま二回目に突入するところだが、今の縁に負担をかけたくないため、そのつもりはなかった。彼女の鼓動が落ち着くまで背後から抱き締めておく。

幸せだった。

§

征士が両親へ妻の妊娠を電話で報告したところ、『縁さんの体調がいい日に会いたいわ。食事とかいかがかしら』と義母から誘われた。

すぐさま征士が断った。

「俺だって親と会うのは正月ぐらいなのに、なんで縁がおふくろに付き合わなきゃいけないんだよ。子どもが生まれたら挨拶に行くよ。じゃあな」

と、けんもほろろに突っぱねており、横で聞いていた縁の方がハラハラした。すると征士が出勤した平日のある日、義母がマンションまでやってきたのだ。

「ごめんなさいね。息子が縁さんに会わせてくれないから、押しかけちゃったわ」

「いえっ、ご無沙汰しております！」

征士は基本的に親と妻を会わせようとしない。そのため縁が義両親と顔を合わせた回数は、数えるほどしかなかった。

しかも征士抜きで義母と会うのは初めてだ。馬のことしか考えてこなかった縁でも、嫁姑問題の恐ろしい逸話は聞いたことがあるため、めちゃくちゃ緊張する。

「うちは息子しかいなかったから、こうして義娘《むすめ》ができたのが嬉しくって。お茶しに行かない？」

「はいっ、参りましょう！」

征士の母親と揉めたくないのもあって、近所にあるお気に入りのカフェへ行くことにした。

そこで義母はとても機嫌がよさそうにお茶を飲んでいる。縁はハーブティーを飲みながら彼女を盗み見た。

一柳建機の社長夫人である彼女は、今の季節にふさわしい爽やかなツーピースを着こなし、レースがあしらわれた上品なキャペリンハットを合わせている。縁がイメージする富裕層のマダムそのものの姿だ。

……実は義母とは先月にも会っていたりする。縁が記憶を取り戻したことを聞いた義母がマンションを訪れ、玄関でいきなり土下座したのだ。

――あれには本当に驚いたわ。征士さんも目を剥いていたし。

縁はそのときまで、征一郎の子どもは義父の方だろうとの思い込みがあった。だから義母の方が実子だと聞いたときは混乱した。今まで征一郎の家族は征士しか知らなかったため、縁にとって義両親は部外者とのイメージがあるほどで。

それぐらい義両親は自分の意識の外にいる存在だった。

なのに姑に土下座されて、あのときは心臓が締め上げられたようなショックを受けた。たいへん心と体に悪いため、できれば近すぎず遠すぎない、ほどほどの距離感でお付き合いしたい。

――って思ってたんだけど、お義母さんの方が来ちゃったわ。どうしよう。

義母を〝征一郎の娘〟だと思うと名状しがたい複雑な感情を覚えるが〝征士の母〟と思えば緊張して背筋が伸びる。

そんな相手に対して何を話したらいいか、本気でわからない。馬のことだったら話題は尽きないけれど、義母が相手ではふさわしくないだろう。

だが幸いなことに彼女の方から口火を切った。

「今日来たのはね、縁さんのスポンサーになることをお願いしに来たの」

「えっと、どういうことですか？」

「私も父に乗馬を勧められたから、馬に関わることはお金がいるって知ってるわ。征士は私が縁さんに関わるのを嫌がるけど、私にはお金を出すことしかできないから」

その言葉の裏にある意味を縁は正確に読み取った。義母は征一郎に代わって償いたいと言っているのだ。

ふむ、と縁はティーカップを見ながら考える。

金銭の支援は間違いなく征士が嫌がるだろう。自分的には嫌というよりも、「お姑さんからの支援はありがたいけど、畏れ多いのでご遠慮したいです」という感じだが……

「あの、私ではなく馬術全体を支援するというのは駄目でしょうか？」

「……縁さんでは駄目？」

「駄目というか、私には征士さんがいますから、私だけに支援が集中するのはもったいないんです。地元で同じクラブに通っていた才能のある子が、資金難で競技会を諦めることもありました。馬術がメジャースポーツとなっている国では、選手が競技会でタイトルを取ればスポンサーが付いて活動しやすくなりますが、日本は知名度が低すぎて同様の仕組みがありません。サポート体制を整えるためには、オリンピックなどの著名な大会で選手が上位に食い込まねばならず、さらにそのためには選手の育成が急務で、育成には莫大なお金がかかります。それに競技人口が増えなければ日本のレベルは低下するんです。まずは競技だけでなく馬に興味を持ってもらうために情報発信が欠かせず――」

ここで義母が目を丸くしていることに気づいて我に返る。思わず前のめりになって話をしていたため、慌てて姿勢を正した。

「失礼しました……」

「ううん、感動したわ。本当に馬術が好きなのね」

「馬術というか、馬自体が好きなんです」

「そうよね。競走馬を生産する牧場の娘さんだものね……」

目を伏せた義母の口元に、寂しげな、自嘲するような微笑が浮かんだ。その牧場がもう存在しないことを悔いるような表情だから、縁は息を呑む。

しかも義母はすぐに顔を上げると、真剣な眼差しを向けてきた。

「私だったら、天野牧場の跡地を買い上げることができるわ。もう一度事業を立ち上げることも可能よ」

今度は縁が目を丸くする番だった。が、すぐに微笑んで首を左右に振る。

「私は征士さんと東京で暮らすと決めています。北海道には戻りません」

それに今は叔父のささやかな繁殖を手伝うこともできる。それで十分だ。

愛する夫が夢を諦めなくていいと、今の生活と両立する手段を整えてくれた。心から満足している。

「でも、ありがとうございます。気にかけてくださって」

償いであっても義母の誠意が嬉しい。自分はとても幸せだと、ここ最近はずっと実感している。

義母とは、征一郎と切り離して付き合っていきたいと思った。

§

翌年の桜が満開の頃、縁は無事に子どもを出産した。なんと双子の男児で、征士はいきなり二児の父親になった。

おかげで毎日、子育てにてんやわんやだ。

縁は体調が戻ると競技会に復帰するため、ベビーシッターや家事代行業者の力を使い、怒涛の日々を乗り切ることにした。

ちょうどその頃から征士は本社へ異動になったのもあって、日常があまりにも慌ただしく、一日があっという間に過ぎていく。

気づけばゴールデンウィークが近づいていた。

桜を見に行く計画は征士も縁も覚えていたが、話し合った結果、北海道へは墓参りに行くだけで花見はやめることにした。

目的の場所へは道なき道を進むので馬が必須になる。しかし乳児と共に騎乗はできないし、高田《たかだ》の乗馬クラブから目的地までが遠く、幼い子どもたちを置いていくのは心配だ。

高田は赤ん坊を、乗馬クラブのキッズスペースで預かると提案してくれた。しかし征士も縁も、「子どもたちを残して親だけ花見に行くのはなんか違う」と意見が一致したのだ。

そこで双子が馬に乗れる、しかも外乗を楽しめるようになる年齢まで保留になった。

数年後、子どもたちが小学生になってから、やっと桜を見に北海道へ行く計画を立てた。

すでに双子は馬に乗れるため、もっと早い時期に行く計画はあったのだが……子どもたちがあまりにもやんちゃすぎて、飛行機で大人しくしていられると思えなかったのだ。

――男児二人のパワー、すごすぎる。怪獣かよ。

子どもたちはなぜか一人で行動するときは神妙にしているのに、二人そろうと暴れだしたり喧嘩を始めてしまう。何度注意しても聞きやしない。

マンション暮らしでは騒音が心配なので、早々に家を買って引っ越すことにした。ついでにピアノを弾いても音が漏れないぐらい防音仕様にしたため、親のストレスは激減した。

――もうそろそろ家族で北海道へ行きたい。天野社長の墓にも子どもたちを連れて行きたいし。

ここ数年は縁が単身で墓参りをしている。彼女は家族を置いていくことを渋っていたが、征士は息抜きも兼ねて妻を送りだしていた。

しかしいいかげん怪獣たちも、フライト中ぐらい大人しくしていると……思いたい……どうか思わせてくれ……。

夫婦で神にもすがる思いを抱いていたら、両親からアドバイスをもらった。

「あの子たちを飛行機に乗せるのが心配なら、プライベートジェットを手配しなさい」

「いや、そこまでしなくても」

「周囲の目を気にするよりストレスも少ない。ある程度の年齢になるまでは利用しなさい。金なら出してやるから」

元気すぎるほど元気な孫たちを見守る征士の両親は、息子夫婦が子連れで北海道へ行くと聞いて、心配のあまりここ最近眠れないらしい。

両親の精神的安寧のためにも、提案を受け入れることにした。

まあ双子はパワフルゆえに物怖じしない性格なので、馬に怯えることなく二人して競うように乗馬にのめり込んでいる。それはよかった。

馬で自然の中を探索するのも大好きで、北海道で外乗をすると告げたら大喜びで騒ぎ出した。

よほど楽しみだったのか出発前日ははしゃぎすぎて、就寝がかなり遅くなった。おかげでプライベートジェットに乗り込んだ途端、二人とも爆睡している。しかも北海道に着くまで一度も起きなかった。

縁と二人で、これなら普通に飛行機に乗ってもよかった、と苦笑していた。

空港からレンタカーに乗って高田の乗馬クラブへ向かうと、久しぶりに会う彼は双子の顔を見て、「征士くんにそっくりじゃないか！」と笑っていた。

……自分の幼少期はここまで腕白《わんぱく》ではなかったそうなので、どうして顔は似てるのに中身は怪獣なのかと不思議だ。

しばらく近況を話してから、さっそく四頭の馬を借りて出かけることにした。

縁を先頭にして最後尾を征士、その間に双子を挟んで森の中の獣道《けものみち》を進む。縁がいなければどこへ向かっているのかさっぱりわからなかった。

征士は子どもたちがはぐれないよう注意しつつ、妻の背中を見つめていると、不意に記憶の中にある後ろ姿と重なった。思い出の中の背中は一回りも体格が小さく、少女の縁と今の成長した彼女との違いに、過ぎ去った年月の長さを覚える。

互いに三十路《みそじ》となった今、あれからどれほどの時間が経過したのか。

この道を縁に導かれて馬で歩いたのは、彼女が中学生で自分はまだ高校生。当時は牧場主の娘と顧客の孫という、互いの立ち位置に明確な隔《へだ》たりがあった。

そのかわり心に消えない傷を抱えてもいないし、健全で純粋な関係だった。

征士は視線を妻の背中から周囲へ向ける。

背の高い大木が連なる森の中は、晴天だというのにうっすらと暗い。ときどきそよ風に揺れる葉の隙間から木漏れ陽が降り注ぎ、光の筋が何本も辺りを照らしては消えていく。

むせかえる緑の息吹と湿った土の匂いは、どれほど月日が経とうとも変わらなかった。あの頃と同じ景色をぼんやりと眺めていると、まるで時計の針が巻き戻った気分になる。

このとき征士を乗せている馬が人間のうわの空を感じ取ったのか、歩みを止めてしまった。すかさず先行する縁が振り返る。

「何かあった？」

不思議そうに首をかしげる妻の顔を見て、征士はほんの少し狼狽する。意識を過去に飛ばしていたようで、振り向いた縁が少女でないことに驚いてしまったのだ。

「……なんでもないよ、行こうか」

笑って誤魔化し、征士はすぐに馬を歩かせる。

やがて森を抜けるといきなり視界が開いて、野花が咲く広大な草原にたどりついた。

透き通るような青空の下、どこまでも続く草地と、風に揺れる薄桃色の情景が目の前に広がる。何本かの桜の大木は今が盛りで、満開の花を咲かせていた。

懐かしい景色は、人間が年齢による変化を遂げてもやはり変わることはない。

草の中を風が駆け抜ける音までも変わらず、征士は胸にこみ上げる感傷を噛み締めて目を細めた。

今、やっと約束が果たせた。……長かった。

子どもたちが広大な草原に歓声を上げて馬を駆けさせる。

「遠くに行きすぎないように！」

慌てて叫ぶ縁の隣に征士は馬を並べ、感慨深く咲き誇る桜を見上げる。

今が盛りの美しい花々は、風に揺られてその花弁を二人の頭上に降らせていた。昔とまったく変わらない情景に胸が熱くなる。

「――縁」

妻の名を呼んで馬を彼女へ寄せると征士は右手を伸ばす。きょとんとする縁は、反射的に夫の手のひらをきゅっと軽く握った。

「何？」

「こうやって桜を見たかったんだ」

征士が微笑むと縁も笑顔になり、言葉もなく二人して桜を見上げる。

かつては手をつなぐことさえない間柄だった。でも昔の関係の方がよかったなんて決して思わない。つらくて苦しい記憶を生涯抱えても、昔の優しい思い出を懐かしんでも、この手を離すことは絶対にない。

この温もりを永遠に守っていきたい。

子どもたちのはしゃぐ声を聞きながら、征士と縁は満開の桜の下でいつまでも手をつないでいた。

あとがき

電子書籍『過保護な旦那様に新妻は溺愛される～記憶のカケラを求めて～』の文庫化のお話をいただいたのは二〇二四年のことです。その数ヶ月後にパリオリンピックが開催されて、日本が総合馬術団体で九十二年ぶりにメダルを獲得したため、個人的にものすごく盛り上がりましたね！　この作品のヒロイン・縁も馬が大好きで幼い頃から馬術に親しみ、やがて夫の助力もあって世界の舞台へ進出します。だから現実で馬術の中継を見ていると、彼女もこんなふうに愛馬と一体になって飛んだんだろうな～と妄想が膨らみました。

いつか日本人女性が、馬術の世界大会で活躍する日を願っています。

今回、紙本化にあたり久しぶりこの作品を読み返し、主人公たちの後日談を書いてみました。

彼らは結婚しても永遠に消えることがない痛みを抱えていますが、それでも子どもが生まれて幸せな日々を送っています。天路《あまじ》ゆうつづ先生の美しいイラスト共に楽しんでいただけたら嬉しいです。